Einaudi. Stile Libero Big

Dello stesso autore nel catalogo Einaudi

Sabbia nera

La logica della lampara

La Salita dei Saponari

Tre passi per un delitto (con G. De Cataldo e M. de Giovanni)

Cristina Cassar Scalia

L’uomo del porto

Einaudi

Pubblicato in accordo con Grandi & Associati, Milano

www.einaudi.it

ISBN 978-88-06-24744-7

L’uomo del porto

a Giulio, l’amore della zia

Che cos'è la vita, se non ti fermi un attimo a ripensarla?

GOLIARDA SAPIENZA, *Il vizio di parlare a me stessa*

1.

La mattinata prometteva bene. Il sole s'era appena affacciato all'orizzonte e la pietra lavica dei palazzi e delle strade di Catania iniziava ad assorbire il calore dei primi raggi. Il profilo del Duomo si slanciava su un cielo limpido che piú azzurro non poteva essere, e che contrastava con il grigio e il bianco della cupola. Mattia camminava svelto per via Etnea, le mani affondate nelle tasche dei jeans, le spalle strette nell'eskimo verde chiuso fin sotto il mento. L'aria fresca gli sferzava il viso assonnato, ancora solcato dai segni del cuscino. Un piede dopo l'altro, lo sguardo fisso sul basolato. Stavolta non ce l'avrebbe fatta, inutile prendersi in giro. Tre materie in due mesi potevano essere un obiettivo realizzabile per i suoi colleghi, la cui unica occupazione era lo studio a tempo pieno della medicina, ma non certo per lui, costretto a farsi in quattro tutte le sere in un pub pur di sbarcare il lunario.

La testa altrove, rischiò di andare a sbattere il naso contro il *Liotro*. Alzò gli occhi sulla statua e salutò con un cenno quell'elefante maestoso che ogni giorno lo accoglieva nel salotto di pietra della città. A quell'ora del mattino il crocevia tra via Etnea e via Vittorio Emanuele era pressoché deserto, ma i bar avevano già aperto. Mattia s'infilò in quello d'angolo e chiese un caffè doppio.

L'uomo dietro il bancone glielo serví.

– Un cornetto? Una raviola? – gli propose.

– No, grazie.

– Un iris, fritto un momento fa?

Mattia scosse il capo.

Quello non si diede per vinto. – Una brioscia, allora, calda calda.

Tanto fece che lo convinse.

Brioche in mano, Mattia riprese la sua strada. Rallentò davanti alla fontana dell'Amenano, nota ai catanesi come *acqua a linzolu* per la forma che l'omonimo fiume sotterraneo assume attraversandola in verticale e ricadendo giú in una cascata sottile come un lenzuolo. È l'unico punto in cui questo si manifesta in superficie, poi ritorna subito nelle viscere della città.

Mattia risalí idealmente il suo corso, che l'avrebbe condotto dritto dritto al luogo di lavoro, che proprio ingrottata sul letto dell'Amenano aveva la saletta piú suggestiva. Attraversò la Pescheria, lo storico mercato del pesce di Catania già animato di voci e con i banchi pronti per accogliere gli avventori quotidiani, e s'infilò nelle stradine che portavano al locale. La piazzetta davanti all'entrata era deserta, come ovvio a quell'ora. La porta accanto, invece, era socchiusa. Mattia si avvicinò e all'improvviso si trovò davanti Elettra, una dei due responsabili della struttura. La sua preferita.

Occhi semichiusi, viso piú assonnato del suo.

– Mattia! Come mai qui a quest'ora?

– Ciao Ele. Ieri sera s'è fatto piú tardi del solito, avevo ancora un capitolo da studiare e ho chiesto a Sergio se potevo completare stamattina le pulizie della grotta –. Sergio era il socio di Elettra.

– Le chiavi ce le hai? – s'informò la ragazza, chiudendosi il giubbotto. Di giorno lavorava come maestra in una scuola materna di Acireale.

– Sí, certo, ho quelle dell'ingresso laterale, cosí scendo direttamente nella grotta.

Elettra si chiuse la porta alle spalle e lo precedette; teneva lo scooter proprio lí accanto.

– Vabbe', Mattia, buon lavoro –. Si abbassò sulle ginocchia per sganciare la catena di sicurezza dalla ruota.

Mattia s'incantò a guardarla. Si auto-insultò: ma puoi essere cosí inchiappato? Sei mesi che te la sogni pure la notte e manco un passo avanti riuscisti a fare?

– Mattia, mi hai sentito?

Cadde dalle nuvole. – Eh?

Elettra pareva seccata. – La porta, come mai è aperta?

La porta? Quale porta? Ah, sí, quella del... No che non è ape...

– Strano, – fece Mattia, stupito.

– Non è che te la scordasti ieri sera?

– No, no. Sono uscito dall'ingresso principale. Poi non lo so che è successo. Però mi pare strano che Sergio l'abbia dimenticata, è cosí preciso.

La spinse ed entrò. Elettra mollò lo scooter e gli andò dietro. Scesero i gradini di pietra lavica con cui si accedeva alla grotta e accesero la luce, volutamente fioca. Nella prima saletta era ancora tutto apparecchiato, come lo aveva lasciato Mattia. Fecero gli ulteriori gradini che congiungevano la saletta con la grotta vera e propria, quella nella quale scorreva l'Amenano, e dov'erano sistemati solo tre tavolini.

– C'è una puzza strana, – disse Elettra. Mattia annuí, l'aveva avvertita anche lui.

Avvicinandosi alla grotta, l'aria, sempre piú umida e rarefatta, amplificava gli odori. Ma quello era un tanfo strano. Dolciastro.

Mattia accese le luci. L'immagine che gli comparve davanti, illuminata dai faretti disseminati nel letto del fiume, non l'avrebbe dimenticata mai piú.

2.

Il sonno, per natura difficoltoso e dalla vita reso agitato, del vicequestore aggiunto Giovanna Guarrasi, detta Vanina, da una settimana a quella parte s'era popolato di tutti i sogni che in trentanove anni non aveva mai fatto. O di cui perlomeno non riusciva a conservare memoria. Incubi, troppo spesso, assolutamente prevedibili date le circostanze. Un garbuglio di elementi presi qua e là da ogni esperienza vissuta, che la sua mente rimescolava con l'estro di uno chef creativo, e in cui Palermo era sempre l'elemento preponderante. Il protagonista piú frequente, manco a dirlo, era suo padre: l'ispettore Giovanni Guarrasi. Vanina avrebbe voluto poter decidere quando svegliarsi, in modo da estrapolare solo il bello di quelle apparizioni oniriche, risparmiandosi invece l'epilogo, che purtroppo era sempre lo stesso. Approfittare della temporanea possibilità di abbracciarlo senza poi essere costretta a rivederlo ancora una volta disteso su un marciapiede, il corpo martoriato dai proiettili, e sentirsi di nuovo come quel giorno: inerme, indifesa, impotente. Con la differenza che nel sogno non era piú una bambina, era una donna. E non era affatto indifesa: era un funzionario di polizia, e le sarebbe bastato estrarre la Beretta d'ordinanza dalla fondina per modificare il corso degli eventi. Se solo ogni volta a quel punto non si fosse svegliata, sudata quasi avesse corso una maratona e col cuore fuori dal petto.

Vanina accese lo schermo dell'iPhone e lesse l'ora: le sette. Eccola là, l'altra novità dell'ultima settimana. Mai nella sua vita le era successo, come invece accadeva in quei giorni, di abbandonare il letto prima ancora che la sua batteria di sveglie iniziasse a suonare. Disattivò le prime due sul telefono e si alzò. Si trascinò in cucina e disinserí la terza, quella meccanica, che quando iniziava a suonare, vibrando sui piedini, non dava tregua finché qualcuno non premeva con forza il tasto metallico sul bordo superiore.

Con un occhio chiuso e uno aperto si preparò il caffè, due capsule in una tazza, e si diresse verso il soggiorno per berlo davanti alla vetrata che dava sull'agrumeto. Aprí la tenda e si mise nell'angolo da cui si vedeva l'Etna, che in una giornata cosí limpida pareva disegnata. Aprí l'anta a scorrimento per mettere fuori un braccio e capire se la temperatura da inizio di dicembre le avrebbe consentito di fumare fuori la prima Gauloises della giornata quando qualcuno le si parò davanti facendole fare un salto di un metro. La tazzina volò via e il caffè si sparse per la stanza andando a colpire perfino la libreria dove Vanina custodiva la sua preziosa collezione di vecchi film. Il pigiama non ebbe miglior sorte.

– Ecchemminchia, Lo Faro! – vociò il vicequestore.

L'agente Lo Faro si tirò indietro, bordeaux per l'imbarazzo.

– Mi scusi, capo.

Vanina lo fulminò.

– Qualcuno ti diede il permesso di chiamarmi capo?

Il ragazzo scosse la testa.

– No, dottoressa. È che io credevo... – si fermò.

– Che cosa credevi? Che siccome t'hanno messo a farmi da scorta, ipso facto eri diventato uno dei miei?

Solo i piú fidati, quelli che lei considerava la sua vera squadra, potevano chiamarla capo. L'agente ancora non s'era guadagnato la posizione, anzi pareva mettersi d'impegno per non guadagnarsela mai.

Lo Faro non rispose.

Vanina moderò il tono.

– Che ci fai lí, non dovresti startene al palo davanti al cancello d'ingresso?

Cosí aveva deciso il primo dirigente Tito Macchia, Grande Capo della Mobile di Catania e suo diretto superiore, e cosí Vanina aveva accettato che fosse. Obtorto collo, come del resto aveva acconsentito all'assegnazione di quella scorta, pur essendo convinta di non averne alcun bisogno. Ma una minaccia di morte è una minaccia di morte, e quando capita certi meccanismi si mettono in moto da soli.

– La signora Bettina fu, – si giustificò Lo Faro, – mi offrí il caffellatte e una fetta di ciambella e mi invitò ad accomodarmi dentro, ma io non volevo perdere d'occhio casa sua, perciò la signora mi disse di sedermi qua, che secondo lei era pure il lato piú vulnerabile di tutta la casa. Secondo me ha ragione, dottoressa. Qualcuno qua ci dovrebbe stare sempre.

Ogni giorno Bettina, l'ultrasettantenne vicina di casa, nonché proprietaria del rustico in cui viveva Vanina e del giardino in cui era immerso, correva in soccorso di quei «poveri carusi» che le facevano da scorta e li rimpinguava con colazioni pantagrueliche.

– Ca certo, questo solo ci manca! Nemmeno una sigaretta in pace mi posso fumare piú, – fece Vanina.

Il giovane la guardò costernato. Pareva che il vicequestore si rifiutasse di capire. Un proiettile le avevano fatto trovare, a casa! Di provenienza chiaramente mafiosa, come se non bastasse.

– Vabbe', siediti e finisci la colazione, che se conosco Bettina altro che una fetta t'avrà dato di ciambella.

A giudicare da quanta ce n'era ancora nel piatto appoggiato sul tavolino di ceramica e ferro battuto del suo terrazzino, come minimo doveva essere mezzo chilo.

– Ora mi vado a vestire, che tutta 'sta discussione la sto facendo in pigiama, per giunta macchiato di caffè.

Aveva chiuso vetrata e tenda, e s'era appena rifatta il caffè, quando sentí suonare il campanello della porta d'ingresso. Santiando contro le malegiornate che cominciavano sempre alle prime ore del mattino, andò verso la porta. Bettina non poteva essere, conosceva bene la sua scarsa attitudine al risveglio mattutino e non le aveva mai bussato a quell'ora, anche se, considerato tutto il baccano che aveva fatto con Lo Faro, magari aveva pensato di manifestarsi anche a lei armata di ciambella. Controllò dallo spioncino. Alzò gli occhi al cielo e sbuffò.

– Lo Faro, di traverso me lo stai facendo andare 'sto caffè.

– Mi scusi, dottoressa, è che... c'è l'ispettore Spanò al telefono, le deve parlare.

– A quale telefono?

– Al mio.

– E perché se deve parlare con me ha chiamato te?

– Dice che il suo telefono suona a vuoto.

Vanina tirò fuori l'iPhone dalla tasca del cardigan che aveva indossato sopra il pigiama; segnava tre chiamate perse, due di Spanò e una dall'ufficio. Doveva aver toccato per sbaglio il tasto laterale che lo silenziava.

– Digli di riprovare sul mio.

Tempo cinque secondi e arrivò lo squillo.

– Spanò, – rispose Vanina.

– Capo, scusi se chiamai a Lo Faro ma lei non mi rispondeva...

– Va bene, ispettore, non si preoccupi. Andiamo al sodo: dov'è il morto? – Se l'ispettore capo Carmelo Spanò, colonna portante della sezione Reati contro la persona e suo braccio destro, la cercava con tale insistenza a capo di mattina, solo di quello poteva trattarsi.

– Al pub *I Sotterranei*, le mando la posizione.

– Si sa già chi è?

– Chi, il morto?

Vanina s'innervosí.

– No, suo fratello.

– Scusi, capo. Sí, aveva i documenti con sé. Si chiama La Barbera Vincenzo Maria. Nato a Catania il 4 febbraio 1960. Celibe.

– Sparato?

– Non si capisce. Dalle macchie di sangue che ha addosso, e considerato quanto ne deve aver perso, secondo me è arma da taglio.

– Chi ci ha avvertito? – chiese Vanina mentre versava il caffè, che nel frattempo s'era raffreddato, in una tazza piú grande e aggiungeva una discreta quantità di latte. Ne bevve un sorso e tirò fuori i biscotti alla nutella che Bettina le preparava un giorno sí e l'altro pure da quando le circostanze avevano reso impossibile la sua abituale sosta al *Bar Santo Stefano*.

– Un caruso che lavora al pub, e che stamattina quando aprí per fare le pulizie si ritrovò davanti il cadavere buttato a faccia in giú nel fiume.

Vanina restò col biscotto che aveva appena inzuppato in mano.

– Che significa «nel fiume», Spanò? Ma non era in un pub?

L'ispettore restò in silenzio un attimo.

– Facciamo prima se lo vede lei stessa, capo.

– Lo Faro, andiamo, – fece Vanina, schioccando le dita in faccia al ragazzo che, mentre lei si preparava, s'era accomodato sul divanetto di pietra davanti alla sua porta. Uno dei gatti di Bettina gli si era spalmato addosso e l'agente gli stava grattando la testa con il calcio della pistola.

– Vedi che se per sbaglio ammazzi il gatto, Bettina la prossima volta t'avvelena il ciambellone. Sappilo.

Lo Faro balzò in piedi.

– Madre santa, dottoressa! Non lo farei mai!

Il vicequestore gli concesse un mezzo sorriso. Si aggiustò la fondina e controllò che la Beretta d'ordinanza, dalla quale non si sarebbe separata nemmeno sotto tortura, fosse al suo posto. Un gesto che compiva automaticamente dalle venti alle trenta volte al giorno già in tempi di pace, figuriamoci adesso che quella sotto tiro poteva essere lei stessa.

Infilò il giubbotto di pelle invernale, che aveva tirato fuori stabilmente solo da qualche giorno.

– Amuní, forza, che c'è un morto ammazzato bisognoso di giustizia.

La portafinestra di Bettina era chiusa, può darsi che la donna fosse già uscita. A quell'ora nella chiesa madre del paese c'era la prima messa, cui lei partecipava spesso e volentieri.

Vanina e Lo Faro avevano già raggiunto le scale che scendevano verso il cancelletto d'ingresso quando la videro materializzarsi attraverso un cespuglio di felci.

– Vannina! – esclamò la vicina, abbondando come sempre con le *n*.

– Buongiorno, Bettina.

– Unni si ni va accussí presto?

– Indovini.

– Madunnuzza santa, chi camurría. Ma com'è possibile che ammazzano a tutta 'sta gente!

Li seguí fino al cancello di ferro, ma rimase diligentemente un passo indietro, come *Vannina* pretendeva da quando era successa la cosa della minaccia. Lo Faro andò avanti, fece cenno al vicequestore che era tutto a posto e aprí la portiera dell'auto di servizio dalla quale era appena scesa l'agente scelta Agata Ristuccia, da una settimana assegnata al vicequestore Guarrasi dal servizio scorte.

– Facissi attenzione, mi raccomando! – gridò Bettina.

Vanina le rispose con un saluto. Si sforzò di sorriderle, ma con scarsi risultati.

Ogni volta che saliva sull'auto di servizio della scorta, gli occhi le andavano invariabilmente al portone del garage dove la sua Mini Cooper se ne stava parcheggiata tra la Cinquecento d'epoca della vicina e la Vespa anni Cinquanta a doppio sellino del di lei marito, buonanima.

Non potersi muovere con la propria auto era una limitazione enorme. Una delle tante che le erano cascate addosso da quando un pezzo di fango di mafioso palermitano aveva deciso di omaggiarla di un proiettile tale e quale a quelli che avevano ucciso suo padre venticinque anni prima, e di farglielo trovare in bella vista sul tavolo della cucina.

Altro che camurría: quel morto ammazzato arrivava come un'ancora di salvezza per impegnare la testa ed evitare di perdersi in altri pensieri.

Spanò aveva inviato la posizione sia al telefono della Guarrasi sia a quello di Lo Faro, su cui l'agente Ristuccia aveva impostato il percorso che Google Maps indicava come il piú scorrevole. Considerato che il pub in questione si trovava in pieno centro storico, a metà strada tra la Pescheria e il Castello Ursino, il rischio di restare imbottigliati nel traffico mattutino era elevato.

– Dottoressa, ci conviene arrivarci da piazza Federico di Svevia, – comunicò Agata e si voltò per spiegare: – Piazza Castello Ursino.

– Ristuccia, vero è che sono palermitana e vivo qui da poco piú di un anno, ma t'assicuro che la toponomastica di Catania oramai la conosco abbastanza bene. Perciò giriamo da via Plebiscito?

– Sí.

Pieno Antico Corso: una delle zone a piú alta densità mafiosa della città.

Vanina tirò fuori una sigaretta e meccanicamente fece per aprire il finestrino. Come ogni giorno, il finestrino non si aprí e lei si ritrovò a smadonnare con la sigaretta spenta tra le labbra e gli agenti che la guardavano costernati.

Spanò la richiamò che avevano svoltato il primo angolo.

– Dottoressa, volevo dirle che mi portai avanti col lavoro e chiamai in procura e alla Scientifica.

– Ha fatto bene. Chi mi capitò come pm?

– Terrasini.

Vanina tirò un sospiro di sollievo.

– Deo gratias. E speriamo che stavolta non ce lo cambino.

– Disse che come medico legale avrebbe chiamato il dottore Calí.

Altra buona notizia. Adriano Calí era una garanzia. Senza contare l'amicizia che li legava.

Aveva appena chiuso quando il telefono squillò di nuovo. Marta Bonazzoli: l'unico altro elemento femminile della sezione Reati contro la persona, da lei diretta, e unica abilitata a darle del tu.

– Vanina, sto per raggiungere Spanò, quando sei in zona chiamami che ti vengo incontro io, per sicurezza.

– Marta, non c'è bisogno, ho già l'agente Ristuccia e sicuramente qualcun altro verrà a sostituire Lo Faro… che è meglio che si vada a coricare perché non è piú cosa manco di guidare! Minchia, Lo Faro! – Aveva alzato progressivamente la voce mentre l'auto di servizio ignorava lo stop sfiorando la collisione con un bus dell'Amt.

– Mi perdoni cap... dottoressa! – si scusò l'agente, la faccia di sicuro piú bianca di quella del cadavere che stavano andando a conoscere.

La Bonazzoli si avvicinò, pistola in mano. Fece cenno a Lo Faro che poteva andarsene e si piazzò accanto al vicequestore. Dietro di loro la Ristuccia e un altro agente di cui la Guarrasi non riusciva a memorizzare il nome.

– Tanto ti mettesti a camula che alla fine l'hai convinto, – fece Vanina, accendendosi la sigaretta. Almeno due tiri sarebbe riuscita a farseli, mentre raggiungevano una costruzione bassa con davanti un dehors protetto da una tettoia.

Marta la guardò interrogativa. *Camula* non rientrava tra i termini siculi incontrati fino a quel momento.

– Tanto gli hai rotto l'anima, – tradusse il vicequestore. – In italiano. In padano non lo so. A Milano ci sono rimasta solo due anni e ho evitato contaminazioni linguistiche.

– Io non sono milanese, sono bresciana.

– Vabbe', là siamo. Non cambiare discorso. Lo convincesti, perciò?

– Chi?

– Come chi? Lo zito tuo. Lo sai che significa zito, almeno?

– Lo so che significa. Ovvio che l'ho convinto. Secondo te avrei potuto accettare di essere l'unica esclusa dalla scorta della mia capa?

La trovata geniale di piazzare alle calcagna della Guarrasi giorno e notte, in aggiunta alla scorta ufficiale, anche un elemento della squadra per vigilare meglio sulla sua incolumità era stata del primo dirigente Tito Macchia in persona. Il quale però aveva inizialmente escluso da quel servizio, con una serie di motivazioni una piú traballante dell'altra, l'ispettore Marta Bonazzoli, unica donna oltre che – fondamentalmente – sua fidanzata.

Davanti all'ingresso del pub, manco a dirlo, s'era formata una folla che in confronto la Pescheria pareva un luogo ordinato.

L'arrivo della Guarrasi, con tutto quel codazzo di poliziotti, ammutolí la gran parte dei presenti.

Marta fece strada attraverso una saletta con un bancone da bar, poi lungo una scala stretta che scendeva in un seminterrato dove si trovava una seconda stanza con le pareti di roccia lavica. Sulla destra una scala risaliva verso una porta aperta che dava sulla strada. Davanti a loro, un cancelletto basso divideva l'ambiente da un vero e proprio antro. Spanò le venne incontro. Né Adriano Calí né quelli della Scientifica erano ancora arrivati, e il quadro d'insieme era tale e quale a due ore prima, quando il cadavere era stato scoperto.

Vanina comprese allora le parole pronunciate da Spanò al telefono. Quella che all'apparenza sembrava una grotta in realtà era il letto di un fiume che affiorava poco prima, scorreva per qualche metro illuminato da spot piazzati ad arte e scompariva di nuovo. Il soffitto era basso, di roccia lavica frastagliata e piena di spuntoni simili a stalattiti. L'aria rarefatta e umida, al limite del claustrofobico. L'unica zona calpestabile era quella dov'erano posizionati i pochi tavolini, non apparecchiati, che servivano come appoggio per chi voleva bere qualcosa in un ambiente tanto particolare. Due si trovavano al lato dei tre gradini, e uno sull'argine del corso d'acqua. Il luogo era talmente angusto che Marta e gli altri dovettero restare nella saletta piú in alto.

Il morto era riverso bocconi, in una posizione scomposta. Le gambe divaricate, la sinistra all'asciutto, la destra a bagno. Cosí anche le braccia. La faccia era nascosta, schiacciata sulla roccia.

Vanina si chinò sul cadavere.

Spanò tese le mani. – Facissi attenzione, dottoressa, che a cascare nel fiume niente ci vuole.

– 'Nsamai dovessi annegare in dieci centimetri d'acqua.

L'ispettore sorrise sotto i baffi neri e si abbassò pure lui sulle ginocchia. Tirò fuori una torcia.

– Bravo Spanò, faccia luce che non si vede niente.

La chiazza di sangue piú visibile era sulla schiena, ma non era l'unica. Vanina s'infilò il guanto che l'ispettore le aveva sporto e passò il dito sulla roccia sotto il cadavere. Il lattice si tinse di rosso scuro.

– Qua sotto c'è sangue a tignitè.

Si tirò su. Il tavolino accanto era posizionato in modo da poter incastrare due sedie, una di fronte all'altra. Entrambe erano fuori posto. Sul piano c'erano due bottiglie di birra di marche diverse, una delle quali ancora piena per metà. Una terza bottiglia, anche quella di birra, era incastrata tra la gamba del cadavere e uno spuntone di roccia.

Vanina si guardò intorno.

– Ma 'sto fiume da dove salta fuori? – chiese.

– L'Amenano è, – rispose Spanò. – Sa, il fiume sotterraneo che scorre sotto la città.

– Ah, sí, coperto secoli fa dalla colata lavica, – ricordò il vicequestore. La sua amica Giuli, al secolo Maria Giulia De Rosa, catanese da venti generazioni, s'era portata la testa piú volte con quella storia.

– Esatto, – Spanò indicò il soffitto. – La vede la lava che lo seppellí?

Vanina alzò gli occhi. Se la sentí quasi addosso, l'eruzione del 1669.

– Perciò una colata lavica in teoria può arrivare fino a qua.

– In teoria sí, se si riapre qualche cratere piú basso, – confermò l'ispettore, placido. Tipico del catanese purosangue, considerare l'Etna non come un vulcano capace di distruggerti casa, ma come una gigantessa iraconda con cui convivere e dalla quale lasciarsi ammaliare e dominare. Fatalisticamente. Vanina, che catanese non era, ma che anzi proveniva dalla città rivale, all'idea di vivere alle pendici della *muntagna* ancora non ci aveva fatto del tutto l'abitudine.

Distolse gli occhi dalla lava e tornò a occuparsi del suo nuovo morto ammazzato che, cosí a sensazione, non pareva dei piú ordinari.

– I documenti li avete estratti dalla tasca del giaccone? – chiese Vanina.

– Per la verità li avevano già i ragazzi che lo trovarono.

Spanò indicò una coppia di giovani nascosta nel buio, di cui il vicequestore non s'era nemmeno accorta.

Vanina si avvicinò. Si tolse i guanti.

– Vicequestore aggiunto Giovanna Guarrasi.

Il ragazzo rispose per primo: – Mattia Santonocito.

– Elettra Burla, – si presentò la ragazza, – sono una dei titolari.

Parevano i sosia di Pierre Cosso e Sophie Marceau nel *Tempo delle mele*. Il secondo. Come s'erano potuti accoppiare cosí precisi?

– L'avete trovato voi?

– Sí. Stamattina presto.

– A che ora piú o meno ve lo ricordate?

Si guardarono tra loro.

– Verso le sette, – risposero all'unisono.

– Aprite sempre cosí presto?

Il ragazzo scosse la testa.

– No, no. Di solito apriamo piú tardi, ma ieri sera me ne andai che avevo lasciato il lavoro a metà e stamattina sono dovuto tornare a mettere a posto.

– Anche lei doveva mettere a posto? – chiese Vanina alla ragazza.

– No, dottoressa. Io ero appena uscita dall'ostello e me ne stavo andando al lavoro, di giorno insegno. Ho incontrato Mattia e l'ho accompagnato fino all'entrata laterale. Ce ne siamo accorti subito che qualcosa non andava, perché la porta era aperta. Ho temuto un furto, perciò sono scesa giú insieme a lui. Tutto avrei pensato tranne che qui dentro potesse esserci un cadavere, – finí la frase in un mezzo singhiozzo. Si vedeva che era parecchio scossa.

– Gli ho sentito il polso, tanto per avere la conferma che fosse morto, anche se per com'era messo non ce n'era bisogno. Che era stato ammazzato l'ho capito subito, – proseguí Mattia. Spiegò che studiava Medicina.

– Gli ha frugato nelle tasche? – chiese Vanina.

Quello s'irrigidí.

– Che vuole dire, scusi?

Il vicequestore lo guardò sorpresa.

– E che devo voler dire, scusi? Quello che ho detto: ha frugato nelle tasche?

– Mi perdoni, dottoressa, ma sospetta che gli abbia rubato qualche cosa?

Vanina si spazientí.

– Signor Santonocito, voglio solo sapere se i documenti di riconoscimento glieli ha trovati in tasca.

– Ah! No, no. Erano nello zaino.

– Quale zaino?

Il ragazzo indicò un angolo accanto al tavolino sul fiume. Il vicequestore fece segno a Spanò di andare a recuperare la sacca di stoffa appoggiata per terra, seminascosta.

– Ho lasciato tutto dov'era. Ho preso solo la carta d'identità per capire come si chiamava. Non si vedeva la faccia, non sapevo nemmeno se lo conoscevo, – si giustificò Mattia.

– E lo conoscevi?

– Avoglia. Come tutti, qui. Era il professore La Barbera. Ieri sera la birra gliela servii io. Ci feci pure due chiacchiere, mi raccontò la storia dello stabilimento in cui viene prodotta, che era stato rilevato dai lavoratori per non farlo fallire. Era fissato con le questioni sociali, – sorrise, poi si rattristò di nuovo. – Mischinazzo, che mala fine!

Il brusio nella saletta appena sopra di loro si fece piú forte.

Il vicedirigente della Scientifica Cesare Manenti fece capolino dai tre gradini.

– Minchia che scuro qua sotto! Guarrasi, dove sei? – gracchiò, la voce cosí alta che rimase sospesa nell'aria rarefatta della grotta.

Vanina si sforzò di mantenere la calma.

– Manenti, che ti scordasti gli occhiali? – disse, andandogli incontro. Una scia di dopobarba talmente forte che avrebbe ammazzato anche le zanzare la investí in pieno.

– Ma può essere mai che i cadaveri tuoi sono sempre infrattati in qualche posto strano? – protestò il vicedirigente. Negli ultimi mesi la Guarrasi lo aveva fatto lavorare prima dentro un montacarichi, dov'era nascosto un corpo mummificato da sessant'anni, poi appresso a un cadavere scomparso. Solo la grotta ci mancava.

– Se ti scassi le palle cosí tanto, invece di venire ogni volta di persona mandami qualcuno dei tuoi. Elementi validi ne avete, – lo punse Vanina. Poi rincarò la dose: – Mandami Pappalardo, che è bravissimo. Se vuoi glielo dico io, al tuo capo, cosí la prossima volta ti risparmi i posti strani.

L'uomo arrossí di rabbia che pareva scoppiare da un momento all'altro. Colpito nel vivo con i due argomenti piú caustici che Vanina potesse tirare in ballo: il nuovo dirigente appena insediatosi, di cui lei era grande amica e che Manenti riteneva gli avesse soffiato il posto, e il sovrintendente capo Pappalardo, che la Guarrasi stimava almeno quanto detestava lui.

Vanina percepí l'irritazione e si divertí il doppio.

Manenti batté le mani tre volte, verso la scala.

– Forza! – urlò ai videofotosegnalatori che lo accompagnavano.

I due uomini scafandrati scesero giú, e dietro di loro comparve il dottore Calí.

– Buongiorno a tutti, – salutò, allegro come se invece che da un cadavere fosse atteso da un amico. Cappotto bluette, pantaloni stretti, stivali di gomma alti fino al polpaccio con logo della griffe, manco a dirlo, di lusso. Un insieme degno di «Vogue Man» che pareva combinato apposta per mortificare il jeans ascellare e la camicia a scacchi dai colori improbabili di Manenti.

Il vicequestore gli andò incontro e lo baciò, non si vedevano da qualche giorno. Da quando era successa quella storia del proiettile, per Vanina tutto era diventato complicato, anche un aperitivo con gli amici.

– Che aria pesante, – constatò il medico, – troppi siamo, tra un po' qua mancherà l'ossigeno, – avvertí.

Spanò trascinò via i due ragazzi e li affidò a Marta, che li fece accomodare a uno dei tavoli ancora apparecchiati di sopra.

Vanina e Adriano fecero qualche passo verso il fiume. Gli uomini della Scientifica si spostarono per lasciare spazio.

– Chi era? – le chiese Adriano, mentre immergeva i suoi stivali fashion nelle acque di quel fiumiciattolo sommerso per avvicinarsi al cadavere.

– Un professore; di cosa non ero ancora arrivata a farmelo dire dai ragazzi che l'hanno trovato. Si chiamava Vincenzo Maria La Barbera.

Adriano si bloccò di colpo e si voltò, dispiaciuto.

– Oh cacchio, no! La Barbera!

– Lo conoscevi?

– Certo che lo conoscevo: è stato il mio insegnante di filosofia al liceo. Ormai parecchi anni fa. Ma chi può averlo ammazzato, uno come lui?

Si chinò sul morto, gli girò leggermente la testa per guardarlo in faccia.

– Lui è, – confermò.

– Perché dici che a nessuno poteva venire in testa di ammazzarlo?

– Perché è… anzi era, una persona troppo perbene.

Tra cadavere, Scientifica, medico legale e poliziotti che andavano e venivano, l'aria là sotto era diventata irrespirabile per davvero. Vanina risalí i tre gradini e andò al tavolo insieme ai due ragazzi. Iniziava a fare caldo. Si tolse il giubbotto.

– Torniamo a noi, – disse.

Marta le si sedette accanto.

– I signori mi stavano raccontando che il professore era un cliente abituale del pub.

Mattia annuí.

– Veniva spesso. Andava a sedersi sempre là. Diceva che gli piaceva il rumore dell'acqua, anche se certe sere da qua sopra arriva un baccano tale che non so come facesse a sentirlo.

– Era solo? – chiese Vanina.

– Ieri sera fino a quando l'ho visto io sí, però magari poi è arrivato qualcuno. A un certo punto me ne salii di sopra ad aiutare al bancone. Poi siccome s'era fatto tardi e dovevo ancora studiare, chiesi se potevo andarmene prima. Tanto la cucina era chiusa, chi doveva mangiare aveva già finito, anche al piano di sotto. Al massimo avrebbero ordinato da bere. Sergio, l'altro gestore, mi disse che potevo rimettere a posto i tavoli stamattina, perciò arrivai cosí presto.

– E di solito, gli altri giorni, era solo?

– No, di solito no. Certe volte veniva con un amico suo, ma non mi viene in mente il nome: uno che lavora al porto. Altre, invece, veniva con la sua compagna.

– E lei lo sa come si chiama?

– Si chiama Vera, mi pare, Vera… – si toccò la fronte, concentrato, quindi scosse la testa. – Il cognome non me lo ricordo, dottoressa.

Dalla scala laterale che portava direttamente sulla strada comparve il pm Terrasini, accompagnato da Spanò che era salito ad aspettarlo. Vanina gli andò incontro.

– Dottoressa Guarrasi, che piacere vederla in perfetta salute.

La notizia della minaccia aveva fatto il giro della questura e, di conseguenza, del Palazzo di Giustizia. Vanina sospettava che piú di uno, tra colleghi e magistrati cui aveva scassato i cosiddetti con i suoi metodi, del tutto irrispettosi degli equilibri di potere cittadini, avesse segretamente goduto della cosa. Non Terrasini, però, che anzi certi metodi li aveva sempre apprezzati.

– E che le devo dire, sono qua… per ora, – scherzò Vanina.

Sul viso del pm comparve un sorriso, o meglio una specie di smorfia che parve allungargli il già notevole naso.

Pippo Franco con una ventina di chili in piú e tutti i capelli in testa.

– Che sappiamo della vittima? – chiese, dirigendosi verso la grotta. Pareva conoscere la strada, evidentemente era già stato nel locale.

– Finora poco. Insegnava filosofia al liceo classico. Il dottore Calí, che lo conosceva, dice che era una persona perbene. Uno di cui nessuno poteva desiderare la morte.

Il pm aggrottò la fronte.

– Brutta faccenda.

Vanina rifletté su quell'affermazione, non la commentò.

– Scusi, dottore, in che senso? – chiese Spanò.

Terrasini fissò la Guarrasi.

– Secondo me può risponderle il vicequestore.

– Credo che il dottor Terrasini intendesse che è molto piú facile indagare sull'omicidio di un delinquente, o di un uomo inviso e pieno di nemici, che su quello di una persona onesta.

Il pm annuí.

– Questo senza dubbio, – concordò Spanò.

S'infilarono di nuovo nella grotta, dove l'anidride carbonica ormai la faceva da padrona e l'odore del sangue rappreso iniziava a sovrastare perfino l'olezzo del dopobarba di Manenti.

– Dottore Calí, come andiamo? – chiese Terrasini.

Adriano si tirò su.

– Per adesso ho poco da dirle, purtroppo.

– Nemmeno un'indicazione sull'ora della morte? – sollecitò il pm. – Anche vaga. Per dare una mano alla dottoressa Guarrasi.

– Mah, considerato che ha perso molto sangue, a giudicare da ipostasi e temperatura, piú o meno siamo nel range delle sei-otto ore. L'arma è da taglio. Al momento non vi so dire altro. Devo portarlo via, esaminarlo. E soprattutto devo uscire dall'acqua –. Scavalcò il cadavere e si mise all'asciutto, accanto al tavolino. Bottiglie, zaino e tutto il resto erano scomparsi; la zona era stata transennata. Gli uomini di Manenti avevano acceso un faro e stavano lavorando.

Adriano fece cenno a quelli della Mortuaria che potevano rimuovere il corpo, recuperò la borsa e si spostò nella saletta piú in alto insieme a Vanina e a Terrasini.

Se ne andò, promettendo che si sarebbe dedicato all'autopsia quel pomeriggio stesso.

Anche Terrasini s'avviò. Vanina salí con lui.

– Dica la verità, dottoressa: quando ha visto arrivare Calí ha temuto che la procura le stesse mandando Vassalli al mio posto!

Il pm Franco Vassalli mostrava una predilezione per Adriano cosí evidente che una volta Vanina era arrivata a pensare che avesse una cotta per lui; del resto Adriano Calí era dichiaratamente e serenamente gay. In realtà il medico s'era guadagnato tanta stima a colpi di diplomazia e di cautela, i due pilastri portanti della filosofia di vita del pm Vassalli, che contrastavano invece con i metodi del vicequestore.

– Per carità, dottore, non scherziamo!

Terrasini si fece una risata. Vanina stava per uscire in strada e accompagnarlo fino all'auto, ma quello la fermò.

– Dottoressa Guarrasi, lei 'ste cose non le deve fare.

Marta e l'agente di scorta s'erano materializzati ai suoi fianchi.

Una camurría che peggio di cosí non poteva essere.

3.

Quando Paolo la chiamò, Vanina aveva appena messo piede in ufficio. Sigaretta ancora spenta tra le labbra, in mano un cartoccio con dentro un iris al cioccolato e un cappuccino, comprati lungo la strada da Spanò in un bar di via Plebiscito che conosceva lui.

– Vani, tutto a posto?

Le faceva quella domanda dalle dieci alle venti volte al giorno. Un WhatsApp continuo.

– Sí, Paolo, tutto a posto. E tu?

Da quando Vanina aveva trovato in casa un proiettile, Paolo Malfitano, sostituto procuratore della Dda di Palermo, aveva ignorato tutte le limitazioni che lei continuava a porgli dal momento in cui s'erano rincontrati, quasi tre mesi prima. Erano passati quattro anni dalla fuga di Vanina da Palermo, quella che avrebbe dovuto consentirle di staccarsi da lui, e dimenticarlo. Paolo quell'abbandono l'aveva subito senza neppure capirne il motivo, ma alla fine s'era dovuto rassegnare. Lui avrebbe trovato una persona con cui costruirsi una vita, e lei avrebbe smesso di sentirsi coinvolta da tutto quello che lo riguardava. E non avrebbe piú vissuto giorno e notte col pensiero di coprirgli le spalle, per sparare a chi voleva sparargli come aveva già dovuto fare. Un taglio netto e via. Via da Palermo, via da Paolo, via dall'antimafia. Che ci voleva?

Solo una scimunita poteva credere di risolverla cosí facilmente.

Ora erano sulla stessa barca: entrambi minacciati, entrambi scortati, entrambi preoccupati l'uno per l'altra. Lui aveva perfino l'auto blindata, un capo scorta e quattro o cinque agenti appresso, ma la sostanza non cambiava. Ecco un'altra affinità che pareva unirli, come se non bastasse il sentimento coriaceo da cui Vanina non riusciva ad affrancarsi.

– Non mi può pace per quello che ti sta succedendo.

Anche questa, da una settimana, era un'affermazione ricorrente.

Vanina si accese la sigaretta. – E che mi sta succedendo, Paolo? Tu lo sai? Perché io ancora non l'ho capito.

– Hai pestato i piedi a qualcuno che senza il tuo solerte lavoro a quest'ora se ne starebbe in santa pace nel suo nascondiglio, a comandare e a dettare legge, per giunta da finto deceduto. E quello ha deciso di fartela pagare. Almeno, questa è l'ipotesi piú accreditata.

– E tu ci credi fino in fondo?

– Non ho detto questo.

– Ah, mi pareva. Già è assurdo che ci stia credendo uno sbirro scafato come Ortès.

Corrado Ortès era il dirigente della Mobile di Palermo che stava indagando sulla provenienza del proiettile. Il titolare dell'inchiesta, manco a dirlo, era Paolo in persona.

– Vani, però mettiti nei nostri panni. Che la minaccia non provenga da Catania è stato abbastanza chiaro fin dall'inizio. Tutto 'sto casino parte da Palermo, mi ci giocherei qualunque cosa. Quello che non mi convince, ne abbiamo parlato tante volte, è che uno come Salvatore Fratta, latitante da anni e ora piú che mai nel mirino delle forze dell'ordine, possa aver deciso proprio adesso di attirare l'attenzione andando a minacciare, o ordinando ai suoi di farlo, un vicequestore della polizia di Stato. Vero che fosti tu la prima a sostenere che la sua morte era una messinscena, ma è pure vero che le tue ultime indagini su di lui risalgono a piú di cinque anni fa, e che non ti occupi neanche piú di criminalità organizzata.

– Fino al mese scorso, – precisò Vanina.

– Vabbe', ma solo perché hai preso parte a un'operazione non organizzata da te, in un'indagine diretta da altri. Possiamo pensare che siano bastati un paio di articoli giornalistici col tuo nome sopra per indurre Fratta ad agitare le acque con un gesto simile?

Da quando la notizia che il latitante Salvatore Fratta, detto Bazzuca, non era morto era diventata di dominio pubblico, il nome del vicequestore Giovanna Guarrasi, ex dirigente della Catturandi della Mobile di Palermo oggi in forza alla Mobile di Catania, aveva ripreso a comparire nelle cronache del capoluogo. Del resto, Fratta era l'unico tra gli uomini che avevano ucciso suo padre a essere sfuggito alla sua mannaia. Gli altri tre soggiornavano da tempo stabilmente al carcere Pagliarelli, spediti al 41 bis.

– No, a Bazzuca agitare le acque non conviene. Ecco perché tutta 'sta storia, cosí com'è, non mi convince manco un po'.

Ed era chiaro che non convinceva nemmeno lui.

– Domani devo venire a Catania, – comunicò Paolo, senza preamboli.

Il fumo le andò di traverso.

– Buona gita, – le uscí, piú freddo di quanto avrebbe voluto. Il fatto che, data l'eccezionalità della situazione, si sentissero ormai tutti i giorni senza regole né veti – quelli che Vanina continuava a imporre e che nessuno dei due riusciva mai a rispettare – non cancellava il motivo della loro ultima discussione.

– Perciò non mi vuoi vedere.

– Non vieni per lavoro? Che c'entro io?

– Finiscila, Vani, certo che vengo per lavoro, ma sarebbe assurdo che non ci vedessimo. Mi devi punire a vita solo perché ho osato non comunicarti una mia decisione?

– Una decisione che non mi riguardava per niente.

Paolo non rispose. Senza interpellarla, un mese prima aveva fatto domanda per una promozione a procuratore aggiunto al Tribunale di Palermo, ma anche a quello di Catania. Un azzardo di cui nemmeno lui era del tutto convinto, e che gli sarebbe costato l'interruzione del suo lavoro ventennale alle calcagna di Cosa Nostra palermitana, ma che gli avrebbe permesso di staccarsi da tutto ciò che continuava a essere un ostacolo insormontabile tra lui e Vanina. Sempre che l'ostacolo fosse solo quello, e che le paure ataviche di lei non ne avessero prodotti altri. Per contro, vincere il posto a Palermo gli avrebbe permesso di portare a termine le inchieste cui aveva dedicato anni della sua vita, per le quali aveva rischiato la pelle piú volte e continuava a rischiarla ogni giorno. E di restare vicino a sua figlia, nata due anni prima da un matrimonio lampo che Paolo aveva contratto in preda alla disperazione da abbandono, e che era finito poco dopo.

La decisione finale non sarebbe stata neppure del tutto sua: se il posto di Palermo fosse arrivato prima di quello di Catania, lui sarebbe rimasto dov'era. Se invece avesse vinto a Catania in prima battuta, avrebbe fatto il salto nel buio.

Vanina attaccò iris e cappuccino con una voracità inedita anche per lei, che davanti a cibi come quelli perdeva ogni inibizione. Fame reale e fame nervosa si sommavano, amplificando il senso di benessere che quel carico di zuccheri le avrebbe procurato.

Spanò bussò ed entrò.

– Buono 'st'iris, eh!

– Buonissimo.

– Secondo me è il migliore di Catania. Il posto dove lo fanno è 'nzivuso assai, che uno prima di entrarci ci pensa due volte, ma il risultato vale la pena.

– Ispettore, lei lo sa che io troppi problemi non me ne faccio. A Palermo ci sono posti fitusi dove si mangiano panelle e pane con la meusa che manco può immaginare quanto sono buoni. Perciò iris promosso, anche se per me la colazione migliore resta quella di Alfio del *Bar Santo Stefano*.

– E lo so, quella è insuperabile. Ma perché prima di venire qua la mattina non ci manda a Lo Faro, dottoressa? Tanto il turno di notte da lei sempre lui lo fa.

– Sí, ca certo! Lo Faro non si schioda dal mio finestrone manco se lo trascini con le catene, figurati se s'allontana duecento metri per andare al bar.

– Bonu fa, dottoressa. La sua tutela viene prima di tutto. Guardi che per quel caruso stare ogni notte al freddo è pesante, e lo fa per scelta.

Vanina allontanò il vassoietto.

– Lo so, Spanò. Veniamo a noi piuttosto: che mi dice?

Spanò dispiegò il foglio che aveva in mano.

– Perciò: Vincenzo Maria La Barbera non aveva una residenza fissa. L'ultimo indirizzo che ho trovato nel sistema risale a cinque anni fa: un appartamento in affitto, ora locato ad altre persone. Il domicilio attuale risulta essere un mezzo nautico, ormeggiato al porto di Catania.

– Cioè viveva su una barca?

– A quanto pare sí.

– Familiari?

– Un fratello e una sorella, la Bonazzoli li sta contattando. Genitori entrambi deceduti, il padre appena quattro mesi fa.

– E la famosa fidanzata? Abbiamo scoperto come si chiama?

– Ah, sí. Si chiama Fisichella Maria Venera, detta Vera, anni cinquantuno, residente a Santa Maria la Scala. Bonazzoli sta chiamando macari a lei.

– Al liceo invece che dicono?

Spanò ci aveva mandato subito il sovrintendente Nunnari, e l'aveva raggiunto appena avevano lasciato il pub, dopo la sosta iris al bar.

– La Barbera lavorava lí da piú di vent'anni. Era sempre stato uno degli insegnanti piú amati dai carusi, tanto che durante le sue ore in classe non volava una mosca. I colleghi lo descrivono come un personaggio un poco strano, anche per il fatto che viveva su una barca, ma dicono che era sempre disponibile e gentile con tutti. Solo con uno, un professore di matematica, ogni tanto s'acchiappava per questioni politiche. La Barbera era di sinistra e quello invece era di destra. Ma si trattava di azzuffatine innocue. Poi bidelli, applicati di segreteria, macari il preside stesso, non m'hanno saputo dire altro che buone parole.

Due colpi alla porta lo interruppero.

Il sovrintendente Nunnari rotolò nella stanza, fermandosi appena in tempo per non urtare la scrivania del vicequestore, che s'allontanò istintivamente.

– Un bisonte in tenuta mimetica pari, Nunnari.

Aveva fatto le cose in grande: felpa verde militare con scritto «US Army», piú il logo delle forze armate americane, e pantaloni cargo mimetici. Il tutto assolutamente inadatto al suo fisico pingue. Ma che ci devi fare: quando uno è fissato.

– Scusi, capo, è che pigliai la rincorsa e poi... Vabbe', niente.

Aveva in mano un sacchetto trasparente.

– Che sono quelle cose? – chiese Vanina.

– Nunnari ha perquisito il cassetto di La Barbera nella sala professori, – rispose Spanò.

– E che trovò?

Il sovrintendente appoggiò il sacchetto sulla scrivania.

– Poca cosa, capo. Lo può vedere lei stessa. C'erano solo un registro, un'agenda dov'erano segnati appuntamenti scolastici, una mazzetta di disegni che sembrano delle caricature, poi penne, matite rosse e blu, un pacchetto di caramelle...

– Okay, ho capito, Nunnari, – lo interruppe.

– Che faccio, glieli lascio?

– Sí, lasciameli qua che poi me li guardo. Avete detto che se qualcuno per caso volesse dirci qualcosa, anche apparentemente senza senso, deve farsi vivo subito?

Spanò annuí. – A tutti, dottoressa. Macari ai carusi, che mi parevano i piú interessati e, se posso dire, anche i piú angustiati. C'erano due ragazze ca chiangevano come fontane. Pare che il professore, nonostante l'età, fosse molto apprezzato dalle studentesse.

– Nel senso che loro erano innamorate di lui o che pure lui ci inzuppava il pane?

– Questo non posso saperlo, ma da come lo descrivono tutti penso proprio che dovessero essere cose unilaterali.

– Una brava persona, insomma. Come diceva il dottore Calí.

– A quanto pare, sí.

– Una brava persona ma un po' sui generis, considerato dove viveva. Il cellulare ce l'aveva? – chiese Vanina. Un alternativo come La Barbera capace che campava tranquillamente senza tecnologia.

– Sí. Quelli della Scientifica lo trovarono nel fiume, mezzo scafazzato. Però dice che probabilmente almeno la memoria la recuperano.

– Intanto risaliamo al numero e muoviamoci per avere i tabulati. Nunnari, lavoraci tu.

Il sovrintendente portò la mano alla fronte.

– Signorsí.

Vanina evitò di commentare. Se gli piaceva tanto atteggiarsi a marine in addestramento, perché togliergli questo piacere? Tanto piú che era stata lei a consentirglielo, come una sorta di atto di complicità tra cinefili, seppure di generi cinematografici del tutto diversi.

La Bonazzoli emerse dall'ufficio accanto, meglio conosciuto come la stanza *dei carusi*, che divideva con Nunnari e Lo Faro.

– Ho parlato con i familiari della vittima. Pare che La Barbera fosse andato via di casa a diciotto anni, tagliando i ponti con i genitori. Anche con il fratello e la sorella, ogni tanto una telefonata ma niente di piú. La sorella ha manifestato la volontà di vederlo, però.

– Appena Calí avrà finito ce l'accompagnerai. La fidanzata, invece? Come si chiamava...

– Vera Fisichella. Mamma mia, quella sí che è stata una telefonata difficile!

Marta aveva il vizio di compenetrarsi troppo nei drammi altrui, attitudine ammirevole ma del tutto controindicata per un ispettore di polizia che si occupa di omicidi dalla mattina alla sera.

– Me lo immagino. 'Sa quanti fazzoletti consumasti, – la sfotté Vanina, che la corazza a prova di emozione invece se l'era cucita addosso nel momento esatto in cui aveva virato la sua attività verso i delitti cosiddetti comuni. Finché s'era occupata di criminalità organizzata non ce n'era stato bisogno, l'«utenza» con cui aveva a che fare non avrebbe ispirato pietà manco a una suora missionaria.

Marta glissò sulla presa in giro. Ormai c'era abituata.

– La signora era sconvolta. Ripeteva che non era possibile, che nessuno voleva male al suo Enzo. Vuole vederlo, anche lei.

– Pensi che ci si possa parlare?

– Sí. Le ho già chiesto di venire qui, cosí eviti di spostarti tu.

Vanina sentí una botta di claustrofobia. No, cosí non poteva andare avanti. Non è che per difendersi dalla remota possibilità di un agguato mafioso doveva finire ricoverata in un reparto psichiatrico.

– E male facesti, perché io invece ho tutta l'intenzione di spostarmi. Anzi, – si alzò, recuperò sigarette e telefono, – sto per farlo. Perciò, visto che oggi sei tu il mio nume tutelare, vedi di non farmi aspettare troppo.

Marta scattò in piedi.

– E dove vuoi andare?

Vanina s'infilò il giubbotto.

– Al porto di Catania.

Maria Venera Fisichella, detta Vera, li aspettava all'ingresso del porto come indicato dall'ispettore Bonazzoli. Cappellino di lana e occhiali scuri, al volante di una Peugeot rossa che non aveva mai visto un autolavaggio.

Vanina scese dall'auto di servizio prima ancora che Marta potesse bloccarla. Spanò si catapultò fuori dallo sportello posteriore e la raggiunse, preceduto da uno dei due agenti di scorta, che li seguivano in una seconda auto.

– Signora Fisichella?

La donna alzò gli occhi.

– Vicequestore Guarrasi?

– Sí, sono io. Buongiorno.

La Fisichella uscí dall'auto.

– Mi scusi se l'ho fatta venire qui ma dobbiamo perquisire la barca in cui viveva il professore La Barbera e pensavo che lei potesse esserci d'aiuto per capire se qualcosa è fuori posto. Una barca non è una casa, non è detto che i miei uomini riescano a raccapezzarcisi facilmente.

– S'immagini. Anzi mi ha sollevato: venire in ufficio mi avrebbe fatto troppa impressione. Avrei dovuto ammettere a me stessa, cosí, senza troppi preamboli, che non solo Enzo era morto, ma che per di piú l'avevano ammazzato. Dovevo accettare la realtà, e io per ora non ci riesco.

– Capisco, e la ringrazio di essere qui.

La signora fissò il molo davanti, poi scosse il capo come per risvegliarsi.

– Faccio strada? – propose.

– La seguiamo.

Risalirono in macchina.

La Peugeot rossa passò davanti alla Vecchia Dogana, un edificio ottocentesco che un recupero architettonico qualche anno prima aveva reso accessibile al pubblico. Per un breve periodo, subito dopo la ristrutturazione, s'era riempita di negozi, ristoranti e locali con relativa intensa movida serale, tutte attività che dopo qualche tempo avevano levato le tende lasciandola pressoché vuota. L'unica sua funzione, al momento, era quella di stazione marittima per le navi da crociera.

– I pontili delle imbarcazioni da diporto sono quelli, – indicò Spanò.

Ma la Fisichella tirò dritto. Proseguí verso un settore in cui erano ormeggiati solo pescherecci, tra i quali spiccava solitario l'albero di una barca a vela.

La Peugeot accostò accanto a un muraglione, dove era

parcheggiata una vecchia Diane beige. Le auto di servizio si fermarono dietro.

– Non c'è anima viva, – constatò la Bonazzoli scendendo dall'auto.

– E chi ci dovrebbe essere, a 'st'ura? – commentò Spanò.

Vera Fisichella contemplava la Diane. Non s'accorse che la Guarrasi l'aveva raggiunta. – Conosce quest'auto? – chiese Vanina. La risposta era prevedibile.

La donna non smise di fissare la macchina.

– È quella di Enzo.

– Come mai è qua? Ieri sera come c'è andato al pub?

Vanina lo chiese piú a sé stessa che a Vera.

– Sicuramente a piedi, – rispose la donna. – Non è lontano, e a Enzo piaceva assai camminare, soprattutto di notte.

– E la barca?

Vera avanzò sul molo, si fermò davanti a quell'unico albero che oscillava tra i pescherecci.

– Eccola qua.

Una vecchia barca a vela, di discrete dimensioni, che doveva aver visto tempi migliori.

Spanò afferrò una cima dell'ormeggio e la tirò per avvicinare la poppa al pontile. Vanina fece segno alla Fisichella di precederla. La donna salí a bordo, il vicequestore e gli altri due la seguirono.

– Io però non ho le chiavi per entrare sottocoperta, – disse Vera.

Spanò tirò fuori un mazzo di chiavi estratto dallo zaino di La Barbera.

– Può essere una tra queste?

La Fisichella le esaminò.

– Non mi pare. Anzi, decisamente no. Queste sono del casale.

– Quale casale? – chiese Vanina.

– Un vecchio casale di campagna della mia famiglia. Enzo e io volevamo ristrutturarlo.

Spanò provò ugualmente tutte le chiavi, che non si può mai sapere, magari la signora s'era sbagliata. Ma la Fisichella aveva ragione.

– Nenti, non è cosa, – decretò.

– Bene, procediamo, – fece Vanina.

Scambiò uno sguardo d'intesa con Spanò, che senza dire niente si infilò un paio di guanti, cavò di tasca un mazzetto di arnesi degno di uno scassinatore e si mise ad armeggiare sulla piccola serratura. Che ovviamente cedette subito.

Stavolta fu l'ispettore a entrare per primo, Vanina lo seguí mentre Marta cedeva il passo a Vera Fisichella.

L'interno della barca era rivestito per intero in legno ed era tenuto meglio dell'esterno. Con una certa munificenza si poteva persino definire pulito. La dinette era piena di libri accatastati ovunque, ai lati due divanetti angolari tappezzati di azzurro con in mezzo un tavolino coperto da una cerata a disegni marinari. A sinistra una cucina, con tanto di forno e qualche stoviglia pulita sul ripiano. A destra la postazione di carteggio. Due porte laterali aprivano le cabine di poppa, anche quelle piene di libri e di altri oggetti. Un cumulo di vestiti, che a occhio parevano sporchi, occupava il letto di quella a dritta.

Vanina procedette verso la cabina di prua.

– Enzo dormiva lí, – indicò Vera.

Era pallida, sembrava dover cedere al pianto da un momento all'altro ma si tratteneva. Aveva tolto gli occhiali, e gli occhi verdi mostravano tutto il dolore che stava cercando di dominare. Viso interessante. Ali MacGraw in versione bionda.

Sul letto, di forma trapezoidale, troneggiava un piumone azzurro da Polo Nord.

– Gliel'avevo regalato io. C'era un freddo di notte, qua dentro! – fece la Fisichella, con un filo di voce.

Accanto al letto c'erano due valigie semiaperte, piene di indumenti piegati.

Una porta laterale si apriva in un bagno, piccolissimo ma corredato di doccia.

– Da quanti anni viveva qui, il professore? – chiese Vanina.

– Non lo so con precisione. Noi stavamo insieme da quasi un anno, e quando l'ho conosciuto lui abitava su questa barca già da qualche tempo. Gliel'aveva lasciata in eredità uno zio, l'unico della famiglia che aveva sempre continuato ad avere rapporti con lui, ed Enzo ci si era trasferito.

– Non poteva permettersi un appartamento in affitto?

– Sí, certo. Ma preferiva vivere qui. Aveva fatto amicizia con i pescatori, aveva scoperto che dormire *annacato* dal mare, cosí diceva, lo rilassava. Ultimamente però, con l'inverno che s'avvicinava e i dolori alla schiena che si facevano sentire, s'era quasi convinto a stare da me.

Vanina si guardò intorno. Spanò e Marta stavano aprendo armadietti e cassetti, ma non sembrava avessero trovato niente d'interessante.

– Il professore possedeva un computer? – chiese Vanina.

– Sí, un portatile. Una specie di catorcio –. Vera fece un sorriso triste. – Tanto, per quello che gli serviva! Qualche documento in Word, e quel minimo di posta elettronica di cui non si può fare a meno. Enzo non amava la tecnologia. Anche il telefonino, si scordava sempre di portarselo appresso, – alzò la testa, come se si fosse ricordata di qualcosa. – Ma ieri sera ce l'aveva sicuro, perché mi chiamò.

– Sí, l'abbiamo trovato. E questo computer dove lo teneva?

Vera aprí una delle due valigie, spostò i vestiti e da una fodera tirò fuori il catorcio.

– Eccolo.

Vanina fece segno a Spanò di prenderlo.

Tornò indietro, in dinette. Prese in mano un libro a caso: *Gli indifferenti*, di Alberto Moravia.

– Perciò lei e il professore avevate in progetto di ristrutturare un casale? – chiese alla Fisichella.

– Sí. A Santa Venerina. Ma era solo un progetto. Dovevamo ancora trovare i fondi, s'immagini.

– I fondi per cosa, di preciso?

– Volevamo creare una comunità per ragazzi con problemi. Mettere le nostre competenze al servizio di chi ne ha piú bisogno.

– Di cosa si occupa lei?

– Sono psicologa, al Sert.

– Quindi lavora con i tossicodipendenti, – concluse Vanina.

La donna annuí. – Enzo era molto sensibile a questo tema. Faceva volontariato in alcune associazioni. È cosí che ci siamo conosciuti.

Tornarono in coperta. Spanò richiuse come poteva la porticina che aveva scassinato. Vanina congedò Vera Fisichella, che era visibilmente provata.

Prima di salire sulla Peugeot, la donna posò lo sguardo sulla Diane. Si tolse gli occhiali da sole e fissò Vanina, che s'era accesa una sigaretta e guardava nella sua stessa direzione.

– Dottoressa, – la chiamò.

Il vicequestore la raggiunse.

– Mi prometta una cosa, che quando troverà l'assassino di Enzo farà in modo che paghi due volte: perché ha ammazzato un uomo, e perché insieme a quell'uomo ha ucciso tutti quelli che da lui avrebbero ricevuto solo del bene.

4.

– Commissario, ma siamo sicuri che in tutti questi anni non s'allenò di nascosto?

Il commissario in pensione Biagio Patanè rise divertito.

– E chi pinsavi, Saruzzo, che m'ero scordato come si spara?

Saro Russo, direttore di tiro del poligono di Catania, non si capacitava di come fosse possibile che una persona di quell'età fosse ancora in grado di centrare un bersaglio al primo colpo.

– Per carità, dottore, non mi permetterei mai. Va bene che lei è sempre stato un tiratore eccezionale, ma manco accussí! A quel poverazzo che la taliava l'altro giorno lo scoramento gli fece venire! Quello, in due mesi che viene qua, al centro di un bersaglio manco ci si è avvicinato, e lei che era appena arrivato e non sparava da anni in dieci minuti ne fece fuori sei. Per non parlare di oggi, ca ci mancava picca che faceva tombola. Macari il bersaglio in movimento pigliò!

Patanè mise la sicura alla sua Beretta, comprata appena andato in pensione e identica a quella che aveva usato quand'era in servizio, e la infilò nella vecchia fondina che aveva rispolverato di recente. Poi indossò giacca e cappotto.

Era la seconda volta in pochi giorni che andava ad allenarsi al poligono e quei risultati, cosí straordinari, lo tranquillizzavano assai. Il sonno ci aveva perso, appresso all'idea di non essere piú capace di sparare bene. Una notte, due, tre, finché non aveva deciso di mettersi alla prova. E meno male.

– Ma mi dicisse una cosa, – fece il direttore, mentre lo accompagnava all'uscita, – com'è che dopo tutti questi anni le passò per testa di venire ad allenarsi a sparare?

E com'è! Che gli doveva rispondere? Certo non poteva dirgli la verità.

– Ca nenti, Saruzzo, curiosità. Ogni tanto all'età mia capita di volersi accertare che non ci si sta rincoglionendo. E allora uno fa qualche test. Un amico mio ragioniere, per esempio, ogni tanto si piglia qualche problema di matematica rognoso e cerca di risolverlo. Se ce la fa, vuol dire che ancora del tutto scimunito non è. Io, che nella vita ho fatto il poliziotto, ho deciso di venire qua e mettermi alla prova. Per fortuna 'sta prova m'arrinisciu bona!

– Altro che buona, commissario: magnifica!

Si salutarono. Patanè salí sulla sua vecchia Panda scassata e partí, grattando la frizione.

Se l'era cavata bene con quella storia del test, che poi non era nemmeno del tutto inventata. Il ragioniere Sferlazza passava davvero il tempo a risolvere formule matematiche, e ogni volta che ci riusciva arrivava al bar contento che pareva una pasqua. «Ancora non scimunii», comunicava, e poi festeggiava col solito bicchierino di cognac.

La verità però era ben altra.

Patanè non riusciva a togliersi dalla testa quella scena. Lui, la dottoressa Guarrasi e la signora Bettina, nella cucina del vicequestore, che fissavano atterriti un foglio di carta su cui qualcuno aveva attaccato un proiettile. Il senso di pericolo, che da quel momento non l'aveva piú abbandonato nemmeno per un attimo. Un pericolo difficile da accettare, perché riguardava una delle persone cui teneva di piú. L'amica piú cara che avesse, nonostante si conoscessero da pochi mesi.

Poteva mai rassegnarsi all'idea di non essere capace di proteggerla? Di non riuscire a fare fuori un bastardo che sta per attentare alla vita di qualcuno? Ma manco per sogno si sarebbe arreso davanti a una cosa cosí importante. Ora sapeva che, nonostante i suoi ottantatre anni, semmai fosse servito, aveva conservato l'abilità necessaria per fare fuori tutti i bastardi dell'universo creato.

E ora era lí, vicino agli archi della Marina, fermo nel traffico a riflettere sugli avvenimenti, quando la suoneria del telefonino lo fece sobbalzare sul sedile. Dieci anni erano, che possedeva un cellulare, e ancora non ci si era abituato. Suo figlio appena una settimana prima gliene aveva regalato uno di quelli all'avanguardia, che faceva di tutto. Poco ci mancava che fungesse anche da doccia all'occorrenza. Il commissario di quelle *mavaríe* non sapeva che farsene. Una cosa sola apprezzava dei cellulari: che sullo schermo comparisse il numero di chi lo stava chiamando, cosí era piú facile selezionare le telefonate cui rispondere e quelle da ignorare.

Allontanò il telefono per poter leggere il display senza inforcare gli occhiali, sperando che fosse la Guarrasi, ma riconobbe il numero di casa sua.

– Angilina, – rispose.

Silenzio.

– Angilina?

– E tu come lo inzertasti che ero io?

Il commissario sghignazzò in silenzio.

– Un sesto senso ho: se mi chiami tu me ne accorgo da… dallo squillo.

– Gino, a mmia invece mi pare che mi stai pigliando per i fondelli.

– Amuní, non fare l'ingutta, che poi te lo spiego come me ne accorgo. Che volevi, gioia mia?

– Poi una non deve pensare che la sta pigliando per i fondelli: gioia mia, dice, – borbottò.

Patanè alzò gli occhi al cielo.

– Angilina, gioia, finiscila. Pirchí mi chiamasti?

– Ca come pirchí? Stamatina tinn'isti senza manco dirmi che dovevi fare e ancora non tornasti, mi stavo preoccupando.

– A casa sto tornando. Sempre se 'sta fila si muove.

Si sporse dal finestrino. A occhio, considerato l'incastro che s'era creato tra un autobus urbano e un Suv che pretendeva di passare nonostante lo stop, come minimo ci sarebbero voluti altri dieci minuti buoni.

Il commissario rassicurò Angelina e la salutò, poi ne approfittò per accendersi una sigaretta. A casa non avrebbe piú potuto, pena la solita mezz'ora di avvertimenti che in confronto Cassandra sarebbe parsa un'ottimista. Come se all'età sua un paio di sigarette al giorno cambiassero la sostanza delle cose. Rimise a posto l'accendino e riprese in mano il telefono. Visto che era fermo, tanto valeva impiegare il tempo in qualche cosa di utile. Occhiali sul naso, sigaretta stretta tra i denti per tenere libere le mani, tirò fuori dal taschino un biglietto da visita che per poco non cadeva a brandelli e armeggiò col telefono finché non riuscí a comporre il numero.

Vanina rispose al primo squillo, un piede nell'auto di servizio, l'altro ancora sul molo.

– Commissario!

– Dottoressa, come sta? Tutto bene? – La chiamava ogni giorno, piú volte al giorno.

– Io glielo devo dire, commissario: manco Paolo è cosí apprensivo.

– Ca certo, mischino: 'sa quante gliene dice ogni volta che la chiama. Accussí quel cristiano si inibisce.

Vanina sorrise. Patanè era una delle pochissime persone con cui era riuscita a parlare di Paolo, di quello che era successo, del perché l'aveva lasciato, di come tutto si riconducesse sempre alla morte di suo padre. E non se n'era nemmeno pentita, il che era davvero inedito. Rimise il piede fuori dall'auto e restò sul molo.

Il commissario le raccontò di essere bloccato nel traffico. Eluse la domanda su dove fosse stato fingendo di non sentirla, ma Vanina mangiò la foglia.

– E lei, unni è? – chiese Patanè.

– A due passi da lei, al porto di Catania. Appresso a un morto nuovo.

Patanè drizzò le antenne.

– Che trovarono qualche morto ammazzato dentro il porto?

– No, dentro il porto l'ammazzato ci abitava. Il cadavere invece era in un pub. Lo conosce lei quel locale col sotterraneo in cui passa il fiume?

Il commissario esitò un attimo, poi non resistette piú.

– Aspittassi che la raggiungo.

In tempi di pace, con la bella giornata che c'era, la Guarrasi avrebbe trasformato il dehors del bar del porto in una succursale della Mobile. Tavolini fronte mare, spritz e patatine, con Spanò e Patanè seduti accanto a lei e Bonazzoli vicino al primo dirigente Tito Macchia, che, attirato dalla presenza della fidanzata, invece di aspettarli in ufficio li avrebbe raggiunti lí. Ma siccome i tempi non erano per niente pacifici, e per il Grande Capo meno la sua fidanzata se ne stava fuori appresso alla Guarrasi meglio era, appena il commissario Patanè l'aveva raggiunta, Vanina se l'era portato in ufficio.

Macchia, che era appena rientrato, lo accolse col solito spirito a metà tra il caloroso e il burlesco, sempre convinto che a portarlo lí cosí spesso non fosse tanto la nostalgia per il suo vecchio ufficio, quanto piuttosto un'insana sbandata senile per la Guarrasi. Però era anche vero, e questo Tito aveva dovuto ammetterlo, che il contributo di Patanè alle indagini si rivelava ogni volta decisivo.

La sezione Reati contro la persona era riunita nell'ufficio di Vanina, a eccezione del vicesovrintendente Fragapane – l'altro elemento che insieme a Spanò si definiva «della vecchia guardia», e che quel giorno era in ferie – e di Lo Faro, che recuperava di giorno il sonno perduto.

– Brava persona o no, qualcuno evidentemente doveva avere un motivo per ucciderlo, questo La Barbera, – sentenziò Macchia, grattandosi la barba. Sigaro spento in bocca, si dondolava con la sua mole titanica sulla poltrona della Guarrasi, che a forza di ospitare quasi giornalmente i suoi centoventi chili ormai era lí lí per cedere. – L'arma del delitto piuttosto? Si sa già di che si tratta?

– Calí ci sta ancora lavorando, – rispose Vanina, – credo che a breve potrà dirmi qualcosa. Però considera che attorno al cadavere e nel fiume non abbiamo trovato nessun possibile fendente –. Aveva appena acceso una sigaretta e s'era messa a fumarla fuori, sul balconcino.

Patanè scattò. – Dottoressa, trasissi subito!

La Guarrasi fu costretta a rientrare e lo guardò sconfortata.

– Commissario, ma pure lei?

– Come pure io? Deve stare attenta, – ribadí Patanè. Uscí sul balcone e controllò il marciapiede lí sotto.

A Vanina parve di scorgere la fondina sotto la giacca del commissario. Rimase sorpresa, ma evitò di farglielo capire. Spense la sigaretta e tornò dal Grande Capo.

– Guarra', io piú che metterti a tutela a turno quelli della squadra in rinforzo alla scorta non posso fare. Vedi di non vanificare i nostri sforzi e di non far rischiare la pelle a nessuno –. Guardò di sfuggita Marta.

– Non preoccuparti, Tito. Nessuno rischierà niente.

– Se sei convinta tu –. Si alzò e andò verso la porta. – Quindi, in buona sostanza, non sappiamo nemmeno da dove cominciare.

La Guarrasi si riappropriò del suo posto, già pronta ad accendere una sigaretta di rimpiazzo a quella che aveva dovuto sacrificare.

– Cominceremo da zero, come sempre. Trecentosessanta gradi e nessuna pista esclusa. Abbiamo convocato per oggi pomeriggio gli altri due ragazzi che lavorano al pub *I Sotterranei*. Uno è un cameriere e l'altro il gestore. Poi stasera Spanò si va a fare un giro nell'ostello.

Tito annuí.

– Vabbuò, fatemi sapere, – concluse.

Salutò Patanè, infilò la porta e se ne tornò nel suo ufficio.

Anche la trattoria *Da Nino* era diventata off limits per Vanina. Gente che andava e veniva, doppia entrata, doppia sala, tutto troppo complicato. Per evitare che il vicequestore ne patisse la mancanza, qualcuno della squadra andava a prenderle il pranzo lí e glielo portava in ufficio. Nino conosceva bene i gusti della dottoressa Guarrasi. C'erano piatti che sarebbe stata capace di ordinare ogni giorno per sette giorni consecutivi, e altri che non guardava manco con la coda dell'occhio. Finora Nino non aveva mai sbagliato una volta.

Vanina abbozzava, ma quella clausura forzata iniziava a pesarle. Ingoiò l'ultima polpetta, raccolse col pane l'ultimo boccone di parmigiana e fece fuori le due olive alla stimpirata che erano rimaste nella vaschetta di plastica. Dulcis in fundo, nel vero senso della parola, aprí un involto d'alluminio ancora intatto e attaccò la torta di ricotta e pistacchio.

Erano le due e mezzo. Patanè se n'era tornato a casa per pranzare con Angelina. Spanò s'era assentato per un impegno di famiglia da cui non prevedeva di riemergere se non dopo almeno un paio d'ore. Marta s'era ritirata nel suo ufficio a mangiare una ciotola di quinoa condita con chissà quale diavoleria vegana, mentre Nunnari, seduto davanti a lei, aveva appena divorato uno sfilatino con la mortadella e stava lavorando sul computer di La Barbera.

Adriano Calí comparve nell'ufficio di Vanina senza preavviso, in mano due bicchierini di plastica che avevano l'aria di provenire dal chiosco all'angolo. La trovò che fissava lo schermo su cui era aperta la scheda di Vincenzo Maria La Barbera. Una scheda che piú anonima non poteva essere.

– Madunnuzza che allegria.

Vanina si voltò verso di lui con tutta la poltrona. – Calí, ti presentasti qua per sfottere o hai qualche cosa di importante da contarmi?

Adriano depositò i caffè sulla scrivania. – Oh, ma manco grazie? Guarda che potevo andarmene benissimo a casa, scrivere un bel rapporto ufficiale e mandartelo con calma.

L'ultimo cineforum a due che s'erano organizzati risaliva a qualche giorno prima. Meno male che almeno a quello Vanina non aveva dovuto rinunciare: un vecchio film in bianco e nero, una pizza siciliana comprata da Adriano al *Bar Santo Stefano*, un momentaneo senso di pace, di normalità.

Il vicequestore gli concesse un mezzo sorriso e si sporse per afferrare un bicchierino.

– Vabbe', hai ragione. Grazie. Ora però dimmi qualche cosa, perché qua non sappiamo nemmeno da dove cominciare.

– Non so quanto ti sarò utile. L'ora del decesso è confermata all'incirca tra mezzanotte e le due. Ha perso sangue, le ipostasi erano tenui e la temperatura piú bassa, anche dato l'ambiente in cui si trovava, ma piú o meno siamo là. Ha ricevuto tre coltellate, inferte a caso sembrerebbe: una al braccio, una al fegato e una latero-cervicale destra, sovraclaveare, che senz'altro è stata quella mortale. Ha leso la succlavia e ha penetrato anche il polmone. Per il resto non c'era granché. Tasso alcolemico adeguato alla birra che aveva bevuto, non di piú. Per l'esame tossicologico poi ti farò sapere.

– Che tipo di coltello poteva essere?

– La lesione è di due centimetri ma profonda e ha un aspetto tipico. Nel libro del professor Pomara lo si definisce «ad asola».

– Interessante, Adriano, ma in sintesi che vuol dire?

– Che può essere un normale coltello da cucina, di quelli buoni.

– Perciò anche un coltello del pub?

– Può darsi.

Vanina ci rifletté un attimo. Afferrò il telefono e chiamò la Scientifica.

Chiese del dirigente, il dottor Munzio.

– Guarrasi, che piacere.

– Ciao Munzio, come stai?

– Come uno che è appena arrivato in una nuova città e sta cercando di ambientarsi.

– Ti capisco. Appena finisce 'sta camurría della scorta ti faccio io da guida.

– Vedi che me lo sto segnando, eh!

– Segnatelo. Senti, t'ho chiamato per un'informazione che mi secca chiedere a Manenti, lo sai che non abbiamo un rapporto idilliaco.

– Lo so e non mi stupisce. Dimmi tutto.

– Chi ci sta lavorando sui rilievi fatti al pub *I Sotterranei*? Lui in persona o ha demandato a qualcun altro?

– No, se ne sta occupando il sovrintendente capo Pappalardo. Ma non c'è molto da fare, a quanto ne so. Un paio di bottiglie con qualche impronta digitale, effetti personali, niente di che.

– Pappalardo è uno in gamba.

– Di cui tu ti fidi e per questo Manenti non lo può vedere, so pure questo.

– Peggio di un cortile.

L'altro rise.

– Senti, Munzio, ho bisogno di un supplemento d'indagine vostro da fare al pub, se sei d'accordo chiamerei direttamente Pappalardo.

– Ancora meglio, ti faccio chiamare io da lui cosí da adesso l'indagine fa capo direttamente a me.

Vanina l'avrebbe abbracciato.

Tempo due minuti e Pappalardo la chiamò.

– Dottoressa, ora ora finii il lavoro del pub.

– Sí, sí, so tutto. Ho parlato col dottor Munzio.

– Il dottore mi disse di chiamarla. A disposizione sua sono.

– Grazie, Pappalardo. Per piacere, vada al pub, sequestri tutti i coltelli da cucina che trova e li analizzi per bene. È difficile che l'arma sia lí in mezzo, ma in questo momento non dobbiamo tralasciare niente.

– Certo, dottoressa, ci vado subito.

Il vicequestore stava per staccare, ma ci ripensò.

– Ah, Pappalardo.

– Sí?

– Mentre c'è, faccia anche una ricognizione accurata nella grotta, che di Manenti non mi fido.

Pappalardo rise.

Anche Adriano si stava divertendo.

– Ma per davvero pensi che l'assassino abbia usato un coltello del pub?

– Al novantanove per cento no, ma in questo momento non posso escludere niente a priori.

– Certo. Comunque, se ti può interessare, l'assassino è sicuramente destrimane.

– Mi interesserebbe di piú se fosse mancino, almeno restringerebbe il campo. Ma pazienza.

– Ah, altra cosa: sul corpo del professore c'erano varie ecchimosi, risalenti almeno a tre o quattro giorni fa. Una al centro dell'addome, una sul volto all'altezza della mandibola sinistra e una sul braccio sinistro. Le prime due sono compatibili con delle percosse, pugni probabilmente. La terza con una stretta violenta intorno al braccio, tipo uno strattone.

– Un avvertimento, perciò?

– Questo me lo devi dire tu. La sbirra tu sei. Io però posso dirti che, a quanto ho saputo, il professore La Barbera a forza di convincere carusi a non usare piú droghe s'era messo contro un giro di spacciatori.

Vanina cercò di allontanare l'odore ributtante di criminalità organizzata che iniziava a sentire. La solita ondata di rabbia le serrò lo stomaco.

Si augurò con tutto il cuore di non doverci avere a che fare.

Sergio Milone, il gestore del pub *I Sotterranei*, si presentò puntuale alle quindici e trenta, come stabilito dall'ispettore Bonazzoli che l'aveva contattato quella mattina. Lo accompagnava Elettra Burla. Marta stava per condurli nell'ufficio della Guarrasi, quando fu lei a presentarsi nella stanza dei carusi.

Sui venticinque, mingherlino, naso sproporzionatamente lungo, sguardo incantato fisso su Marta, che quel giorno era perfino piú bella del solito. Per restare nello stesso film, se gli altri due conosciuti quella mattina potevano essere Sophie Marceau e Pierre Cosso, Milone pareva preciso l'amico nasone che nessuna considerava. Capace che anche tra quei tre le cose andavano piú o meno cosí.

Vanina si sostituí alla Bonazzoli. Si sedette cautamente sulla poltroncina ergonomica con le ginocchiere, che ogni volta si inclinava in avanti mandandola a sbattere il naso sulla scrivania dell'ispettore. Fece per accendersi una sigaretta, ma cambiò idea. Non sarebbe stato rispettoso nei confronti di Marta, che oltre a essere vegana era pure salutista.

– Signor Milone, a che ora se n'è andato dal pub ieri sera?

– Verso l'una.

– Non si è accertato che nel sotterraneo non ci fosse piú nessuno?

– Sí, l'ho fatto.

– E come, scusi?

– Sono sceso giú e ho dato un'occhiata. Ho anche buttato una voce, per sicurezza, ma non ha risposto nessuno. Ho spento le luci e sono risalito. Mattia mi aveva assicurato che sarebbe tornato di mattina presto per rimettere a posto, perciò non ho nemmeno sparecchiato i tavoli.

– E non ha controllato la grotta?

– Perché avrei dovuto? Se ci fosse stato ancora qualcuno dentro, appena ho spento la luce si sarebbe fatto vivo.

Il ragionamento non faceva una piega.

– Ma non le venne in mente che se qualcuno si fosse sentito male là dentro in questo modo lei non se ne sarebbe accorto? Che sistema è, mi scusi?

Milone ci pensò su.

– Vabbe', in effetti a un'eventualità simile non ci pensai. Forse avrei dovuto controllare anche la grotta, ha ragione lei. Però ormai che posso farci?

Vanina lo soppesò con gli occhi grigi che in quei giorni parevano piú di ferro del solito, mettendolo in soggezione.

– Senta, Milone, lei lo conosceva il professor La Barbera?

– Sí, certo. Però non l'ho avuto come insegnante. Io ho fatto l'alberghiero, il classico non era cosa per me.

– E ieri sera ci ha parlato?

– No. L'ho visto arrivare, lo salutai, ma nient'altro. Ieri mi finí tutta la serata dietro il bancone del bar, perché la persona che normalmente se ne occupa si pigliò una serata libera. Mattia ci parlò, e mi pare anche Carmelo, l'altro ragazzo che serve ai tavoli.

– Sí, Mattia me l'ha detto, – Vanina si mise in piedi. Tra il dondolio della poltroncina ergonomica e l'odore di fieno misto a eucalipto di cui non era riuscita a individuare la provenienza, le stava venendo il mal di mare.

Milone si alzò subito appresso a lei e si mise accanto a Elettra, che se ne stava in piedi davanti alla scrivania di Nunnari.

– Un'ultima domanda, – fece il vicequestore. – Lei si ricorda se l'ingresso di servizio che conduce direttamente nel sotterraneo ieri sera era aperto?

– L'abbiamo aperto come sempre all'inizio della serata perché cosí circola un poco d'aria là sotto. Però non ricordo chi l'ha chiuso, – guardò Elettra, che fece spallucce. – Può essere che abbiamo dimenticato di chiudere a chiave. Di solito lo fa Mattia a fine serata perché esce da quella porta. Ed è raro che vada via prima di noi, ieri fu un caso.

Per Vanina bastava.

– Va bene, va bene cosí. Per ora abbiamo finito.

La Bonazzoli li accompagnò fino alle scale.

Il vicequestore s'avvicinò a Nunnari, che da trenta secondi fissava la porta attraverso cui era appena uscita Marta. Lo chiamò due volte, poi decise di usare un sistema piú efficace: gli batté le mani davanti alla faccia.

– Sovrintendente Domenico Nunnari!

Lui sobbalzò. Scattò in piedi, incerto sul da farsi. Capace che la Guarrasi s'era seccata per davvero. Vide che rideva e allora proseguí con la solita farsa: batté i tacchi, portò la mano tesa alla fronte. – Agli ordini, capo!

– Siediti, va', guardiamarina Nunnari. Che mi conti? Lo sbloccasti il computer?

– Avoglia, dottoressa. Subito lo sbloccai. La password era la data di nascita di La Barbera.

– Una password sicurissima.

– Ma tanto, dottoressa, per quello che ho trovato in questo computer bastava e avanzava. Praticamente ci sono solo cose scritte da lui.

– Che genere di cose?

– Mah, qualche poesia, un poco di racconti che sinceramente a mia mi parunu senza capo né coda.

– Posta elettronica ce n'è?

– Sí, c'è un account, ma è pieno di mail pubblicitarie. Spam, per la maggior parte. In mezzo qualche ricevuta di cose accattate via internet. Ma l'ultima risale a tre mesi fa.

Vanina si sedette sul bordo della scrivania, girò il computer verso di sé. Aprí uno a caso tra i file Word che comparivano nella cartella dei documenti: *Racconti meta-*

fisici s'intitolava. Ne aprí un altro: *Racconti metaforici*. Il terzo: *Racconti aneddotici*. Il quarto: *Versi scomposti*.

– Visto? Che le dissi? Cose senza capo né coda, – ribadí Nunnari.

– Vabbe', stampameli lo stesso.

Quello la guardò stupito, tanto da non accorgersi nemmeno che Marta era rientrata nella stanza.

– Ma piddaveru dice?

– Vero dico. Non si sa mai, potrebbero servire.

Nunnari era sempre piú perplesso.

– Dottoressa, ma cose di fantasia sono.

Vanina si spazientí.

– Nunnari, rispondi a una domanda: abbiamo un'idea anche vaga di dove poter trovare indizi utili su quest'omicidio?

Lui ci rifletté. – No.

– Abbiamo altre cose scritte che appartengono al morto?

– No.

– E allora datti un'annacata e stampami 'sti racconti, che appena arrivano i tabulati telefonici devi metterti a lavorare su quelli.

Nunnari calò la testa. – Signorsí signore, eseguo subito.

C'era rimasto male. Umiliato davanti alla Bonazzoli: la donna dei suoi sogni segreti, miseramente infranti da un primo dirigente napoletano vent'anni piú grande di lui.

Vanina s'ammorbidí.

– Mimmo, – lo richiamò, prima di tornarsene nel suo ufficio, la sigaretta già pronta tra le labbra.

Il sovrintendente la guardò incerto.

– Ragione hai: sono cose di fantasia. Ma certe volte, a saperle interpretare, contengono informazioni su chi le ha scritte che manco il suo migliore amico ti può dare.

Carmelo Gallo, il secondo cameriere del pub, si presentò insieme a Mattia Santonocito. Interrogato da Vanina confermò pari pari quello che avevano raccontato gli altri. Con un dettaglio in piú, però, piccolo ma sostanzioso. La sera prima, al tavolo del professore La Barbera, in riva all'Amenano, s'erano sedute due persone in momenti diversi: intorno alle undici un uomo e successivamente una donna.

– Come fa a essere sicuro che fossero le undici? – gli chiese il vicequestore.

– Perché una cliente a un tavolo nel primo sotterraneo si portò la testa che voleva mangiare, e dovetti convincerla che la cucina alle undici era chiusa. Le feci vedere anche l'orologio. Prima di risalire guardai nella grotta e notai che il professore non era piú solo.

– E lei non ha idea di chi fossero queste due persone?

– Mai visti prima. M'avvicinai per chiedere se dovevano ordinare qualcosa, ma non vollero niente. Quando passai la seconda volta, c'era una donna con lui.

– Che ora era?

– Non lo so, ma sicuramente dopo mezzanotte perché Mattia se n'era andato.

– E la donna non era la fidanzata del professore, giusto?

– Ma chi, la dottoressa Fisichella? No no, assolutamente.

Vanina s'incuriosí.

– La conosce?

Il ragazzo tentennò. Annuí.

– E come la conosce? – l'incalzò la Guarrasi.

– Perché prima io... – si fermò, forse imbarazzato per la presenza di Mattia.

– Guardi che non è competenza mia giudicare chi fa o ha fatto uso di droghe, – azzardò Vanina.

Carmelo s'agitò. – Vabbe', non è che io facevo proprio uso di droghe. Ogni tanto capitava.

– Il professore come lo conosceva? È stato un suo studente?

– Chi, io? – sgranò gli occhi, manco gli avesse detto un'assurdità. – No no, io il liceo artistico ho fatto.

– E allora come l'ha conosciuto?

– Al pub. Mattia me lo presentò –. L'altro annuí.

– E dalla dottoressa Fisichella come c'è finito?

– Il professore La Barbera mi ci portò. Una volta mi sentii male fuori da un locale. Un altro locale, non il nostro, un posto in cui droga ne gira assai. Il professore passava di là per caso. Mi portò al pronto soccorso, e poi tanto fece che mi convinse ad andare dalla dottoressa.

– Conosce altri ragazzi che il professore aiutava?

– No. Però so che per lui era un impegno serio.

Vanina meditò sulla cosa. L'unica che per il momento le pareva degna di nota.

– Senta, Carmelo, l'uomo e la donna che ieri sera si sono seduti al tavolo del professore, è sicuro di non averli mai visti? Magari in uno di quei locali che frequentava prima?

– Sicurissimo, dottoressa. Non erano facce che si incontrano in quei locali. Lui pareva un signore, tutto vestito pulito, giacca e cravatta.

– Età?

– Boh. Sui cinquantacinque.

– E la donna?

– Forse qualcuno in piú. Ma magari li portava male. Era vestita un poco scicata, era spettinata.

– Non ricorda altro?

– Niente di particolare, – ci pensò, – tranne una cosa: aveva i capelli che pareva ci avessero buttato sopra una colata di lava.

– Neri?

– Una colata accesa, dottoressa.

5.

L'ispettore capo Carmelo Spanò si chiuse il portone alle spalle e andò a recuperare la Vespa, parcheggiata poco piú in là sul marciapiede, davanti al vecchio palazzo abitato per tre quarti dalla sua famiglia. Aveva perso la cognizione del tempo. Succedeva sempre cosí in quelle occasioni: pasto luculliano, dolci da applauso – sua zia Maricchia era la pasticcera piú famosa di Catania – poi liquore al mandarino, caffè, ammazzacaffè. Dulcis in fundo giocata a carte, rigorosamente a soldi, in cui Carmelo, che era il meno allenato di tutti, appizzava ogni volta almeno venti euro.

Trentacinque persone come minimo tra fratelli (due), sorelle (altre due), mariti, mogli, nipoti, zii materni, zii paterni e cugini. Detta cosí pareva una specie di gara di resistenza, e in parte probabilmente lo era, ma mai come in quei momenti l'ispettore si sentiva in pace con sé stesso, specie nell'ultimo periodo. A maggior ragione in quell'occasione, visto che si festeggiava sua madre: ottant'anni e una grinta che avrebbe fatto mangiare la polvere a una trentenne. Di sicuro la faceva mangiare a lui, che di anni ne aveva cinquantasei ma si sentiva piú decrepito di un fossile.

Senza contare la riserva aurea di notizie che ciascuno dei suoi parenti, a turno, riusciva a procurargli ogni volta che l'ispettore si trovava a indagare su qualcuno che sfiorasse anche da lontano il giro, sconfinato, delle loro conoscenze. Curtigghi, indiscrezioni, intrecci parentali. Tutto sapevano, quei gazzettini viventi.

Poteva mai il professore Vincenzo Maria La Barbera essere sfuggito alla loro attenzione? Difficile gli pareva.

E infatti.

Vanina era arrivata al capolinea. Altri dieci minuti in ufficio e avrebbe cominciato a sdilliriare. S'era fatta fuori tutta la cioccolata speciale che il commissario Patanè le aveva regalato appena quattro giorni prima e nonostante ciò il suo umore non era migliorato.

Avere un caso per le mani e non potersi muovere liberamente era una tortura. Mai come in quel momento s'era sentita vicina a Paolo, aveva compreso i suoi scatti di insofferenza nei confronti dei poveri cristi che da dieci anni lo proteggevano giorno e notte. Uno di loro aveva pure perso la vita nell'attentato di quattro anni prima, quello in cui Paolo si era salvato solo perché era arrivata lei e aveva iniziato a sparare. Purtroppo lui non era riuscita a salvarlo. Ventidue anni aveva.

Se ti vogliono ammazzare, t'ammazzano con tutta la scorta, diceva Paolo. Difficile dargli torto, soprattutto se si contavano tutti gli uomini e le donne delle forze dell'ordine che avevano perso la vita in servizio insieme alle persone che stavano proteggendo. Inimmaginabile però anche che si lasciasse uno come lui senza la massima protezione possibile. Lei una volta lo aveva protetto, e come l'aveva fatto lei avrebbe potuto farlo anche un uomo della sua scorta. Ora lo stesso ragionamento, con tutti i dovuti distinguo e rapportato a un diverso rischio, valeva anche per Vanina. S'era ritrovata a maturare la stessa opinione estrema di Paolo, con la differenza che mentre lui minimizzava per esorcizzare il pericolo, lei lo faceva perché sin dall'inizio aveva avuto la sensazione che il pericolo non fosse reale. Che fosse tutto teatro, montato ad arte solo per romperle le scatole e metterle i bastoni tra le ruote.

– Vanina?

La Bonazzoli era entrata nella stanza senza che il vicequestore se ne accorgesse.

– Che c'è? – la accolse, nera.

Marta agitava la mano per cacciare via il fumo che saturava l'aria.

– Mamma mia! Sembra che ci sia la nebbia qui dentro –. Si diresse verso il balconcino e aprí le vetrate.

Il pacchetto delle Gauloises era vuoto, cosí come il cassetto della cioccolata.

– E che problemi hai con la nebbia tu? Dovresti sentirti a casa! – scherzò Vanina.

La poliziotta la guardò storto, raccolse la carta di un cioccolatino che era caduta fuori dalla pattumiera e la buttò dentro insieme alle altre venti.

– Se hai deciso di suicidarti dillo subito, almeno stanotte il povero Lo Faro si evita la guardia.

Vanina non rispose. Che doveva dirle? Ragione aveva.

– Eri entrata per dirmi qualcosa oppure volevi solo accertarti che fossi viva?

La Bonazzoli si sedette di fronte a lei, le passò un blocco di fogli.

– Nunnari t'ha stampato le opere letterarie del professor La Barbera.

– Ah ecco, almeno qualche cosa da fare ora ce l'ho.

Marta stava per replicare quando sulla porta comparve Spanò.

– Ispettore, l'avevo data per disperso!

– Mi scusi, dottoressa, il pranzo durò assai.

Vanina lo soppesò con lo sguardo, in silenzio.

– Però in compenso porto un poco di notizie interessanti sul professore La Barbera, – rilanciò l'ispettore, andando a sedersi accanto alla Bonazzoli.

– Fonti familiari sue, immagino.

– Immagina giusto –. Spanò si sistemò sulla sedia, mise la mano in tasca. Poi si fermò. – Posso fumare? – chiese.

– No, – rispose Marta.

Spanò rimase con la sigaretta già pronta.

– Non lo vede quanto fumo c'è già nella stanza? – insisté Marta.

L'ispettore cercò una sponda nella Guarrasi, che allargò le braccia, e si rimise il pacchetto in tasca.

– Vabbe'. Veniamo a noi: il professore La Barbera apparteneva a una famiglia molto facoltosa, con cui non aveva piú nessun rapporto dall'età di diciotto anni. Mio cugino, che fece il liceo con lui, mi contò che Vincenzo era un contestatore accanito, di chiddi che dovevano smontare tutto, e sovvertire la società. Capiddi longhi, vestito sbisazzato, occhialuzzi tond...

Vanina lo interruppe. – Vabbe', abbiamo capito, Spanò. Andiamo avanti.

– A diciotto anni se ne scappò di casa e non ci tornò piú. Il padre, che è morto da poco, era un ingegnere e aveva costruito mezza città. La madre, scomparsa tre anni fa, apparteneva a una famiglia nobiliare dell'agrigentino. Mio cugino lo rivide a metà degli anni Ottanta quando militavano tutti e due nel Partito Comunista. Allora il professore si era appena laureato in Filosofia e aveva iniziato a insegnare. Dice che era tale e quale se lo ricordava: capiddi longhi, sbisazzato... Vabbe', insomma, avete capito. Viveva in una specie di sottoscala assieme a una carusa. Qualche anno dopo mio cugino se ne andò a lavorare al Nord, il Partito lo sciolsero, e del professore La Barbera non ebbe piú notizie. Quando si ritrasferí a Catania, tre anni fa, lo rincontrò per caso all'uscita del liceo. Si pigliarono un caffè e lui gli contò che se n'era andato a stare nella barca che gli aveva lasciato in eredità suo zio, fratello del padre. L'unico della famiglia con cui era in contatto. Anzi, per la precisione, mio cugino si ricorda che gli disse che era l'unico della famiglia da cui avrebbe mai accettato qualcosa. Gli contò di quello che faceva per aiutare i tossicodipendenti. Era fissato con il problema della droga. Si girava tutte le associazioni, i centri di recupero. Pare che avesse stretto amicizia con un parrino, don Rosario Limoli, che si occupa proprio di carusi dipendenti da droghe e alcol.

Vanina si alzò di colpo dalla poltrona.

– Andiamo, – disse.

Spanò e Marta si guardarono perplessi.

– Dove? – chiese Spanò.

– Come dove? Dal parrino.

L'ispettore sgranò gli occhi.

– Ma non babbiamo con le cose serie, dottoressa! La parrocchia di don Rosario è in pieno San Cristoforo, tempo uno e due tutto il quartiere saprebbe che lei è là. E se mai sia lí in mezzo c'è qualcuno appattato con le famiglie di Palermo, tempo altri due minuti lo vengono a sapere macari nel mandamento giusto. Gliela serviamo sul piatto d'argento.

Vanina li guardò seria.

– Picciotti, rendetevi conto che 'sta storia non può durare assai. Stare dodici ore chiusa dentro un ufficio, senza uscire manco per mangiare, lasciando fare tutto il lavoro a voi non è cosa per me. Mi conoscete.

Spanò era costernato.

– Dottoressa, ma le pare che ci piace a noi 'sta situazione? La capisco perfettamente, anche io me ne uscirei di testa ad avere tutte 'ste limitazioni. Ma che vuole fare? Rischiare la pelle per un poco di libertà in piú? Già che oggi siamo andati al porto è stato un azzardo.

Marta non aggiunse niente, annuiva soltanto.

Vanina rimase in piedi. Non aveva argomenti per controbattere. La logica e il buonsenso davano ragione a loro. Guardò l'orologio: le sei.

– Sapete che facciamo? Voi due ve ne andate a parlare con questo don Rosario, e io me ne torno a casa. Almeno piglio un poco d'aria.

Marta andò a chiamare gli agenti della scorta. Mentre usciva dall'ufficio incrociò Tito e si fermò con lui in corridoio. Vanina li guardò soddisfatta. Quell'ufficializzazione era opera sua, e Macchia ancora non smetteva di ringraziarla per aver convinto Marta che non aveva nessun motivo di nascondersi.

– Cose da pazzi, – fece Spanò, allungando il collo per non perdersi la scena. – Se qualcuno un mese fa m'avesse detto che la Bonazzoli stava col Grande Capo, mi sarei fatto una risata. E invece… vedi tu.

– Ispettore, – lo richiamò Vanina, – se qualcuno venti giorni fa mi avesse detto che avrei dovuto salvare l'ispettore capo Carmelo Spanò da una denuncia per stalking da parte del fidanzato della sua ex moglie, mi sarei fatta una risata. E invece… – Si fermò. – Siamo sicuri che fece tardi al pranzo dei suoi? Non è che se n'è andato a sbrigare qualche indagine personale in zona Aci Trezza, vero?

Spanò era in imbarazzo.

– Dottoressa, per favore. Non mi ricordi la minchiata che stavo per combinare.

– La minchiata l'aveva già combinata, e per fortuna non ha avuto conseguenze. Ringrazi che Macchia abbia fatto finta di niente e non abbia agito in nessun modo nei suoi confronti. Però non tiri troppo la corda ed eviti almeno di farsi sgamare a curtigghiare della sua vita privata. Si ricordi che a salvarla è stato solo il fatto che lei è un elemento prezioso per la mia squadra e che è il mio braccio destro.

Spanò abbassò la testa, poi la rialzò.

– Sempre dopo il commissario Patanè.

Vanina sorrise.

– Ovvio.

– Ristuccia, ma sempre lei c'è di scorta? Non si riposa mai?

L'agente le aprí la portiera, la fece entrare e si sedette davanti accanto a Lo Faro che si era materializzato mezz'ora prima, sbarbato e profumato che pareva stesse andando a ballare. Sotto il giaccone pesante, adatto per la notte, s'intravedeva perfino una cravatta.

– Ho riposato tutto il giorno, dottoressa.

– Perciò tu fai gli stessi orari di Lo Faro?

– Sí, – rispose la Ristuccia.

A intuito dovevano essere coetanei. Venticinque anni grosso modo.

Bassina, non troppo magra, espressione intelligente. Occhio vispo. Per Lo Faro una cosí ci voleva. Chissà che non l'avrebbe svegliato del tutto.

Vanina si rese conto che sarebbe stata a casa al massimo per le sette. Con un caso fresco fresco tra le mani le parve assurdo. Eppure cosí era.

Approfittò del tragitto per chiamare sua madre, che l'aveva cercata tre volte. Quasi ogni sera Vanina doveva ripeterle che andava tutto bene, che non c'erano novità, e si sorbiva mezz'ora di racconto sui preparativi per le nozze di sua sorella Costanza. La madre era ignara di quello che le stava accadendo e tale Vanina voleva che restasse il piú possibile. La faccenda della minaccia che aveva ricevuto non era stata intercettata da nessun giornalista, perciò non c'era alcun pericolo che sua madre lo venisse a sapere. Marianna Partanna, vedova Guarrasi, sposata in seconde nozze con Federico Calderaro, cardiochirurgo di fama, evitava come la peste tutti gli ambienti legati in qualche modo alla polizia, il che rendeva ancora piú improbabile che qualcuno potesse raccontarle la verità.

Vanina la chiamò. Rispose a monosillabi alle domande sulla sua giornata, glissò sul solito riferimento a Paolo Malfitano – sua madre provava da tempo a farli riavvicinare – e ascoltò quello che la signora Marianna aveva da raccontarle. Finché non saltò fuori una richiesta che la spiazzò.

– Senti, gioia mia, Federico questa settimana deve venire a Catania per una sorta di lezione pratica a dei giovani chirurghi. Ovviamente lo ospiterebbero in albergo, ma a lui farebbe molto piú piacere se potesse stare da te.

Vanina rimase in silenzio. E ora?

– Guarda che ho un'indagine in corso. Faccio orari impossibili, – mise le mani avanti.

– Ma figurati, lui s'adatterà. Non te lo chiederebbe mai, ma io lo so che ci tiene. Pensaci.

Vanina promise che ci avrebbe pensato.

Era peggio rifiutarsi di ospitare Federico per una notte o accoglierlo in casa col rischio che scoprisse tutto? Uno sgarbo o un colpo al cuore, in poche parole.

Di sgarbi a quell'uomo, in ventitre anni, Vanina ne aveva fatti fin troppi. Sempre gratuitamente. Ora che stava recuperando il rapporto con lui, le sarebbe dispiaciuto deluderlo di nuovo. Per contro, rischiava di infliggergli un colpo micidiale, se solo lui si fosse accorto che era sotto scorta. Federico la considerava sua figlia al pari di Costanza, su questo non c'erano dubbi. Ne sarebbe stato annientato.

Lo Faro la risvegliò da quei pensieri.

– Dottoressa, vuole che ci fermiamo a Viagrande cosí Ristuccia scende a prenderle qualcosa?

Manco alla putía di Sebastiano la lasciavano entrare. Ma quella sera Vanina era arrivata a un punto di saturazione. O scendeva dalla macchina e faceva qualcosa di normale o iniziava a sdilliriare per davvero.

– Sí, fermati.

Davanti alla putía non c'era nessuno, cosí anche dentro.

– Ristuccia, scendo con te, – comunicò.

Agata tentò di protestare, ma lei era già con un piede fuori. L'agente non poté che assecondarla e seguirla. Viagrande non era San Cristoforo, era difficile immaginare un killer della mafia appostato tra vini, caciotte, prosciutti e peperoncini appesi.

– Dottoressa, ma che fine aveva fatto? – l'accolse Sebastiano, festoso, da dietro il bancone della salumeria. Il suo regno.

– Ho avuto da fare.

Sebi recuperò in dieci minuti il tempo perduto. Prima le porse un grissino con una mortadella speciale prodotta in edizione limitata, poi un pezzo di caciocavallo «della zona sua» – ovvero Palermo – e per finire un assaggino di soppressata dei Nebrodi col pane caldo. Offrí tutto anche a Lo Faro e Ristuccia, estasiati da quel tempio della gastronomia siciliana che piú old style non poteva essere.

Vanina comprò un po' delle specialità che aveva assaggiato piú una ciotola di olive, due stecche di involtini, uno alla messinese e uno al pistacchio, e mezza ciambella di pane caldo.

– La nonna sfornò adesso adesso la scacciata di broccoli, lo vuole un pezzo?

La nonna di Sebi era quasi un personaggio di fantasia. Non si vedeva mai, non si sentiva mai, eppure la sua presenza era tangibile attraverso quello che usciva dalla sua cucina. Un giorno era la scacciata di broccoli, il giorno dopo il sugo col polpettone, un'altra volta ancora la parmigiana. Per una come Vanina, incapace di cucinare un uovo fritto senza combinare un disastro, era una risorsa immensa, seconda solo a Bettina.

La scacciata di broccoli era una di quelle che Vanina chiamava *catanesate*, che segnava in un'apposita lista sulle note dell'iPhone. Ne comprò una intera e la fece dividere in quattro parti: una per sé, una per ognuno degli agenti e una per la vicina. Pagò e risalí in macchina.

Era quasi arrivata a Santo Stefano quando il telefono squillò e il nome di Maria Giulia De Rosa comparve sul display.

– Giuli, – le rispose.

– Dove sei?

– E dove posso essere? Quasi a casa. Tu piuttosto, in che posto incasinato ti trovi? Sento musica.

Giuli non mancava un aperitivo serale neppure col diluvio universale, figuriamoci in una serata cosí bella. Il povero picciriddo che aspettava conosceva già il sapore di tutti i cocktail esistenti. Vanina si augurava che l'amica si limitasse agli analcolici, ma non ci avrebbe giurato.

– La musica è quella della mia macchina. Sono sotto casa tua.

Al ben di Dio di Sebastiano Bettina aveva aggiunto un vassoio di ravioli fritti con la ricotta e il miele, in cambio della scacciata che Vanina aveva preso per lei. Una fortuna, perché quella sera le amiche sue se n'erano andate cosí tardi che non era riuscita a cucinare niente. I ravioli fritti erano per il pomeriggio, tra una partita di burraco e l'altra. Una versione sicula del tè delle cinque.

L'avvocato Maria Giulia De Rosa era irriconoscibile. Non lasciava neanche una briciola nel piatto. Carboidrati, zuccheri, grassi, tutti veleni che aveva evitato accuratamente per quarant'anni e di cui adesso non riusciva a fare a meno.

– Non è che ne capisca molto, ma nei primi tempi non dovresti avere nausee e malesseri vari? – s'informò Vanina.

– Ma quali nausee. Magari le avessi, almeno la smetterei di mangiare in continuazione. Venti chili prenderò, di questo passo.

– E non puoi cercare di moderarti?

– Proprio tu parli? Che non rinunceresti a un cornetto alla nutella manco davanti a una catastrofe naturale?

– Che c'entra, io sono io.

Giuli allontanò il vassoio di Bettina, per non ricadere in tentazione.

– Sai la verità qual è? Che per smettere di mangiare dovrei avere molta forza di volontà, e per ora è tutta impiegata altrove.

Quello che Giuli stava cercando di evitare era il casino inenarrabile che sarebbe scoppiato se lei avesse deciso di rivelare la sua gravidanza alla persona con cui l'aveva generata. Un casino che, in ogni caso, avrebbe coinvolto anche Vanina.

– Li hai visti, ultimamente? – le chiese Giuli.

– Ho visto Adriano.

– E Luca?

– È in Birmania.

Trovare Luca Zammataro a Catania era come vincere un terno al lotto. Piú diventava importante come inviato per il giornale, piú lontane erano le sue destinazioni.

Senza contare il tempo che passava a Roma, dove Giuli l'aveva intercettato per caso un mese e mezzo prima e dov'era avvenuto quel fatto assurdo che non si sarebbe ripetuto mai piú. Questo era certo almeno per due motivi: primo, perché Luca era dichiaratamente gay; secondo, perché era il compagno di uno dei suoi migliori amici: Adriano Calí.

Giuli cincischiò col bicchiere della gazzosa.

– Io non lo so se lo tengo 'sto bambino.

A Vanina la gazzosa andò di traverso.

– Minchia, Giuli, e cosí me lo dici?

– E come te lo devo dire? Sei l'unica con cui posso parlare liberamente.

– Vabbe', ma un minimo di preavviso! Fino a ieri mi straziavi col fatto che il picciriddo non avrebbe avuto un padre, e ora manco lo vuoi piú?

Giuli si sedette in pizzo al divano grigio.

– Te lo ricordi che faccio di mestiere? L'avvocato matrimonialista. E lo sai quanti ne vedo di casini familiari causati da figli ignari di chi sia il loro padre, che poi un bel giorno decidono che vogliono conoscerlo? Io non me la sento di affrontare tutte 'ste tragedie. Non mi sono sposata per non avere legami e ora mi lego mani e piedi da sola per un imprevisto.

Vanina si stravaccò dalla sua parte preferita del divano.

– Perché me lo stai contando, allora, se hai già deciso?

– Non lo so.

Lo Faro scortò l'avvocato De Rosa fino al suo Suv, parcheggiato accanto all'auto di servizio da cui subito uscí la Ristuccia. Salutò la collega e tornò spedito accanto al finestrone. Aveva stabilito che l'agrumeto era il vulnus della casa, perché ci si poteva saltare dentro da piú parti e nascondersi lí al buio era facile, perciò quella sarebbe stata la sua postazione per tutta la notte.

Vanina aprí la vetrata e si accese una sigaretta.

– Non senti freddo? – gli chiese.

– No, sono coperto bene, stia tranquilla, dottoressa.

S'erano fatte le dieci e mezzo. Spanò l'aveva appena chiamata per comunicarle che il prete era fuori Catania ma sarebbe tornato quella sera stessa. L'aveva convocato in ufficio per l'indomani. Lui se ne stava andando a fare qualche domanda agli ospiti dell'ostello vicino al pub *I Sotterranei*.

Vanina scelse un film dalla sua collezione di dvd, uno leggero per non incupirsi. Alberto Sordi, Monica Vitti: *Polvere di stelle*. Lo inserí nel lettore e si sistemò sul divano grigio.

Dalla poltrona gemella di quel divano, in un appartamento di via Mariano Stabile a Palermo, arrivò il solito messaggio: «Come stai? Tutto bene?»

Ormai non aggiungeva piú nemmeno la P. per firmarsi. Lei il numero continuava a non memorizzarlo in rubrica, ma l'avrebbe saputo comporre anche a occhi chiusi. In condizioni normali si sarebbe imposta di non farlo, però in quei giorni non poteva. Come aveva detto Giuli? La forza di volontà era tutta impiegata altrove.

Dopo un solo squillo Paolo rispose.

6.

La notizia del morto nell'Amenano occupava la prima e l'ultima pagina della «Gazzetta Siciliana». Il necrologio della famiglia La Barbera, che comunicava la tragica scomparsa di Vincenzo Maria, ma soprattutto la quantità di quelli che lo seguivano erano in linea con le migliori tradizioni della Catania che conta. Due pagine, piene dei nomi piú conosciuti della città, suddivisi tra messaggi individuali e liste di persone.

Proprio su quelle pagine era aperto il giornale del vicequestore Guarrasi quando Vera Fisichella arrivò nel suo ufficio. L'aveva convocata lei.

Vanina la fece accomodare.

– Ha visto, dottoressa? – disse Vera, indicando il necrologio. – Pensare che Enzo non avrebbe mai voluto niente di simile. Odiava queste abitudini. Le riteneva ipocrite, e obsolete.

Il nome della donna non compariva tra quelli della famiglia.

– Per questo lei non ha partecipato? – chiese Vanina.

– Per questo, oltre che per il fatto che nessuno s'è premurato di avvertirmi. D'altra parte, chi li conosce? Probabilmente non si sono nemmeno chiesti se Enzo avesse una compagna. A loro interessa la facciata. Un fratello è sempre un fratello, anche se non lo vedi e non lo senti da quasi quarant'anni. E un La Barbera è sempre un La Barbera.

– Quindi non si frequentavano per nulla?
– Zero. Ma da tantissimo tempo.
Vanina ripose il giornale.
– Signora Fisichella, l'ho chiamata perché ho bisogno di capire bene con chi avesse a che fare il professore nella sua attività di volontariato.
– Con giovani tossicodipendenti, ovvio, – rispose la donna.
– Mi spiego meglio: questi giovani erano solo consumatori di sostanze stupefacenti, o alcuni di loro erano anche spacciatori?
Vera iniziò a comprendere.
– Eh, bella domanda, dottoressa. A volte il confine è labile, sa? Ci sono persone che spacciano droga per poi poterla comprare.
– E il professore ne conosceva?
– Credo di sí. Non sempre le persone di cui si occupava lui poi finivano da me. Ci sono anche altri colleghi che seguono le associazioni che frequentava. Sa chi può darle qualche notizia in piú? Don Rosario Limoli, – sorrise. – Un prete! A Enzo veniva da ridere ogni volta che ci pensava. «Ti rendi conto che mi finí a fare amicizia con un parrino?» diceva. Proprio lui, che era convintamente ateo, si era trovato a frequentare una chiesa. Ma don Rosario non è un prete come gli altri. Ci deve parlare, sono sicura che potrà dirle anche piú di me.
– In effetti lo sto aspettando. Senta, signora Fisichella, lei sa se il professore La Barbera di recente ha subito un'aggressione? Insomma, se è stato picchiato.
Vera sgranò gli occhi.
– Perché pensa che sia stato picchiato?
– Perché addosso aveva dei lividi compatibili con delle percosse.

La donna si ammutolí.

– Dei lividi? Ma… dove?

– Al volto, all'addome, al braccio.

Vera scosse lentamente il capo.

– No, dottoressa, non aveva nessun livido.

– Quando l'ha visto, l'ultima volta?

– Due giorni fa. Siamo stati al casale. Abbiamo pranzato insieme e nel pomeriggio lui è tornato a Catania perché doveva andare da don Rosario.

– E poi non l'ha piú incontrato?

– No.

– Quindi è possibile che sia avvenuto quella sera, – concluse Vanina.

Vera si lasciò andare contro la spalliera della sedia.

– Se avessi immaginato che non l'avrei piú… Ma lei ha promesso che potevo vederlo un'ultima volta, vero? Se lo ricorda?

– Certo. L'ispettore Bonazzoli la accompagnerà, se vuole anche subito. Però devo chiederle un'ultima cosa: l'attività di volontariato il professore la svolgeva al di fuori della scuola, o tra i suoi protetti c'era anche qualcuno dei suoi allievi?

– Tra i suoi allievi no. Però nella scuola c'era uno che gli dava del filo da torcere. Un ragazzo che Enzo temeva potesse finire male, tanto che aveva contattato i genitori. Quelli per tutta risposta se l'erano presa con lui, avevano detto che non si doveva permettere. Lo sa com'è, no?

– Sí, lo so come funziona, per certa gente il figlioletto è sempre bravo, pure quando sarebbe cosa di dosargli una fraccata di legnate.

– Ecco, credo che quel ragazzo… Lupo, si chiama, legnate ne chiamasse assai. E invece riceveva solo zuccherini.

Vanina si segnò l'informazione.

– Lupo, e di nome?

– No, dottoressa, Lupo è il nome. Il cognome non me lo ricordo.

Spanò entrò nella stanza con un pacchetto in mano.

– Capo, don Rosario sta arrivando. Dieci minuti ed è qua. Intanto... – allungò il pacchetto sulla scrivania del vicequestore.

Vanina chiamò Marta e le affidò la Fisichella, chiedendole di accompagnarla all'obitorio.

Spanò si sedette al posto della signora.

– Ispettore, sbaglio o questo cartoccio è identico a quelli del *Bar Santo Stefano*? – fece Vanina. Non le pareva vero.

L'ispettore annuí.

– Oramai che ero arrivato in zona che facevo? Non passavo da Alfio a pigliarle la colazione?

Vanina l'avrebbe abbracciato.

Quel giorno la tutela personale della capa toccava a lui. Era andato a prenderla, aveva dato il cambio a Lo Faro e l'aveva accompagnata in ufficio. Appena arrivata, la Guarrasi aveva cominciato a santiare perché s'era scordata a casa il caricabatterie del telefono, che era un modello vecchio e reggeva per poche ore. Cosí l'ispettore s'era offerto di tornare a Santo Stefano.

Bettina gli aveva aperto e Spanò aveva recuperato il caricabatterie. Tornando indietro gli era venuto in mente che alla Guarrasi mancava assai la colazione del *Bar Santo Stefano*, che da quando aveva poca libertà di movimento non c'era piú potuta andare, perciò s'era fermato un momento ed era entrato. Si era fatto consigliare da Alfio, il pasticcere e titolare del bar: cornetto alla crema, appena riempito, e cappuccino doppio. Mentre c'era, ne aveva approfittato e s'era fatto fuori una raviola di ricotta che meritava un'ovazione.

– Spanò, però cosí non può continuare: non è che mi può offrire la colazione ogni giorno, – protestò la Guarrasi mentre attaccava il cornetto.

– Sí, ca certo. 'Nsamai m'avissi a rovinare!

Don Rosario Limoli era un quarantenne gagliardo che tutto pareva tranne che un prete. Capelli castani, occhi azzurri, un metro e ottantacinque come minimo. La versione mediterranea di Richard Chamberlain nei panni di padre Ralph, meno tormentato e con un sorriso da dieci e lode.

Il prete non aveva idea del motivo per cui era stato convocato. Il giorno prima era stato a Caltanissetta, quella mattina non aveva letto i giornali e Spanò non gli aveva anticipato nulla. Poco ci mancò che gli pigliasse un colpo. Il sorriso sparí.

– Cose da pazzi, – mormorava, – cose da pazzi.

– Don Rosario, l'abbiamo convocata perché sappiamo che era amico del professore La Barbera.

– Molto amico. Ma non lo ero: lo sono ancora. L'amicizia non muore assieme al corpo, resta viva assieme all'anima.

Ecco perché La Barbera ci si trovava bene. Filosofo laico lui, filosofo religioso l'altro, s'intendevano alla perfezione.

– Le risulta che avesse nemici?

Il prete fece un sorriso amaro.

– A San Cristoforo? Temo piú di uno, vicequestore Guarrasi. Però non erano nemici solo suoi, ce li dividevamo equamente.

– Che vuole dire?

– Che quelli che ce l'avevano con lui ce l'hanno anche con me. Per gli stessi identici motivi.

– Quanti giovani spacciatori avete levato dalla strada? – andò al sodo Vanina.

– Pochi, dottoressa. Pochissimi. La maggior parte dei ragazzi e delle ragazze che seguo io, insieme a Enzo… fino a ieri, sono persone cui il Signore ha illuminato la mente, che scelgono di affrancarsi dalla loro dipendenza. Alcol, droghe, di qualunque cosa si tratti, ne sono semplicemente consumatori. Poi ci sono i borderline: quelli che stanno per essere inglobati nel sistema passando allo step successivo, che è quello del piccolo spaccio. E infine ci sono i piccoli spacciatori, quelli che il salto l'hanno già fatto e nel sistema ci sono cascati con tutte le scarpe. Facce pulite, che si confondono facilmente con quelle degli altri ragazzi e perciò si occupano di piazze di spaccio particolari, tipo le scuole. Ecco, queste due categorie erano l'ossessione di Enzo. Non gli poteva pace finché non riusciva a ottenere la loro attenzione, e iniziava a martellarli con spiegazioni filosofiche dei loro problemi. Il che spesso provocava una presa in giro nei suoi confronti. Ma lui imperterrito continuava. Su venti che lo sfottevano, uno restava colpito dalle sue parole e si presentava in parrocchia in gran segreto. Quella per Enzo era la soddisfazione piú grande.

– Immagino la felicità del gestore della piazza. Un insegnante e un prete che gli sfilano da sotto il naso una nuova promettente leva.

– Immagina bene. Non sa quante ritorsioni sono costretto a sopportare. Io però sono un prete, e per di piú a San Cristoforo ci sono nato e cresciuto, la gente del quartiere la so trattare. Lui invece era estraneo all'ambiente, e aveva il vizio di dire quello che pensava senza preoccuparsi di chi aveva davanti.

– Sa se ultimamente era stato aggredito?

Il prete annuí.

– Sí, due sere fa. Uscí dalla parrocchia che erano le otto, due persone lo avvicinarono e finí a legnate. Enzo ovviamente le prese. Lo feci rientrare di corsa. Per fortuna non s'era fatto niente.

– Perché non avete sporto denuncia?

– Dottoressa, se dovessimo denunciare ogni volta che riceviamo un pugno saremmo sempre qui.

– Lei sa chi erano quelle due persone?

Vanina avrebbe potuto anticipare la risposta, che il puzzo di mafia in quella storia iniziava a sentirsi forte. Troppo forte, per i suoi gusti. Ma preferí aspettare che fosse don Rosario a dirlo.

– Si erano coperti il viso con delle bandane, ma potrei scommettere che fossero Santuzzo Maugeri e Calogero Zinna, i due nipotuzzi di Natale Zinna.

Ecco, ora il tanfo inondava la stanza.

– Il boss?

– Proprio lui.

Starsene in ufficio a riscaldare la poltrona per dodici ore mentre la squadra lavorava sul campo non era un'opzione accettabile. Fino al giorno prima il lavoro era stato di normale amministrazione, ma ora c'era un morto ammazzato e per giunta col rischio che si trattasse di omicidio di mafia. Il peggio del peggio che le potesse capitare. Casi simili cercava sempre di sbolognarli a quelli della Sco, la Sezione criminalità organizzata, di cui Tito Macchia avrebbe tanto voluto affidarle la guida e dalla quale invece lei intendeva tenersi alla larga. Uno spreco, secondo il Grande Capo, che considerava la Sco come la squadra piú importante di cui un poliziotto potesse far parte, la piú prestigiosa. Una con la sua esperienza nell'antimafia non poteva occuparsi di omicidi comuni. Una volta l'aveva perfino paragonata a Maradona, dicendo che era come tenere in panchina un fuoriclasse. Il complimento piú grosso che un napoletano dotato di profonda fede calcistica come lui potesse riservare a chiunque. Ma niente, non c'era stato verso di convincerla. Vanina aveva rifiutato senza nemmeno spiegare le sue motivazioni. Che poteva dirgli, del resto? Che non ne poteva piú di avere a che fare con certa gente? Che ormai davanti a quelle melme non sarebbe piú riuscita a mantenere il controllo? Che avrebbe rischiato ogni volta di farli fuori prima ancora di metterli dentro? Su un caso come quello che aveva per le mani di sicuro non si poteva indagare restando chiusi in ufficio. Se non a San Cristoforo, che effettivamente per lei era oltre il livello di sicurezza, quantomeno in procura ci doveva andare di persona. Chiamò il pm Terrasini e gli comunicò che in mattinata sarebbe passata da lui. Poi scrisse un messaggio a Eliana Recupero, la pm piú tosta della Direzione distrettuale antimafia catanese, nonché sua complice in piú di una forzatura al pavido immobilismo del pm Vassalli. Le chiese se poteva disturbarla. Lei le rispose che la attendeva «nel suo igloo camuffato da ufficio», strappandole un sorriso.

Vanina cominciò a raccattare telefono, sigarette, accendino, Persol e giubbotto, pronta a sfondare il muro del dissenso di Spanò e uscire dalla zona di sicurezza, ma l'ispettore la anticipò. Bussò alla porta ed entrò senza chiuderla.

– Capo, c'è uno che chiede di vederla.

– Uno chi, Spanò?

– Uno che lavora alla Pescheria.

– E per quale motivo chiede di me?

– Non me lo volle spiegare. Disse che è cosa delicata assai, e che deve parlarne con lei. A giudicare da quello che mi parve di intravedere nel sacchetto di plastica che ha con sé, la faccenda potrebbe essere interessante.

– Perché, che c'è in questo sacchetto?
– Un pezzo di coltello di chiddi seri.

– Signora commissaria, buongiorno, – esordí l'uomo, piazzandosi davanti alla scrivania del vicequestore.

– Buongiorno a lei.

– Bellia Agatino, per servirla.

Un metro e mezzo di altezza per un metro e mezzo di circonferenza, maglietta blu, calzoni blu, giubbotto blu, età indefinibile.

Lo fece accomodare. – Mi dica, signor Bellia.

– M'ha scusare se insistetti per parlare cu' llei, ma so che è lei chidda ca cumanna.

– Sono la dirigente della sezione, sí. Mi dica.

– L'autru aieri, quannu sbaraccai il banco a fine iurnata, m'addunai che mi mancava un cuteddu di chiddi bboni. Chiddi ca servono per sfilettare. Oramai mi nn'ava iutu a casa e mancu ci pinsai cchiú. Ieri niscii a mare, e nun travagghiai. Stamatina, quannu arruvai a Piscaría, mi misi a circallu torno torno, e visti ca era 'nficcatu nell'angolo vicino al banco mio, nascosto che manco si vireva. Ogni vvota ca 'stu cuteddu casca, gira rigira finisci sempre ddocu. M'abbassai pi pigghiallu e visti 'na cosa ca mi parse troppo strana.

– Cos'ha visto?

L'uomo tirò fuori il coltello dal sacchetto azzurro in cui era infilato.

Vanina indietreggiò istintivamente. L'uomo non se ne accorse nemmeno, tanto era concentrato. Indicò la lama imbrattata.

– Taliassi ccà 'stu sangu. Chistu non è sangu di pisci.

Il vicequestore si sporse in avanti. Spanò inforcò gli occhiali e si chinò a guardare.

– Sicuro è, che non è sangue di pesce? – disse Vanina.

– Al cento piccentu. Trent'anni avi, ca ttravagghiu a Piscaría. Chistu non è sangu di pisci.

Vanina scambiò un'occhiata con Spanò.

– E perché ha deciso di portarlo a noi? – chiese.

– Ca comu pirchí? 'U giornali radio disse ca ieri trovarono a uno ammazzato a coltellate. 'U pabb unni ci passa sutta l'Amenano, è appressu porta con la Piscaría. Fici unu chiu unu e mi scantai.

Vanina lo fissò. Quello non si mosse di un centimetro. Nessuna soggezione, nessun imbarazzo. La guardava col fiato sospeso, in attesa di un responso.

Per quanto assurda e rocambolesca, la storia stava in piedi. Certo, restava da capire come fosse possibile che un personaggio come quello, davanti a un sospetto simile, invece di farsi i fatti propri e campare tranquillo, si fosse preso la briga di andare a portare alla polizia la sospetta arma di un delitto. Ammesso che lo fosse davvero, i casi erano due: o dietro quel teatro c'era l'assassino di La Barbera, oppure l'uomo che aveva davanti era una rarità.

– Senta, signor...

– Bellia.

– Signor Bellia, ma lei qualcuno che può confermare la sua storia ce l'ha? Perché noi ora il coltello lo facciamo analizzare. Se il sangue dovesse veramente corrispondere con quello del morto, lei tutta 'sta storia la dovrà ripetere davanti al magistrato.

– Avoglia. Ieri supra il peschereccio come minimo c'erano deci pirsune. E stamatina quannu circai il cuteddu ci nn'erano n'autri deci. Parrannu cu llei, dottoressa, tutti mi dicevanu di farimi l'affari miei e nun mittirimi 'nto menzu, ma a mia non mi pareva giusto.

Niente: quell'uomo era una rarità.

Il sovrintendente capo Pappalardo arrivò subito. Infilò il coltello nella busta trasparente e lo osservò.

– Ragione ha, quel tizio. Questo non pare sangue di pesce.

– Quanto ci vorrà per sapere se è il sangue di La Barbera?

– Il tempo di mandarlo a Palermo per l'esame del Dna, poi una mezza giornata per avere il risultato. Domani pomeriggio dovremmo avere la risposta.

Prima di andarsene fece il report del sopralluogo supplementare eseguito al pub. Sui coltelli non c'era assolutamente nulla di rilevante.

Appena uscí, Vanina si sedette alla sua scrivania e si accese una sigaretta.

Spanò aveva la faccia dubbiosa.

– Che c'è, ispettore?

– Niente. Pensavo al coltello di Bellia. Mi pare accussí strano che un personaggio come quello che nominò don Rosario va ad ammazzare a coltellate uno in un locale pubblico e poi non fa sparire l'arma del delitto.

– Prima capiamo se veramente il sangue sul coltello è di La Barbera, poi traiamo le conclusioni dovute.

Vanina si rialzò, si rimise il giubbotto e riprese in mano quello che le serviva per uscire. Fissò Spanò, che se ne stava impalato, le mani infilate a fondo nelle tasche dei jeans che si ostinava a indossare e che gli andavano ogni giorno piú stretti.

– Oh, Spanò? Che dobbiamo fare?

L'ispettore sospirò.

– Ne ho speranze di convincerla a rimanere qua, mentre io vado da Terrasini?

– Manco a provarci.

L'ispettore allargò le braccia.

– Ca andiamo.

Passò avanti a richiamare l'agente di scorta che aveva dato il cambio alla Ristuccia quella mattina.

Vanina uscí dal portone e s'infilò in macchina.

Controllò il telefono. Il mare dell'Addaura comparve sul display, screensaver fisso di tutti i telefoni che aveva posseduto da qualche anno a quella parte. Perfetto per fare da sfondo alla notifica WhatsApp che era appena comparsa. «Tutto bene? Io sono a Catania».

«Tutto bene», gli rispose. Poi: «Ma vero? Io invece sono a Palermo». Aspettò la reazione, che arrivò immediata: «Come?»

Manco il tempo di scrivergli che Paolo l'aveva già chiamata. Gli rispose ridendo.

– Minchia, Vani, ma quanto puoi essere scimunita, – s'arrabbiò.

– E tu quanto puoi essere babbione. Ma secondo te me ne andavo a Palermo?

– E che ne so io, da te mi posso aspettare di tutto.

– Finiscila, va'. Sei in tribunale?

– No, sono al carcere di Bicocca, sto aspettando di incontrare una decina di brave persone.

– Già ti stai preparando il terreno? Vedi che al concorso di Catania hai un'avversaria che può darti filo da torcere assai.

– E tu fai il tifo per lei, vero?

– Non ho detto questo.

– Non hai detto neanche il contrario.

Vanina non ribatté. Non sapeva nemmeno lei cosa sperare, ecco la verità. Ammettere che le sarebbe piaciuto avere Paolo a Catania sarebbe stato come riconoscere che la strategia che aveva messo in atto per salvaguardarsi non era servita a niente, che aveva solo sprecato tempo e che ne aveva fatto sprecare a lui. O forse aveva ragione Paolo, e gli ultimi quattro anni erano serviti a delimitare un perimetro di sicurezza che avrebbe permesso loro di ricominciare da zero.

– Sto andando in procura, – gli comunicò.

– Stai attenta. Non ci potevi mandare qualcuno?

– Perché, tu al carcere di massima sicurezza di Bicocca non ci potevi mandare qualcuno?

Silenzio.

Ma due come loro, 'sto perimetro di sicurezza, come se lo sarebbero mai potuto costruire?

Il pm Terrasini era perplesso. La storia del coltello gli pareva inverosimile.

– Eppure, se vogliamo credere alla versione di quel Bellia, in teoria qualcuno potrebbe essersi appropriato del coltello abbandonato per terra per commettere l'omicidio.

– Ma come l'avrebbe premeditata l'assassino, una cosa simile? – obiettò Terrasini.

– Non è detto che l'omicidio fosse premeditato.

– Anche questo è vero, – ammise il pm. Poi fece il punto. – Ricapitolando: questo La Barbera non aveva pressoché famiglia, se non una compagna, viveva in una barca a vela, insegnava filosofia e nel tempo libero si occupava di redimere i tossicodipendenti. Be', per logica quest'ultimo mi pare l'ambito in cui è piú probabile che sia maturato l'omicidio. Tanto piú che il prete, don...?

– Rosario.

– Don Rosario, appunto, sostiene che ultimamente La Barbera fosse stato preso di mira addirittura da personaggi come gli Zinna.

Vanina annuí, dubbiosa. Spanò non fiatò.

– Non le quadra, – indovinò Terrasini.

– Piú che altro è il metodo, che non mi convince.

– Il modo in cui è stato ucciso?

– Il modo, il luogo. Se volevano ammazzarlo potevano farlo tranquillamente là dove l'hanno pestato due giorni prima, piuttosto che andarsi a infrattare con lui in una grotta, con un'unica via d'uscita. È un azzardo che un criminale scafato non commetterebbe mai. Per non parlare poi del coltello, che è stato preso dalla Pescheria e poi rimesso a posto, ammesso che si tratti davvero dell'arma del delitto.

– E anche questo è vero, – concordò Terrasini. – Quindi come intende procedere?

– Scandagliamo questa pista, che per ora è l'unica che abbiamo, ma senza smettere di raggranellare notizie su altri aspetti della vita di La Barbera. Le amicizie, per esempio. Interrogherei i pescatori di cui La Barbera era tanto amico e che lavoravano al porto. Convocherei quello studente del liceo, Lupo, con cui aveva avuto delle discussioni.

– Eh, ma quello lo dovrà convocare insieme ai genitori, gli stessi che avevano litigato col professore pur di non contraddire il figliuolo. A mio parere non caverà un ragno dal buco.

– Cercheremo di rintracciare anche qualcuno dei ragazzi che lui aveva aiutato.

Terrasini annuí.

– All'ostello ci andò? – chiese all'ispettore.

– Sí, ieri sera. Ma non fu produttivo. Ci sono solo carusi stranieri di passaggio a Catania, qualche studente. Nessuno era al pub l'altro ieri sera, ed essendo tutti forestieri nessuno di loro conosceva il professore La Barbera.

Terrasini allargò le braccia.

– Perciò al momento la pista della droga resta l'unica concreta.

– Dell'antidroga casomai, – osservò Spanò.

– Al momento sí, – confermò Vanina.

Il pm scosse la testa.

– Lo dissi io che indagare sull'omicidio di un brav'uomo è sempre una rogna. Comunque, se la pista da seguire è quella degli Zinna, è meglio coordinarsi con la Dda. Non vorrei che intralciassimo in qualche modo il loro lavoro. Dovremo intercettare quei due e in piú capire se per caso hanno agganciato la cella che corrisponde al luogo dell'omicidio.

Vanina era d'accordo.

– Dottoressa Guarrasi? – la richiamò Terrasini, prima che uscisse dalla stanza.

– Dica, dottore.

– Quando parlerò con la Recupero dovrò spiegarle la faccenda, o risulterebbe una ripetizione?

Vanina gli sorrise. Annuí.

Si capirono.

Fuori dall'ufficio di Terrasini, Vanina e Spanò s'imbatterono nel pm Vassalli. Lui li salutò con un'affabilità che raccontava tutto il suo giubilo per essersi scansiato di lavorare con la Guarrasi. Già era difficile in tempi di pace avere a che fare con lei senza perdere il sonno appresso ai terremoti che era in grado di causare con i suoi metodi, figurarsi quanto doveva essere pericoloso adesso che era pure sotto minaccia da parte della mafia per aver pestato qualche callo a chissà chi.

Il sostituto procuratore Eliana Recupero era chiusa nel suo ufficio con tutti i supporti termici esistenti, cappello di lana compreso. Sommersa dalle carte. In quelle stanze, cosí come nelle aule, il riscaldamento era ampiamente sottodimensionato e la pm viveva attaccata a una stufetta. Un igloo, non c'era definizione piú azzeccata.

– Dottoressa Guarrasi! Ho pensato spessissimo a lei in questi giorni.

Non si vedevano da un paio di settimane, da prima che Vanina scoprisse di essere nel mirino di cosa nostra palermitana. Era stata la Recupero a raccontarle che Paolo Malfitano aveva fatto domanda per il posto di procuratore aggiunto a Catania, lo stesso per il quale concorreva lei.

– Dottoressa Recupero, buongiorno.

Si strinsero la mano. Si accomodarono.

– Ho letto del suo nuovo caso. Mi è dispiaciuto tanto per il professor La Barbera.

Vanina la guardò stupita.

– Pure lei lo conosceva?

– Perché, chi altri lo conosceva?

– Mah, Adriano Calí, per esempio. Il ragazzo del pub, il fratello dell'ispettore Spanò.

– Capirà, ha insegnato filosofia a mezza Catania, La Barbera! Il suo liceo è il piú gettonato della città e lui lí dentro era un'istituzione. Senza contare quello che faceva fuori. Una brava persona, un po' sui generis, ma di sani principî.

– Che qualcuno ha pensato bene di ammazzare, – concluse Vanina.

– Bel rompicapo.

Il vicequestore concordò.

– Per adesso l'unica pista percorribile sembrerebbe quella della ritorsione da parte di chi gestisce le piazze di spaccio, quelle che lui è andato a disturbare tentando di sottrarre loro manovalanza per redimerla.

Le raccontò del pestaggio a opera degli Zinna davanti alla parrocchia di don Rosario. Espresse gli stessi dubbi che aveva comunicato a Terrasini: quale delinquente navigato avrebbe scelto una situazione cosí rischiosa per fare fuori qualcuno?

– E invece proprio su questo devo contraddirla, – fece la Recupero. – Uno dei due che hanno pestato il povero La Barbera è famoso per essere un emerito cretino, tanto che nell'ambiente sancristoforino è conosciuto col soprannome di *testa di scecco*. Se lo sopportano è solo perché è il nipote di Natale Zinna, figlio di una sorella. Santuzzo Maugeri, si chiama. A quanto si dice, lo zio lo considera una specie di spina nel fianco per la famiglia intera. Uno cosí è capace di qualunque fesseria.

Vanina era ammirata. Una banca dati vivente era, quella donna. Quasi al livello di Paolo.

– Anche accoltellare uno nel sotterraneo di un pub, col rischio di restarci intrappolato?

Eliana ci rifletté su. – Oddio, c'è da dire che Maugeri è uno spaccone, uno che cerca di farsi notare. Fiero dell'appartenenza alla famiglia. Non so se ho reso l'idea.

– Uno da esecuzione teatrale, possibilmente con pubblico, – suggerí il vicequestore.

– Ecco, mi ha capito benissimo.

– E infatti il pestaggio è stato fatto davanti a una chiesa, sotto gli occhi di tutti.

Vanina le raccontò del coltello.

– Temerario questo Bellia. Semmai dovesse venire fuori che il sangue è veramente quello di La Barbera, si troverebbe incagliato in un caso di omicidio. Il coltello sarà pieno di impronte sue. Gli toccherà fornire un alibi, subire un interrogatorio da un magistrato.

– Non mi pareva particolarmente spaventato.

La Recupero non fece alcun accenno a Paolo Malfitano – cosa che Vanina apprezzò – e la accompagnò in corridoio, dove l'aspettava Spanò.

– Mi raccomando, ispettore: occhi aperti, che al vicequestore Guarrasi ci teniamo tutti assai.

7.

Angelina Patanè si sentiva una scimunita. Mai s'era abbassata a tanto nella vita sua. Ammucciata dietro una colonna, sotto i portici che ospitavano uno dei bar piú frequentati della città, teneva d'occhio il tavolino dove suo marito se ne stava placidamente seduto da dieci minuti taliandosi intorno. Giacchetta in principe di Galles, gilet grigio, cravatta bordeaux, pantaloni grigi quelli buoni, cappotto blu. Quando l'aveva visto uscire a capo di mattina conciato in quel modo, Angelina aveva sentito il sangue andarle alla testa come mai le era capitato. Certo, un santo da quel punto di vista non era stato mai, Gino suo. In cinquant'anni di matrimonio gliene aveva cumminate di tutti i colori. Problemi che per fortuna aveva dimenticato da molto tempo. Tra la pensione e gli anni che passavano, alla fine le attenzioni di Gino s'erano concentrate solo su di lei e Angelina aveva cominciato a vivere nella pace. Fino a tre mesi prima, quando nella sua vita era piombata la piú grande sciagura che potesse immaginare: il vicequestore Vanina Guarrasi.

Angelina si dannava dalla mattina alla sera. Non le poteva pace che suo marito trascorresse giornate intere assieme a lei, facendo vai e vieni dalla Mobile manco fosse tornato in servizio, arzillo che pareva ringiovanire di giorno in giorno. Ogni tanto gliela portava perfino a casa. Macari la pistola aveva rispolverato ultimamente, per fare lo sperto davanti all'amichetta sua.

Questione di minuti ormai doveva essere, e da qualche parte sarebbe spuntata la Guarrasi. E lei voleva vederli insieme, da soli. Voleva capire.

Quando lo vide alzarsi in piedi e aprire le braccia, Angelina girò lo sguardo nella direzione da cui la persona attesa stava comparendo. Restò di sasso.

E chista ora cu era?

Di ritorno dal tribunale, dopo aver lasciato la Guarrasi alla Mobile, Spanò se n'era andato *da Nino*. Aveva pranzato velocemente e nel frattempo s'era fatto preparare la porzione abbondante di pasta alla Norma che gli aveva commissionato il vicequestore. Aveva dovuto inventare l'ennesima storia, cui era sicuro che nessuno avesse creduto, per giustificare il fatto che la Guarrasi non sarebbe andata nemmeno quel giorno a consumare il pranzo lí. Aveva pagato cambiando i cinquanta euro che la capa aveva insistito per dargli, nonostante le sue proteste, ed era tornato in ufficio.

La pasta alla Norma di Nino, notoriamente superlativa, mitigò il malumore di Vanina, che di conzarsi la scrivania come se fosse un tavolo da pranzo e mangiare tra il computer e una pila di fogli da firmare non ne poteva piú. Ora capiva perché Paolo se ne tornava a casa a pranzo ogni volta che era possibile. E capiva anche perché ogni tanto decideva di fregarsene e se ne andava al ristorante.

Terrasini aveva mantenuto la promessa e s'era mosso subito. D'intesa con la Recupero aveva fatto intercettare e tracciare il telefono di Santuzzo Maugeri e di suo cugino Calogero Zinna, gli autori del pestaggio ai danni del professore. Nel giro di qualche ora, quella sera stessa, avrebbero saputo se uno degli apparecchi aveva agganciato la cella telefonica corrispondente alla zona del pub nelle ore in cui La Barbera era stato ucciso.

Alla convocazione di Lupo, che di cognome faceva Gulisano, Vanina volle provvedere personalmente.

– Signora Gulisano?

– Sí.

– Buonasera, sono il vicequestore Giovanna Guarrasi, squadra Mobile.

Attimo di silenzio, tipico.

– Buonasera.

– Avrei bisogno che suo figlio Lupo mi raggiungesse qui in ufficio al piú presto, naturalmente in presenza di uno dei genitori.

La donna si agitò. – Ma perché, che è successo?

– Niente di grave, signora, non si preoccupi. Devo solo rivolgergli alcune domande.

– Riguardo a cosa?

– Di questo parleremo quando sarete qua.

– Ma io non ho capito... – Trambusto. – Le passo mio marito.

– Chi parla?

– Vicequestore Giovanna Guarrasi, squadra Mobile.

– La squadra Mobile? E che volete da noi? – Tono arrogante che smuoveva i nervi anche a distanza.

Vanina si spazientí.

– Domani mattina suo figlio Lupo deve presentarsi nel mio ufficio in presenza di uno dei genitori. Abbiamo qualche informazione da chiedergli.

– Ma quale informazione? Mio figlio diciassette anni ha, minorenne è.

– Lo so benissimo, altrimenti non starei qui a parlare con lei.

– E io a parrari con i poliziotti non ce lo porto.

– Non ha molta scelta, sa. Se io ho bisogno di parlare con suo figlio posso fare due cose: o lo convoco nel mio ufficio, come sto facendo, lei lo accompagna, chiacchieriamo in maniera del tutto informale e poi se lo riporta a casa, oppure comunico al magistrato che è reticente e allora lo convocherà lui. In procura. Scelga lei cosa preferisce.

L'uomo s'ammansí.

– Va bene, domani mattina lo accompagnerò da lei.

Marta aveva fatto avanti e indietro dall'obitorio due volte. Una con Vera Fisichella, che poi aveva dovuto rianimare e consolare per un'ora buona, e la seconda con Giuditta La Barbera, sorella della vittima, e suo marito Giuseppe Puglisi, che però s'era rifiutato di vedere il corpo. La reazione della sorella era stata meno drammatica di quella della fidanzata, ma si vedeva che era scossa.

– Le ho fatto qualche domanda sul fratello. Mi ha confermato che era andato via di casa a diciott'anni, lei all'epoca era appena undicenne. Per la famiglia è stato una sorta di scandalo, i genitori non volevano piú nemmeno sentirlo nominare. Pare che l'abbiano anche diseredato. Lei non l'ha rivisto fino al giorno del funerale dello zio, quello che gli ha lasciato la barca, quattro anni fa. Poi piú nulla, nemmeno alla morte dei genitori. Lei e suo fratello ogni tanto provavano a cercarlo, ma lui non voleva riallacciare i rapporti. Era come se non avesse mai avuto una famiglia.

– Certo che per arrivare a diseredarlo 'sa che torto deve aver fatto La Barbera ai suoi genitori, – fece Spanò.

– Mah, ha avuto scontri anche violenti col padre per via delle sue idee contestatrici, ma la sorella non ricorda episodi particolari. Dice che probabilmente potrà dirci di piú il fratello, che ai tempi aveva sedici anni.

Vanina non commentò. La storia personale di La Barbera iniziava a intrigarla. Forse perché pure lei, a modo suo e in un'epoca ben diversa da quella del professore, era stata una contestatrice.

Ecco, fosse stata libera di muoversi come voleva, un salto a casa del fratello di La Barbera per chiedergli qualche informazione l'avrebbe fatto subito, anche se probabilmente ai fini dell'indagine non sarebbe servito a niente. Non c'era altro modo che farlo venire in ufficio.

– Marta, fai la cortesia: convoca anche lui per domani mattina.

Un porto di mare sarebbe diventato quell'ufficio, a forza di far entrare tutti quelli che avrebbe voluto andare a trovare.

Non fece in tempo a formulare quel pensiero che comparve Nunnari, con la lingua di fuori.

– Capo.

– Nunnari, la maratona pare che hai fatto! Calma, riprendi fiato che se no mi svieni in mezzo alla stanza. Che fu?

– Scusi, è che l'ascensore si scassò di nuovo e perciò mi dovetti fare le scale due volte. Ci sono una quindicina di carusi che vogliono parlare con lei. Li lasciai là sotto nell'androne ad aspettare.

– Come sarebbe una quindicina?

– Uno piú, uno meno.

– E tutti con me devono parlare?

– Cosí chiedono.

Vanina allargò le braccia.

– Ca falli passare.

Nunnari ripartí verso le scale.

– Dottoressa, ma unni i mittemu quindici persone qua dentro? – obiettò Spanò.

Il vicequestore non gli rispose. La cosa in realtà la incuriosiva. Tirò fuori una sigaretta.

– Apra il balcone, ispettore, va', che se no Bonazzoli storce il naso.

Marta evitò di commentare.

Nunnari ricomparve cinque minuti dopo.

– Dottoressa, – ansimò, – i carusi sono qua.

Un paio di ragazzi sbucarono da dietro le spalle del sovrintendente.

Vanina fece cenno di entrare.

Uno, due, tre, quattro, fino al quinto. Gli altri si fermarono fuori dalla porta.

Tre ragazzi e due ragazze, che messi insieme componevano una pinacoteca di tatuaggi, piercing e tinte di capelli che variavano dall'azzurro al fucsia, passando per il giallo canarino.

Rimasero in silenzio, impalati lungo la parete.

Vanina capí che era meglio spronarli, altrimenti facevano notte.

– Allora, picciotti.

Un ragazzo e una ragazza si fecero avanti.

– Possiamo parlare noi, in rappresentanza di tutti?

– Certo, – indicò le sedie davanti a lei. – Prego.

I ragazzi si sedettero.

– Come vi chiamate?

– Radalà Davide.

– Di Martino Chanel.

– Ditemi.

Chanel attaccò per prima.

– Dottoressa, quando abbiamo saputo che è lei a occuparsi della morte del professore La Barbera siamo stati contenti, perché siamo sicuri che cosí l'assassino si troverà.

– Grazie per la fiducia, però vi avverto che superpoteri non ne ho. Per il momento, quantomeno.

La battuta sciolse l'atmosfera.

– Siamo qui per riferirle tutte le informazioni che abbiamo racimolato sul professore, mettendo insieme quello che ognuno di noi sapeva. Però abbiamo preferito venire tutti, cosí se per caso lei vuole chiedere qualcos'altro su un fatto specifico è giusto che le risponda quello che se lo ricorda meglio. Abbiamo fatto male?

– No, avete fatto benissimo.

Quei picciotti le stavano piacendo.

Chanel passò la parola a Davide.

– Abbiamo ricostruito le cose che sono successe al professore in nostra presenza nelle ultime due settimane. Il fatto che aveva preso legnate da Maugeri e da Zinna dice don Rosario che ve lo raccontò lui, però noi sappiamo una cosa in piú: non era la prima volta. Già in passato quelle due cose tinte lo avevano inseguito e minacciato. Una volta gli spaccarono il parabrezza della macchina. Un'altra volta gli dissero che se non la finiva di rompere i… le scatole, la macchina gliela bruciavano direttamente.

– Voi siete i ragazzi di cui si occupa don Rosario?

– Sí. A me personalmente da lui mi ci ha portato il professore La Barbera.

– Sei un alunno del professore?

– Non proprio. Però sono nel suo liceo.

Vanina riprese il discorso. – Stavi dicendo che l'avevano minacciato, prima di picchiarlo. Era successo solo quelle due volte?

– Sí. Però subito dopo l'aggressione gli dissero che, se ancora continuava, non solo gli bruciavano la macchina, ma gli affondavano pure la barca. E non erano solo loro a minacciarlo.

– Ah, no? Gli altri chi erano?

– Di preciso non lo so, ma una persona l'ho vista io stesso. Un mese fa qualcuno lo aspettò all'uscita del liceo. Un uomo era. Lo prese in disparte e iniziarono a discutere a voce alta. Cioè, quello iniziò a urlare, perché il professore La Barbera non gridava mai.

– E che si dissero, l'hai sentito?

Un ragazzo che se ne stava appoggiato alla parete rispose al suo posto.

– Io ho sentito solo qualche cosa. Quello elegante gli diceva di stare attento a ciò che faceva. Parlava di un cane che dorme. Tipo che non si sveglia un cane quando dorme, qualcosa di simile.

– Come ti chiami tu?

– Ruscica Thomas.

Ma i loro nonni Alfio, Carmelo, Angela, Maria non se ne avevano a male?

– Tu eri un alunno del professore La Barbera?

– No, no.

– E che ci facevi davanti al liceo?

Occhi bassi, silenzio.

– Allora?

Da dietro la porta emerse una ragazzina. Avanzò timidamente, la mano alzata come in classe.

– Era venuto a prendere me, – bisbigliò.

– Vieni avanti.

Caschetto biondo, occhi chiari, brillantini alle orecchie, montgomery beige, borsetta a tracolla. Completamente fuori contesto. Si piazzò davanti a Vanina.

– Mi chiamo Emanuela Greco, frequento il liceo classico. Ma non nella sezione del professore La Barbera.

– E anche tu hai sentito quello che diceva l'uomo al professore?

La ragazza scosse la testa.

– No, io sinceramente non ci ho fatto caso. Il professore non lo conoscevo per niente.

Vanina si rivolse di nuovo al ragazzo.

– E secondo te, Thomas, il tizio elegante era uno del giro della droga?

– Non lo so. Forse. Però di San Cristoforo no, questo è sicuro.

– Come fai a esserne certo?

– Non è faccia del quartiere, dottoressa.

– E che aspetto aveva? Che ne so, era grosso, era magro, capelli…

– Magro, alto. Capelli grigi, pochi, non corti.

Il resto del racconto lo concluse Chanel. Riferí di una donna che una volta aveva inseguito La Barbera fino alla macchina. Una che pareva agitata.

– E tu te la ricordi questa donna?

– Di preciso no, però una cosa me la ricordo. I capelli.

Vanina la interruppe.

– Scommetto che erano rossi che parevano una colata di lava.

La ragazza sorrise. Un brillantino fece capolino sul dente.

– Ma dice che non ce li aveva, i superpoteri, dottoressa?

– Oh, ma uno vistuto normale non c'era. Soprattutto i masculi, – fece Spanò. Aprí del tutto i vetri del balcone, s'affacciò, controllò. Intravide il nugolo di scooter che svoltavano su via Vittorio Emanuele.

– Esagerato, Spanò. Per qualche cavallo basso e qualche elastico di mutanda in bella vista.

– Le caruse s'apprisintavano molto meglio.

– Soprattutto una, – intervenne Marta.

– La biondina, scommetto. Greco Emanuela, – indovinò Spanò.

– Ma come fai a memorizzare i nomi cosí facilmente?

Spanò alzò le spalle, come a dire che era dono di natura.

Vanina lo fissò sorniona, si sarebbe giocata qualunque cosa che gli altri cognomi Spanò li avesse cestinati un secondo dopo averli sentiti. Ma Greco doveva essergli rimasto impresso, era il cognome del compagno della sua ex moglie.

– Avete finito di curtigghiare? – s'intromise il vicequestore.

I due si ricomposero.

– Marta, ce l'hai il numero del cameriere del pub *I Sotterranei*?

– Ma chi, quello che ha trovato il cadavere?

– No, l'altro. Come si chiamava?

Marta guardò Spanò. Non memorizzava tutti i nomi, lui?

L'ispettore non reagí.

Vanina rise tra sé e sé.

– Comunque ho segnato nomi e numeri telefonici su un foglio. Ce l'ho sulla scrivania.

La Bonazzoli andò e ritornò un attimo dopo. Carmelo Gallo, si chiamava.

Vanina compose il numero.

– Signor Gallo, buonasera, sono il vicequestore Guarrasi. Senta, per caso si ricorda che aspetto aveva l'uomo seduto al tavolo del professor La Barbera la sera dell'omicidio?… Ah, bene… Era robusto e aveva i capelli corti. Ho capito… No, per il momento non mi serve altro. Grazie.

Riattaccò.

Tito Macchia nel frattempo era entrato al seguito della Bonazzoli e approfittando del balcone aperto s'era concesso di accendersi il sigaro, con buona pace della sua fidanzata, che non fiatò. Del resto, gli accordi erano chiari: ognuno con le sue abitudini, e guai a traviarsi a vicenda. Cosí lui – eccetto che per un brevissimo periodo iniziale –

non aveva mai smesso di mangiare bistecche e ogni possibile cibo di origine animale, né di fumare il sigaro, mentre lei continuava a sorseggiare ettolitri di tisane, a nutrirsi esclusivamente di vegetali e a macinare chilometri di corsa sul lungomare ogni santa mattina.

– Chi è robusto e coi capelli corti? – chiese il dirigente.

– L'uomo che sedeva al tavolo di La Barbera la sera in cui l'hanno ammazzato.

– E non va bene?

– Mah, diciamo che se fosse stato magro, alto e con i capelli lunghi avrebbe aiutato un po' di piú.

– Perché?

Vanina gli riferí le informazioni riportate dai ragazzi.

– Ah, ecco, stavo appunto per chiederti che ci faceva quella scolaresca davanti alla tua porta. Già il corridoio è stretto, per arrivare nel mio ufficio ho dovuto fare la gimcana. Ma quindi tu che ne deduci?

– Per ora, a parte questo fantomatico uomo che avrebbe suggerito al professore di non svegliare un «cane che dorme», l'unica pista vagamente concreta sembrerebbe quella legata alla droga. In particolare alla piazza di spaccio di San Cristoforo, che poi è la zona in cui opera don Rosario Limoli.

– Quella legata agli Zinna, su cui stanno lavorando alla Sco?

– Quella, – confermò il vicequestore.

– Ma a te continua a non convincere, giusto?

Vanina esitò un attimo. Motivi reali per ritenere improbabile quella pista non ne aveva. Anzi, si aggiungevano tasselli che parevano confermare l'ipotesi. Parevano. Perché se poi uno si metteva a fare le pulci agli indizi raccolti, stranezze ce n'erano a tignitè.

– Iamm', sputa il rospo.

– No, non mi convince del tutto. Ma siccome sono solo sensazioni, e con le sensazioni non si risolve niente, aspettiamo e vediamo cosa viene fuori dalle intercettazioni telefoniche della Dda.

– Guarra', le sensazioni tue sono notoriamente la iattura di qualunque pm con cui ti capita di lavorare, però in genere ci azzeccano sempre. Potevi benissimo gestirtela da sola con la Dda senza coinvolgere la Sco. Tanto, di criminalità organizzata ne capisci piú di me e Giustolisi messi insieme.

Le risparmiò la solita conclusione, cui sarebbe giunto se fossero stati a quattr'occhi. Vanina gliela lesse in faccia: la Sco era posto per lei, non per Giustolisi. Era questo l'invito silenzioso del dirigente, che Vanina silenziosamente rifiutò.

8.

Il sostituto procuratore Paolo Malfitano combatteva con sé stesso da un'ora. La Bmw X5 blindata e le due auto di scorta giravano per Catania appresso alle sue richieste piú disparate, per poi tornare a fermarsi invariabilmente davanti al portone della Mobile.

Non sapeva se scriverle di nuovo per chiederle di incontrarsi, o se fingere di dare per scontato che lei lo volesse e presentarsi nel suo ufficio fregandosene delle conseguenze. La lunga conversazione del giorno precedente aveva preso in fretta una piega sentimentale, ma sulle intenzioni di Vanina riguardo a quella sera non era trapelato nulla. L'ultimo collegamento a WhatsApp risultava alle diciassette e undici minuti di quel pomeriggio. Il suo «Come stai? Tutto bene?» non l'aveva nemmeno letto.

E ora era lí, a domandarsi per l'ennesima volta se imporle la sua presenza non fosse controproducente, o se al contrario fosse l'unico modo per sbloccare la situazione.

Assurdo. Ogni volta che stavano insieme, e da qualche mese accadeva sempre piú spesso, nessuno dei due dubitava nemmeno per un attimo di essere nel posto giusto e con la persona giusta. Poi d'improvviso i fantasmi di Vanina tornavano a prendere il sopravvento, e con loro l'urgenza di scappare, di mettersi in salvo da lui e da tutto quello che stare con lui avrebbe significato.

Aldo, l'autista, dopo dieci minuti che stavano fermi nello stesso posto entrava in agitazione. Ora di minuti ne erano passati venti, e l'uomo continuava a puntare gli occhi sullo specchietto retrovisore sperando di incrociare i suoi.

Nello Licitra, il capo della scorta, comparve fuori dal finestrino.

– Dottore, che dobbiamo fare?

Nello sapeva benissimo il perché di quella sosta, e sapeva anche che se qualcuno non avesse smosso un po' le acque sarebbero rimasti lí fino a quando il vicequestore Guarrasi non fosse uscita dall'ufficio. Il che poteva succedere anche due ore dopo.

Paolo capí che doveva decidere. Erano le sette di sera. Non poteva continuare a girare intorno all'isolato della Mobile facendo la figura del deficiente con gli uomini che gli erano stati appresso tutto il giorno e che in quel momento non desideravano altro che tornarsene a Palermo.

Ruppe gli indugi e aprí la portiera. Scese dall'auto e s'avvicinò al portone, zoppicando piú del solito. Dopo tante ore in giro, il quadricipite colpito quattro anni prima dall'unico proiettile andato a segno prima dell'intervento salvifico di Vanina iniziava a fargli male.

Nello allungò la mano per sostenerlo, ma lui gli fece segno che non ce n'era bisogno. Gli uomini scesero dall'auto di scorta e si disposero intorno, mentre Paolo allungava la mano sul citofono.

Da un'auto di servizio della questura, parcheggiata poco piú avanti, uscí un poliziotto in borghese, visibilmente armato. S'avvicinò.

– Scusi, posso esserle utile?

Macchia era ancora accomodato sul divanetto accanto al balcone, aveva fatto il secondo strappo alla regola e s'era acceso un altro mezzo sigaro. Nunnari era sopraggiunto con i tabulati telefonici di La Barbera su cui aveva segnato nomi e cognomi degli interlocutori piú frequenti. Spanò, occhiali sul naso, se li stava spulciando uno per uno seduto su una delle sedie. La Bonazzoli era sull'altra.

Giustolisi, il dirigente della Sco, aveva appena comunicato i risultati delle indagini sugli Zinna. Né il telefono di Santuzzo Maugeri né quello di Calogero Zinna quella sera si trovavano dalle parti del pub. Anzi, per l'esattezza: Maugeri era in zona Misterbianco e ci era rimasto fino alle due del mattino, quando poi si era riagganciato alla cella di via Angeli Custodi, dove abitava. Zinna invece risultava addirittura a Messina. Loro due non potevano essere gli autori dell'omicidio. Dalle informazioni della Dda su altri componenti della famiglia Zinna che stavano intercettando non era emerso nulla. Nell'ambiente sancristoforino l'omicidio del professore La Barbera pareva essere passato pressoché inosservato.

L'espressione di Vanina diceva chiaramente che Giustolisi non le stava contando niente di nuovo.

– Resta la possibilità, – ipotizzò Spanò, appena il dirigente se ne fu andato, – che abbiano commissionato l'omicidio a qualche picciotto, ma questo significherebbe che la cosa era stata decisa piú in alto. Non so se mi sono spiegato.

Interrogò con gli occhi Vanina, che s'annacava a destra e a sinistra con la sua poltrona girevole, la sigaretta di nuovo accesa.

– Guarrasi, per favore, se devi dire qualche cosa dilla, – si spazientí Macchia, che nel frattempo s'era alzato.

Vanina si fermò.

– A parte che semmai l'omicidio fosse stato deciso in alto e commissionato, si sarebbe svolto in tutt'altro modo, non certo a coltellate in un locale pubblico infrattato e con una sola via d'uscita. Quella, al massimo, potrebbe essere stata un'alzata d'ingegno di Maugeri. Ma poi sai che cosa penso, Tito? Che nei progetti a lungo termine degli Zinna ammazzare La Barbera, ammesso che fossero intenzionati a farlo, era ancora prematuro.

– Da cosa lo deduci? – Macchia si sedette sulla sedia accanto alla Bonazzoli, dalla quale prontamente s'era alzato Spanò.

Vanina s'appoggiò alla scrivania con i gomiti e gli si avvicinò. – Ragioniamo. Un mese fa circa Maugeri e Zinna minacciano La Barbera di bruciargli la macchina se non smette di mettergli i bastoni tra le ruote. Lasciano passare qualche settimana e lo affrontano di nuovo. Lo picchiano, ma neanche troppo pesantemente, e alzano la posta: se non si fa i fatti suoi non solo gli bruciano la macchina, ma per di piú gli affondano la barca, che è come dire che gli demoliscono la casa. Ti pare plausibile che ventiquattr'ore dopo mandino direttamente qualcuno ad ammazzarlo? A occhio c'erano prima i due passaggi precedenti da attuare, no?

– Bruciargli la macchina o danneggiargli la barca, dici. E anche questo è vero –. Tito rifletté grattandosi la barba. – A meno che in quelle ventiquattr'ore il professore non abbia fatto qualcosa di talmente grave da guadagnarsi una condanna a morte.

– In ventiquattr'ore? E che cosa? Poi, ad ammazzare uno come La Barbera, Zinna avrebbe ricavato solo camurríe. Un conto è un'intimidazione, una ritorsione che si può far passare per un atto vandalico, un conto è un omicidio, che mette in moto mezzo mondo. E per cosa? Per un paio di dosi in meno da spacciare davanti alla scuola?

Macchia le diede ragione. – Perciò, in poche parole, siamo a zero, – concluse.

Vanina stava per rispondergli quando bussarono alla porta.

Lo Faro entrò e si fermò sulla soglia, imbarazzato per la malacomparsa che aveva appena fatto.

– Dottoressa, c'è una persona che la cerca.

Vanina si stupí. D'istinto controllò il telefono, si accorse che s'era scaricato.

– E chi è?

Lo Faro non rispose, si fece da parte.

Il sostituto procuratore Paolo Malfitano entrò nella stanza.

– Buonasera a tutti, scusate l'intrusione.

L'auto guidata da Lo Faro s'accodò alla X5 che saliva verso Santo Stefano con la Guarrasi a bordo. Tra lui, la Ristuccia e i quattro uomini della scorta di Paolo, il cordone di protezione s'era fatto cosí stretto che Vanina aveva l'impressione la stesse strozzando. L'irruzione di Paolo non l'aveva messa in conto. A quell'ora ormai sperava che avesse desistito dall'idea di vederla, in modo da non costringerla a prendere lei una decisione. Eppure adesso non riusciva a dispiacersi che fosse lí, piombato nel suo ufficio senza preavviso. Le era bastato vederlo per azzerare tutto.

Finiva sempre cosí. Settimane passate cercando di ripristinare le distanze, di rientrare nella sua confort zone, vanificate in un minuto. Confort zone, poi. Ci voleva coraggio, in quel momento, a chiamarla cosí. Faticava ancora a rendersene conto, ma ciò che per anni aveva tentato di dimenticare le era precipitato addosso nel piú pesante dei modi. E a essere onesti, stavolta la vittima era Paolo, costretto a vivere le stesse sensazioni che avevano portato lei ad allontanarsi da lui. Però Paolo era rimasto lí, piú presente di prima, e di scappare non se lo sognava nemmeno.

Fu lui a rompere il silenzio.

– Fammi capire, ma Lo Faro non era l'elemento piú incapace della squadra?

– Incapace proprio no, un poco maldestro a volte. E lecchino, ma quello credo che derivi dall'educazione che ha ricevuto.

– E perciò te l'hanno dato come scorta?

– No, la scorta è la Ristuccia, piú altri due agenti che montano di giorno. Lo Faro è qui perché Macchia si fissò che doveva aggiungere una tutela ulteriore e lui si offrí volontario per coprire il turno di notte.

– Sempre nell'ottica del leccapiedi?

Vanina ci rifletté. – Penso proprio di no.

All'ultima curva prima di casa sua, il telefono che aveva messo in carica s'accese.

Oltre al messaggio di Paolo, sul display comparvero cinque chiamate perse: una era di sua madre, una di Adriano Calí, con successivo messaggio audio. Le altre tre erano del commissario Patanè.

Decise che avrebbe richiamato piú tardi. Giusto il tempo di metabolizzare la presenza di Paolo.

Quando la Bmw svoltò nello spiazzo davanti a casa sua, Vanina stava armeggiando col caricabatterie.

Paolo concentrò lo sguardo sull'uomo anziano che se ne stava ritto davanti al cancelletto di ferro.

– Vani, ma quello chi è?

Vanina alzò gli occhi e sorrise.

Al commissario Patanè non pareva vero di conoscere finalmente Paolo Malfitano. Non gli poteva pace che la sua amica si fosse incartata su una fissazione tanto assurda da costringerla a privarsi di vivere i propri sentimenti con la persona che amava e che, in tutta onestà, li meritava tutti.

Tra lui e Bettina, che si era affacciata sulla porta di casa, non si capiva bene chi fosse piú felice di quell'apparizione inaspettata.

Tanto piú che giusto giusto quel pomeriggio la vicina, *schiffarata* perché non doveva vedere nessuna delle sue amiche, aveva deciso di superare sé stessa e aveva cucinato come se avesse dovuto sfamare un reggimento. Il metodo era sempre il solito: si faceva trovare da *Vannina* nella difficoltà di non sapere come smaltire tutto il cibo che «sventuratamente» aveva preparato in quantità eccessiva e la pregava di venirle in aiuto facendosi carico di tutto il surplus. Montagne di carne al sugo, di anelletti al forno, di caponatine, che lei, per non sapere né leggere né scrivere, aveva già, guarda caso, suddiviso in monoporzioni pronte da congelare.

Quella sera, per inaugurare la stagione invernale, Bettina aveva preparato ettolitri di brodo con dentro polpette di carne della dimensione di una biglia. E una decina di scacce ragusane, alcune con pomodoro e caciocavallo e altre con ricotta e cipolla. Manco a dire che aveva pensato anche a Lo Faro e alla Ristuccia. E a Nello Licitra. Il capo della scorta di Paolo aveva capito sin dall'inizio come sarebbe andata a finire quella serata. Aveva rimandato a casa i quattro della scorta e stava già organizzando il nuovo turno: altri quattro uomini sarebbero arrivati da Palermo la mattina dopo. Paolo aveva insistito perché rientrasse anche lui, ma Nello non aveva voluto sentire ragioni. Territorio estraneo, casa piena di aperture, giardino, agrumeto. Proprio ora poi, che da proteggere non c'era piú solo lui, ma pure la dottoressa Guarrasi. Era fuori discussione.

Per la prima volta Patanè tornava a trovare Vanina dalla sera del ritrovamento del proiettile. Quando mise piede in casa e vide tutto in disordine ebbe un sussulto.

– Tranquillo, commissario: stavolta non entrò nessuno, – lo rassicurò Vanina.

Patanè tirò un sospiro di sollievo. – E che fu, allora?

– Ma niente, stamattina non ho avuto il tempo di mettere a posto.

Paolo se la rideva sotto i baffi. Altro che quella mattina, almeno da due giorni.

– Colpa mia, fu, – intervenne Bettina, mentre depositava sul tavolo della cucina la pentola col brodo. – Inna, la carusa che viene a pulire, stamattina perse un sacco di tempo appresso a mmia, che mi feci aiutare a tirare fuori il presepe, e non poté passare dalla dottoressa. Immancabilmente dopodomani gliela mando, che domani è vacanza e Inna non viene.

Vanina si meravigliò. Vacanza? Guardò Paolo. Non pareva stupito.

Bettina restò perplessa per un attimo.

– Ma che se lo scordò che domani è l'8 di dicembre? La festa dell'Immacolata è.

Sí, se l'era scordato. Che poi per lei, vacanza o non vacanza, se aveva un caso per le mani non cambiava niente.

Patanè declinò l'invito di Vanina a fermarsi per cena. Era venuto a contarle una storia che poteva interessarle assai. Ad Angelina aveva rifilato la solita fesseria dello scopone scientifico a casa di un amico, perciò non poteva trattenersi a lungo. E nemmeno tornare già satollo, se no chi la sentiva. La scusa cascava a fagiolo anche perché quella sera a cenare lí si sarebbe sentito di troppo. Già quei due si vedevano poco e niente, ci mancava solo il terzo incomodo. Bettina stessa aveva già chiarito che avrebbe cenato per conto proprio, accampando la scusa che aspettava la «telefonata video» di suo figlio; aveva istruito minuziosamente Vanina su come scaldare il brodo e le polpettine – che la dottoressa con la cucina pareva *sciarriata* – e se n'era tornata a casa. Contenta che pareva una pasqua. Chissà che Padre Pio, che quanto a preghiere da esaudire per lei era la massima autorità celeste, stavolta non l'avesse ascoltata veramente.

Vanina preparò tre spritz, tirò fuori qualche mandorla tostata, le olive di Sebastiano e tagliò a pezzetti una scaccia. Si sedettero intorno al tavolo davanti alla vetrata, che Vanina ormai teneva coperta dalla tenda per evitare di condividere la sua privacy con Lo Faro.

– Mi conti tutto, commissario.

Patanè si mise comodo.

– Oggi mi incontrai per caso con la mia amica Silvia, se la ricorda? Quella che una volta mi diede informazioni importanti per il caso della carusa scomparsa e del maestro di violino.

Certo che se la ricordava, Vanina. Anche se non l'aveva mai vista, avrebbe scommesso che in altri tempi non fosse stata esattamente solo un'amica. Cosí come avrebbe scommesso che il commissario, anche quel giorno, non l'avesse incontrata per caso.

– Come no. La sua amica Silvia, quella che ama l'opera e la musica sinfonica, e che va girando tutti i teatri d'Europa.

– Idda. Deve sapere, dottoressa, che Silvia a Catania è macari un'autorità in campo culturale. Conferenze, presentazioni di libri. Accanusce tutti gli intellettuali e si prese macari la seconda laurea, in Filosofia.

Vanina iniziò a capire chi era il protagonista della storia.

– Parrannu parrannu, la conversazione andò a cascare sul povero professore La Barbera. Silvia s'era impressionata assai, quando aveva letto sul giornale che l'avevano ammazzato. L'accanusceva bonu, al professore, da quand'era caruso, anche se era una decina d'anni cchiú nico di lei. Ai tempi che La Barbera frequentava il liceo scientifico, Silvia era già quasi laureata in Scienze politiche. Militava nei movimenti studenteschi di sinistra, si batteva per le cause femministe. I liceali che prendevano parte alle lotte studentesche frequentavano spesso anche gli universitari, macari se erano piú grandi di loro. Partecipavano ad assemblee, manifestazioni. La facoltà di Scienze politiche era piena di contestatori, ex militanti di Lotta Continua e Silvia li accanusceva tutti. Vincenzo La Barbera era molto amico di alcuni di loro, i piú giovani. Passavano tempo a ciclostilare volantini, manifestavano con gli operai, occupavano case. Vincenzo poi aveva il pallino dei circoli culturali, e pi chistu fece amicizia con Silvia. Ogni tanto le contava i suoi problemi. La famigghia di La Barbera era l'esatto opposto del figlio. Conservatrice, patriarcale, cattolicissima e ammanicata con la Chiesa che contava. 'Stu figghio lo punivano, lo rinchiudevano, ma iddu scappava sempre. Il padre non lo sopportava, la madre s'affruntava macari a farsi vedere con lui. Solo lo zio, che era uno di larghe vedute, lo accettava cosí com'era. Fino a che un giorno successe che Enzo finí arrestato per resistenza a pubblico ufficiale durante una manifestazione. Poi fu rilasciato, penso senza nemmeno essere schedato, ma da quel momento il padre lo buttò fuori di casa e non volle piú sentire parlare di lui.

Vanina era interessatissima. Inutile: lei e Patanè erano sempre sulla stessa lunghezza d'onda, c'era poco da fare. Pure lui s'era intrippato con la storia di La Barbera. Con l'aggiunta che il commissario aveva le conoscenze giuste per approfondire.

Anche Paolo si godeva la storia, che lo stava felicemente distraendo da una giornata di interrogatori.

– Perciò La Barbera non scappò di casa, fu buttato fuori dal padre, – concluse Vanina.

– Sí. Era il 1978, aveva appena dato la maturità. Pare che lo zio si fosse offerto di aiutarlo a tornare in famiglia, ma Enzo non volle manco sentirne parlare. Silvia se lo ricorda benissimo perché fece parte del gruppo di persone che gli cercò un alloggio alla casa dello studente. Ma lui ci rimase pochissimo. Fece amicizia con dei carusi e se ne andò a stare in una comune, in campagna. Lo sa, uno di quei posti che c'erano allora, in cui ognuno contribuiva come poteva, macari elemosinando soldi, e dove si praticava il libero amore. A quel punto Silvia non lo vide piú. Lo rincontrò dopo molto tempo, quando già insegnava.

Vanina e Paolo rimasero in attesa di un seguito.

Ma Patanè allargò le braccia. – E chistu è quanto, – bevve l'ultimo sorso di spritz. – Per ora, – puntualizzò.

– Storia molto affascinante, – commentò Paolo, – però, scusi se glielo chiedo, commissario: che c'entra con l'omicidio?

Patanè sorrise.

– E che c'entra. Niente, dottore, ha ragione lei. Ma scommetto che la dottoressa stava morendo dalla curiosità di sapere piú cose sul passato di La Barbera.

Anche Paolo sorrise.

– La conosce quasi meglio di me.

– Chistu non credo che sia possibile!

– Se poi la finite di disquisire sulla sottoscritta, – s'intromise Vanina.

Patanè si mise a ridere. Recuperò cappotto e cappello.

– Domani mi faccio un giro in questura e vediamo se trovo qualche cosa sulla comune di La Barbera. Se la memoria non m'inganna, cose interessanti da sapere ce ne sono assai.

– Sempre per pura curiosità, ovvio, – commentò Vanina.

Patanè s'infilò il cappotto, salutò Paolo, gli strinse la mano.

Mentre s'aggiustava la giacca, Vanina intravide di nuovo la fondina.

– Commissario, me la leva una curiosità? Ma da quando in qua lei va girando armato?

Patanè si finse stupito.

– Io? Da sempre.

Vanina prevedeva una nottata insonne. L'indagine per l'omicidio di La Barbera che non andava avanti; e quella della Procura di Palermo sul proiettile trovato in casa sua che sempre piú conduceva alla famiglia mafiosa di Salvatore Fratta detto Bazzuca, non lasciando sperare in un celere ritorno alla normalità. In piú, la presenza di Paolo. Accanto a lei, nel letto. Per non parlare della doppia scorta armata che andava furriando giardino giardino. Cose da riminarsi fra le coperte per ore.

Invece.

Per la prima volta nelle ultime settimane Vanina si fece nove ore filate di sonno, piombigno e senza sogni. Il fatto che Paolo occupasse il cuscino accanto al suo non era di per sé una novità, anzi di recente stava capitando spesso, suo malgrado. L'ultima volta era stata nel villino all'Addaura, qualche giorno prima che le circostanze la costringessero in cattività. La novità era che alla serata trascorsa insieme, condividendo cena e dopocena come due normali compagni di vita, non era seguita la solita botta di sudore freddo. Quella che l'assaliva quando prendeva atto dell'assoluta corrispondenza di sensi che li legava e dalla quale, era evidente, non sarebbe mai riuscita a liberarsi.

Fatto sta che – forse perché adesso erano davvero sulla stessa barca, o forse perché, scambiandosele a vicenda, le preoccupazioni finivano con l'alleggerirsi – né lei né Paolo sentirono la sveglia. Nemmeno quella piazzata in cucina.

Quando alle nove passate il telefono di Paolo li buttò giú dal letto parevano pigliati entrambi dalle bombe. Corrado Ortès, il capo della Catturandi della Mobile palermitana che dirigeva la caccia al latitante Salvatore Fratta detto Bazzuca, portava notizie importanti. Avevano una pista sulla persona che minacciava Vanina. Una pista che, purtroppo, non prometteva niente di buono.

9.

La città quella mattina andava a rilento, come in ogni giorno festivo. Niente traffico in entrata, niente file davanti alle scuole, niente strombazzamenti di clacson. L'unica zona che iniziava ad animarsi era quella del lungomare. Del resto, era pure comprensibile. Per il terzo giorno consecutivo il cielo non presentava nemmeno una nuvola e alle dieci il termometro era già sui sedici gradi, segno che alle due sarebbe arrivato come minimo a venti. Il mare pareva una tavola come quasi mai capitava ad agosto, in quelle domeniche falcidiate dal grecale che obbligavano i gommonauti – categoria assai rappresentata tra i catanesi e che annoverava anche l'avvocato Maria Giulia De Rosa – a rifugiarsi alle boe di Capo Mulini.

Negli uffici della Mobile, invece, pareva un giorno come un altro. Soprattutto alla sezione Reati contro la persona, dove la squadra era presente al completo, eccetto Fragapane ancora in ferie, e Lo Faro che era andato a casa a dormire.

Spanò e Nunnari se ne stavano seduti davanti alla Guarrasi, che pareva particolarmente contrariata. Dal suo arrivo s'era già fumata tre sigarette e aveva santiato in aramaico per cinque minuti buoni quando s'era resa conto che nel cassetto della scrivania non era rimasto un solo cioccolatino.

Per aggiungere il carico da undici, sulla «Gazzetta Siciliana» quella mattina era comparso un articolo che raccontava minuziosamente come e dove viveva il professore La

Barbera, quello che faceva e perché la pista piú probabile da seguire fosse quella degli spacciatori. L'autore concludeva chiedendosi come mai il vicequestore Giovanna Guarrasi non fosse attiva in prima persona nello svolgimento delle indagini.

– Nunnari, i nomi che ieri tirasti fuori dai tabulati telefonici rimasero nomi oppure iniziamo a saperne qualcosa di piú?

Il sovrintendente s'impappinò, lui in realtà li aveva passati a Spanò…

– Io ci lavorai, dottoressa, – rispose l'ispettore al suo posto.

– E perciò?

– Cominciamo col dire che, come avrà notato, la sera della sua morte La Barbera non ricevette manco mezza telefonata. La mattina si sentí soltanto con la Fisichella. Tra le chiamate dei giorni precedenti è lei quella numericamente piú rappresentata, sia in entrata sia in uscita. C'è anche don Rosario. Questi tre sono colleghi della scuola e questi due sono pescatori che travagghiano al molo dov'è ormeggiata la barca –. Li indicò sul foglio. – Ci sono due chiamate che corrispondono ad Alberto La Barbera, il fratello, ma sono brevissime. Poi ci sono altri contatti meno frequenti: il primo è Navarria Walter, che l'ha chiamato varie volte negli ultimi due mesi; è un architetto di chiddi alla moda, a quanto m'arrisulta. Anni cinquantasette. Sposato con un'architetta, macari lei conosciuta assai, che però si occupa di giardini. Ha due figli, uno dei quali è alunno del professore. Residente a Viagrande, in un villone ca pare nisciuto da una rivista d'arredamento.

– Anche questo l'ha appreso dal sistema informatico, immagino, – ironizzò Vanina. Al fatto che Spanò utilizzasse spesso database meno istituzionali ma piú ricchi di informazioni ormai ci aveva fatto l'abitudine. Anzi, la cosa la divertiva.

– Non proprio, – rispose l'ispettore, e proseguí: – Di questa Lascari Valeria, invece, so solo quello che dice il computer: disoccupata, anni cinquantanove, stato civile vedova, residente a Catania. Risulta fermata piú volte alla guida in stato d'ebbrezza, tanto che le ritirarono la patente. Il terzo numero è un fisso e corrisponde a un agriturismo: *Terra del Simeto*, si chiama. E questo è quanto.

– E poi qua all'inizio c'erano anche questi tre, Spanò, – intervenne Nunnari.

– Vedi tu che mi stavo scordando! Tre chiamate una appresso all'altra, tutte abbastanza lunghe, che però non si ripetono piú. I nomi sono, – lesse, – Lanfranco Ornella, vedova, anni ottanta. Lizzio Alfio, forestale in pensione, vedovo, anni ottantasei. Tirella Barbaro, commerciante, anni ottantatre.

– Tre ultraottantenni l'uno appresso all'altro? – si stupí Vanina.

– Proprio cosí.

Il vicequestore ci rifletté. Come coincidenza era strana assai.

– Vabbe', facciamo cosí, Spanò: l'architetto e la tizia con la patente ritirata li convocate qua, che ci parlo io. I vecchietti invece li andate a visitare voi due, oggi pomeriggio. Uno per uno.

Si accese una sigaretta. Automaticamente si guardò intorno.

– Ma Bonazzoli dove finí? Dice che oggi toccava di nuovo a lei affiancare la mia scorta?

– Sarà di là nel nostro ufficio, – ipotizzò Nunnari.

Spanò fece un sorrisetto. – O magari… – stava per iniziare, ma la Guarrasi lo gelò.

– Ispettore, che abbiamo detto?

– Scusasse, dottoressa. Ragione ha.

A Vanina venne da ridere, ma dissimulò con un colpo di tosse. Inutile, era piú forte di lui. Del resto bisognava capirlo, Spanò; uno nato in una famiglia dove tutti sanno tutto, e le notizie si trasmettono da un piano all'altro della stessa palazzina, interamente popolata da consanguinei, il curtigghio ce l'ha nel Dna.

Nunnari aveva avuto un momento d'incertezza davanti a quello scambio di battute. Aveva capito dove voleva andare a parare l'ispettore ed era pronto a intervenire, ma per fortuna l'aveva fatto la Guarrasi. Preferiva essere preso in giro lui – «ma come, Nunnari, invece di restarci male la difendi?» – piuttosto che sentire la gente malignare su Marta. Guai se gliela toccavano.

I Gulisano, padre e figlio, si presentarono con mezz'ora di ritardo.

Fisico tarchiato, testa sproporzionata, capello cortissimo, collo taurino. Due cloni, di età diversa ma vestiti allo stesso modo. Giubbotto Fay, pantaloni aderenti, sneakers Adidas ultimo modello, occhiali da sole a specchio alzati sulla testa.

– Io davvero non capisco cosa possa volere un vicequestore della polizia di Stato da mio figlio, – attaccò Gulisano appena Spanò li fece accomodare dalla Guarrasi.

Vanina si rivolse direttamente al ragazzo.

– Allora, Lupo, come stai?

Quello la guardò perplesso. Girò gli occhi verso il padre, piú perplesso di lui.

– Bene, – rispose, incerto.

– Immagino che anche tu sarai dispiaciuto per il professore La Barbera.

– Io? Ss... sí.

– Certo che è dispiaciuto, – s'intromise il padre, – come tutti. Anche se lui il professore non lo conosceva di persona. Non insegnava nella sezione sua.

– Ah, perciò non lo conoscevi di persona? – chiese Vanina, sempre a Lupo.

– No.

– Strano. A me invece risulta che tu e il professore La Barbera abbiate avuto piú di una discussione.

Il ragazzo negò con la testa prima ancora di parlare.

– No, non abbiamo mai avuto discussioni.

– No? Quindi presumo che non ne abbiano avute nemmeno i tuoi genitori?

– Ma di che sta parlando? – intervenne di nuovo il padre, sempre piú risentito.

Vanina si voltò lentamente verso di lui, senza mollare Lupo con gli occhi.

– Signor Gulisano, – disse.

– Dottore, prego, – puntualizzò quello.

– Dottor Gulisano... Scusi, dottore in?

– In Medicina. Medico di Medicina generale sono.

– Lo sa come funziona quando qualcuno viene qua, su mia richiesta? Io faccio le domande e la persona convocata risponde –. Lo guardò in faccia, impassibile. – Possibilmente senza contarmi minchiate.

– Ma lei sta facendo illazioni su mio figlio.

Vanina represse la voglia di alzare le mani che quell'ometto le ispirava da quando era entrato. Come aveva detto la Fisichella? Che quel ragazzo le legnate se le chiamava? Be', anche in questo erano fatti con lo stampino, padre e figlio.

– Illazioni? E di che tipo? Io ho solo fatto una domanda, e la risposta non mi ha convinto per niente. La ripeto, magari Lupo non l'aveva sentita bene: il professore La Barbera aveva mai discusso con te o con i tuoi genitori?

Lupo guardò il padre, che per tutta risposta scattò in piedi e tirò fuori il telefono.

– Che sta facendo? – sbottò Vanina.

– L'avvocato sto chiamando, non mi piace questo tono.

Spanò gli si parò davanti. – Stacchi questo telefono e si accomodi, – gli intimò.

Vanina s'adagiò sullo schienale, calma.

– Dottor Gulisano, lo sa chi è che tipicamente si comporta in questo modo?

L'uomo si risedette in silenzio.

Il vicequestore proseguí: – Chi ha qualche reato da nascondere, grande o piccolo che sia. Oppure chi teme di essere coinvolto in qualche cosa che non lo riguarda direttamente ma di cui è al corrente. E di cui non vuole parlare. Lei a quale delle due categorie appartiene?

Gulisano era a disagio. Lo sguardo grigio della Guarrasi lo stava intimidendo.

– A nessuna delle due.

– E tu? – a Lupo.

– A nessuna delle due, – rispose il ragazzo, pallido.

Spanò guardò la capa rassegnato. Gli pareva tempo perso.

Vanina si raddrizzò.

– Va bene, ora basta. Ci sono testimoni pronti a confermare che il professore La Barbera t'aveva sgamato a fare uso e spacciare sostanze stupefacenti ai tuoi compagni di scuola. È vero?

Il ragazzo rimase pietrificato.

– È vero? – ripeté Vanina.

– No.

– Ah, no. Perciò non è nemmeno vero che il professore l'aveva raccontato a tuo padre e a tua madre?

Silenzio.

– Rispondi.

– No, non è vero.

– Strano, perché invece c'è qualcuno che questo episodio se lo ricorda benissimo.

– E vuol dire che questo qualcuno si sta sbagliando, – intervenne il padre.

Vanina ripose la pietà per il ragazzino che fino a quel momento l'aveva frenata e decise di giocare pesante.

– Va bene, Lupo. Allora ti dico cosa accadrà: la persona che ci ha informato verrà ascoltata dal magistrato e dichiarerà quello che sa. Il magistrato ti convocherà e tu dovrai dire a lui ciò che hai detto a me. Lo sai che succede se racconti una fesseria a un pm? – caricò ancora. – E poi c'è anche il problema della mafia, che controlla le piazze di spaccio. Chissà come reagirebbero sapendo che un ragazzetto qualunque sta togliendo loro i clienti. Altro che magistrato.

Lupo era sempre piú pallido, inghiottiva saliva a ritmo continuo.

Spanò non muoveva un baffo. Quando la Guarrasi bluffava cosí, significava che s'era fatta un'idea precisa.

– Ripartiamo da zero? – propose Vanina.

Lupo abbassò la testa, piú per schivare lo sguardo di suo padre che per evitare quello del vicequestore.

– Che sostanze spacci?

– Ma non è che spaccio, è che… ci dividiamo la spesa.

– Codeina? Benzodiazepine? – chiese Vanina, a colpo sicuro.

– Purple drank, – ammise Lupo, – sciroppo e Sprite, – spiegò.

– Lo so che cos'è il Purple drank. E lo sciroppo a base di codeina come te lo procuri? Ci vuole la ricetta medica.

Silenzio.

– Ti freghi i fogli dal ricettario di tuo padre?

Il ragazzo abbassò di nuovo gli occhi, fece segno di sí.

– Testa di cazzo! – sbottò il padre. Si voltò verso la Guarrasi, l'espressione tra il costernato e l'agitato.

– Mi scusi, vicequestore. Io ci avevo creduto che 'sto… – guardò Lupo, alzò la voce: – 'sto coglione…

Vanina lo bloccò. – Dottor Gulisano, per piacere.

Quello abbassò il tono. – Ci avevo creduto che quel professore l'avesse preso di mira e che non era vero niente.

– Cosa le disse il professore, quando la chiamò?

– Che dovevo stare attento a mio figlio, che poteva finire in brutti giri se continuava cosí. Quello parlava di droga… Io pensai subito a spinelli, cocaina, o chessò… pasticche. Quando mio figlio disse che manco avrebbe saputo come procurarsela lui, certa roba, e che La Barbera aveva il delirio di cercare tossici dappertutto, io gli credetti. Potevo mai pensare che il deficiente preparava sostanze con gli sciroppi per la tosse?

– E purtroppo invece è un problema molto piú diffuso di quello che si creda. Forse Lupo non sa che una sostanza, solo perché arriva dalla farmacia, non è meno pericolosa di quelle che vendono gli spacciatori. Gli spacciatori veri.

– Io poi vorrei capire chi te l'insegnò 'sta cosa. Qualche altro deficiente amico tuo?

Lupo rialzò gli occhi. Ormai faceva su e giú che pareva stesse inseguendo una palla pazza.

– Me lo insegnò Lorenzo, a Milano Marittima. Lui e gli amici suoi, prima di partire, lo sciroppo se l'erano andato a comprare in Svizzera.

Il padre scosse la testa.

– Lorenzo è mio nipote, – spiegò alla Guarrasi, – figlio della sorella di mia moglie. Vive a Busto Arsizio.

– Lupo, – disse Vanina, – ora rispondimi: il professore La Barbera aveva parlato solo con te o anche con qualche altro tuo compagno di scuola? Aveva contattato altri genitori?

– No. Ma solo perché... insomma... perché non ci arrivò. Aveva una fissazione, La Barbera, per la questione delle droghe.

– Signori, io una domanda devo farvela: dove vi trovavate la sera del 5 dicembre tra mezzanotte e le due?

Padre e figlio non si guardarono nemmeno.

– A letto.

Marta Bonazzoli entrò nel portone della Mobile e si tolse il casco. Scombinò i capelli biondi, che s'erano appiccicati alla testa, e salí le scale a tutta velocità come solo una ben allenata poteva fare, senza perdere il fiato per nulla; in una mano aveva un sacchetto del supermercato. Percorse il corridoio della sezione fino al suo ufficio, si liberò di giubbotto e sciarpa e subito uscí dalla stanza, pronta a bussare alla porta di Vanina. Poi ci ripensò. Senza alcuna incertezza, si voltò di centottanta gradi e avanzò verso la porta di fronte.

Una litigata come quella della sera precedente, lei e Tito non l'avevano mai avuta. Erano partiti dalla solita storia della tutela alla Guarrasi, che lui insisteva non fosse cosa per lei, ed erano finiti col rinfacciarsi qualunque cosa, anche episodi che Marta considerava sepolti nel dimenticatoio, ma evidentemente Tito no. Per la prima volta dopo varie settimane ognuno aveva dormito a casa propria, se di dormire si poteva parlare. Eppure quella notte, seguita da una corsa piú lunga del solito e da una sosta meditativa sul porticciolo di San Giovanni Li Cuti, per l'ispettore Marta Bonazzoli era stata decisiva. Il mare le aveva schiarito le idee e aveva cacciato via ogni insicurezza residua.

Bussò, entrò.

Tito era solo, in maniche di camicia, sommerso da una montagna di carte. Si tolse gli occhiali, la fissò senza dire niente. Marta appoggiò il sacchetto sul divano di lato, girò intorno alla scrivania, lo raggiunse e, senza preamboli, gli dichiarò tutto quello che il mare le aveva suggerito.

– Marta, per dispersa t'avevo dato. Nunnari si stava addirittura organizzando per sostituirti al seguito della mia scorta.

La Bonazzoli fece un mezzo sorriso, le allungò il sacchetto.

– Tieni, va'.

Vanina guardò dentro e restò senza parole.

– Ma dove la pigliasti 'sta cioccolata, che oggi è tutto chiuso?

– Nell'unico posto sicuramente aperto: un centro commerciale. E sei stata anche fortunata, perché c'era un negozio specializzato in cioccolata di tutte le marche. Per non sbagliare ho preso quella che ti porta sempre il commissario Patanè.

– E hai fatto bene, – allungò la mano a stringere la sua, – grazie, Marta.

– Almeno alterni qualcosa di piú sano a quello schifo di sigarette. Tu non te ne accorgi, forse, ma in questi giorni stai esagerando.

Vanina aprí una tavoletta e la porse a Marta, che ne staccò un pezzetto.

– Certo che me ne accorgo, – rispose.

Sistemò la cioccolata nel cassetto, evitò di accendersi la sigaretta.

– Lo salutasti, l'amato bene? – la punzecchiò, approfittando del fatto che erano sole.

– Sí, lo salutaaai, – le fece il verso Marta.

– Certo che è incredibile: un capolavoro ho realizzato.

– Che vuoi dire?

– Come che voglio dire? Due mesi fa, quando vi ho sgamati, quel poverazzo di Tito non ne poteva piú di vivere in perenne clandestinità, per giunta senza un valido motivo. Te lo scordasti il training a cui ti ho sottoposto per convincerti che non c'era motivo di nascondersi?

Marta sorrise.

– E va bene, onore al merito, – ammise. Mai come quella mattina le dava ragione.

– Altri due mesi a fare piglia e porta tra di voi e finiva che ti rispedivo a Brescia per direttissima. Cosí ti saresti resa conto, tardi, di quello che t'eri persa.

– Ma se l'ho seguito io fin qui.

– Appunto.

Marta cambiò argomento.

– Com'è andata col ragazzo?

– Lupo? Mah, con l'omicidio sicuramente non c'entra nulla.

Raccontò a Marta la storia del purple drank.

– Questo non possiamo ignorarlo, – commentò l'ispettrice.

– Infatti dovrò segnalarlo. Se ne occuperà il tribunale dei minori –. Guardò l'orologio: mezzogiorno e mezzo. – A che ora doveva arrivare il fratello?

– A momenti, ormai.

– Che sappiamo di lui? Lavoro, famiglia…

– Dovremmo chiederlo a Spanò, come al solito. Dai dati in nostro possesso risulta residente in corso Italia, nessuna professione dichiarata, coniugato.

Vanina chiamò Spanò, che confermò quelle informazioni e ne aggiunse di nuove.

– Alberto La Barbera non ha professione ufficiale perché s'è sempre occupato delle proprietà di famiglia. È sposato con una Bonuccio di San Marco, frequenta tutti i circoli che contano, conosce mezza città. La metà giusta, manco a specificarlo. Voci dicono che però è piú il fumo dell'arrosto.

– Cioè?

– Cioè che tutti 'sti gran piccioli non ce li ha. Anzi, pare che un debito di qua e di là ogni tanto lo faccia. Ma niente di sostanzioso. Qualche investimento sbagliato che con la crisi non gli tornò indietro.

Non ebbe il tempo di dire altro perché Nunnari bussò.

– Capo, c'è il signor La Barbera.

Vanina avrebbe sfidato chiunque a immaginare, anche lontanamente, che la persona davanti a lei fosse il fratello del poveretto rinvenuto due giorni prima nell'Amenano. Anche l'unica foto di Vincenzo La Barbera che aveva adocchiato in barca raffigurava un uomo che differiva da quello lí presente quanto il giorno dalla notte.

Alberto La Barbera le allungò la mano, Vanina gliela strinse. Capello castano pettinato all'indietro, screziato di grigio, baffetto curato. Cappotto cammello doppiopetto. La somiglianza cinematografica le venne subito, spontanea: Ugo Tognazzi nei panni del conte Raffaello Mascetti in *Amici miei*.

– Sono a sua disposizione, dottoressa, per quello che posso.

Vanina valutò da dove iniziare. Il racconto di Patanè l'aveva intrigata assai. Fosse stato per lei sarebbe partita dal 1978, ma decise di procedere in modo piú ortodosso.

– Da quanto tempo non vedeva suo fratello, signor La Barbera?

– Da parecchio. Non è venuto nemmeno al funerale

di papà. Quando mi sono trovato a passare dal porto di Catania ho provato a cercarlo, ma la barca non era piú al suo posto.

– In che senso? La barca è tuttora ormeggiata al porto.

– Sí, ma non dove la teneva mio zio. D'altronde, quello era un circolo velico piuttosto esclusivo. Sarebbe stato troppo costoso per lui tenerla lí.

Vanina dissimulò il fastidio che quell'aria di sussiego le stava provocando.

– E alla fine la trovò?

– Sí, tempo dopo. Povero zio, se avesse visto dov'era finito il suo Grand Soleil. In mezzo ai pescherecci.

Il fastidio crebbe ancora.

– Però vi sentivate?

– Raramente ma sí, a volte ci sentivamo.

– L'ultima quand'è stata?

– Qualche giorno fa, se non ricordo male. Erano comunicazioni brevi. Ogni tanto mi incaricavo di accertarmi che stesse bene. Sa, io e mia sorella speravamo che almeno dopo la morte dei nostri genitori le cose potessero migliorare, ma ci illudevamo.

– Posso chiederle perché il professore non voleva riallacciare i rapporti nemmeno con voi?

– Ah, e chi lo sa, dottoressa. Mio fratello, pace all'anima sua, era strano forte. Viveva in quella vecchia barca, non frequentava nessuno, tranne qualche altro scappato di casa come lui che aveva conosciuto da giovane. Nostro padre l'aveva escluso dal testamento e lui non aveva fatto una piega. «Meglio, – aveva detto, – tanto soldi da lui non ne avrei voluti». L'unica persona della famiglia da cui aveva accettato qualcosa era stato mio zio. Morto lui, quattro anni fa, anche l'ultimo legame con la famiglia è stato reciso.

– Eppure vi state prodigando per i suoi funerali come se fosse stato sempre tra voi, – buttò un occhio al giornale. – Cattedrale metropolitana di Sant'Agata, leggo. Il duomo addirittura.

– La stupisce, dottoressa? Un fratello resta un fratello, anche se la vita ci aveva allontanati. Merita, almeno da morto, una cerimonia degna del nome che portava.

Vanina ripensò alle parole di Vera Fisichella. Il fastidio arrivò ai massimi livelli.

No, il conte Raffaello Mascetti era molto piú simpatico di questo qua.

– Le devo confessare che mi sarei aspettata una cerimonia laica. A quanto ne so, suo fratello era ateo.

La Barbera s'indispettí.

– Era battezzato, e nessuno l'aveva mai scomunicato. Quindi non vedo perché non debba avere un funerale come si deve.

– Forse perché non l'avrebbe voluto. Ma non sono questioni che mi riguardano. Torniamo a noi: quindi nell'ultimo periodo lei non ha avuto il sentore che fosse successo qualcosa, che suo fratello avesse la percezione di essere minacciato.

– No, assolutamente. Del resto come avrei potuto? Da due parole dette di sfuggita, cosa puoi capire?

– Lei ritiene che non avrebbe chiesto aiuto nemmeno nel caso in cui si fosse trovato in pericolo?

– E chi può saperlo? Di sicuro non ha detto nulla né a me né a mia sorella. Forse perché nulla c'era da dire? Oppure perché non intendeva coinvolgerci nemmeno in questo –. Fece una smorfia che voleva sembrare amareggiata, invece parve solo infastidita.

– Di cosa avete parlato nelle ultime telefonate?

– Di niente di particolare. Mi disse che stava bene. Io

gli chiesi se era sempre solo, e lui rispose che aveva una donna, ma non fece il nome.

– Per questo non l'avete citata nel necrologio, – sparò Vanina.

Quello esitò un attimo.

– Sí, per questo. Non sapendo come si chiamava. Lei d'altro canto non si è presentata.

Vanina decise di tagliarla lí. Tanto era evidente che non se ne cavava nulla.

Gli pose infine la domanda che la intrigava di piú.

– Signor La Barbera, ricorda qualcosa di quando suo fratello fu buttato fuori di casa da suo padre? Dove andò, cosa fece?

– Mah, no… Buttato fuori di casa, poi! Papà lo mise alle strette, davanti a una scelta. O la sua famiglia o l'esistenza assurda che conduceva. Sperava di indurlo a rientrare nei ranghi, ma Enzo scelse la sua vita sregolata. Glielo ripeto, dottoressa: mio fratello era un po' strano.

– Suo fratello, a quanto ci risulta, visse in una comune. Lei sa dov'era?

– No, dottoressa. Mai saputo. Una volta un amico che aveva molte conoscenze tra i facinorosi del tempo mi accennò qualcosa su mio fratello, che faceva l'hippie non so dove. Ma sinceramente non rammento granché.

– Posso avere il nome di questo suo amico?

– Ma io… non vorrei disturbarlo con domande su questioni cosí lontane…

– Non si preoccupi, che tanto al massimo a disturbarlo sarò io, non lei.

– Però sarei stato io a tirarlo in ballo…

Vanina si spazientí.

– Signor La Barbera, le ricordo che stiamo conducendo

un'indagine per omicidio. L'omicidio di suo fratello, per giunta. Non c'è disturbo che tenga.

– Il professor Francesco Bilotta, ordinario di Chirurgia al policlinico universitario.

Spanò prese nota.

– Un' ultima domanda, – sbuffò Vanina, – quando ha detto che suo fratello non frequentava nessuno tranne qualche «scappato di casa come lui» conosciuto da giovane, si riferiva a qualcuno in particolare o parlava in generale?

– Una volta, una delle poche in cui lo cercai al molo, con lui c'era un tizio che se ne andò subito senza neanche salutare. La faccia non mi era nuova. Enzo mi confermò che potevo averlo già visto, dato che lo conosceva dall'età di quattordici anni.

– Sa come si chiama?

– No, però Enzo ne parlava con sarcasmo. Diceva che ormai quello s'era fatto una posizione e somigliava piú a me che a lui, – fece una smorfia, – il solito modo per rimarcare le differenze tra noi.

A Vanina bastava cosí. La Barbera era quasi uscito dalla stanza quando lo richiamò. L'altro tornò indietro. Sorriso finto, all'apparenza cordiale ma palesemente contrariato. – Mi dica.

Gli allungò il biglietto da visita di Vera Fisichella.

– Casomai le interessasse incontrare qualcuno che voleva davvero bene a suo fratello.

– Minchia, dottoressa, La Barbera ci rimase di sale con quel bigliettino. Una statua pareva, – commentò Spanò dopo che furono rimasti soli.

– Si sarà vergognato di non aver nemmeno provato a rintracciare la compagna di suo fratello, – ipotizzò Marta.

– Ma chi, quello? Bonazzoli, troppo ingenua sei. La compagna di suo fratello non la cercò perché non gli importava niente di conoscerla. Anzi, peggio ancora: perché si scantava che era come lui e faceva fare mala cumparsa alla famiglia al funerale. Se penso che 'ddu povero cristo un funerale in chiesa manco l'avrebbe voluto.

– Però, se proprio ci tengono, per rispettare la sua memoria sarebbe bello se almeno lo facessero officiare a don Rosario Limoli, no? – fece Marta, candidamente.

Spanò scoppiò a ridere. – Al parrino di San Cristoforo? Ma allora veramente niente accapisti Bonazzoli! – Si rivolse alla Guarrasi: – Vero, capo?

Vanina annuí, distratta.

Fu di nuovo Spanò a farle una domanda.

– Dottoressa, mi levi una curiosità: ma 'sta storia della comune da dove uscí? No perché io niente ne sapevo.

– Me la contò Patanè ieri sera.

Marta sorrise. – Il commissario è già in azione.

– Chiddu fermo non ci sa stare! – fece Spanò, divertito. – E che altro le contò?

Vanina riferí pari pari quello che Patanè aveva saputo dalla sua amica. La storia non entusiasmò i due come aveva entusiasmato lei e il commissario, ma questo era prevedibile. Andare a ravanare nel passato remoto dei morti ammazzati era un'attività che galvanizzava solo lei e nella quale nessuno la seguiva mai. L'unico che le dava conto, anzi che l'anticipava sempre, era proprio Patanè. Che oltretutto, vista l'età, era anche una fonte inesauribile di racconti.

Spanò s'insospettí. – Ma lei per questo si pigliò il nome di 'stu professore? – Quando la Guarrasi partiva per la tangente non c'erano santi: macari se con l'omicidio non ci trasevano, si andava a cercare le notizie piú strambe.

Date le circostanze anomale, Spanò avrebbe scommesso che sarebbe toccato a lui trovarle.

Vanina s'era persa appresso a un pensiero. La qualifica dell'amico di Alberto La Barbera le aveva ricordato che Federico Calderaro, il marito di sua madre, quella sera sarebbe arrivato a Catania e aspettava ancora di sapere se lei lo avrebbe ospitato. Tra il ritorno di Paolo, il caso e le novità da Palermo, le era sfuggito dalla mente di richiamare sua madre, che ora di sicuro stava friggendo.

Paolo, fra l'altro, sosteneva che il momento di avvertire la signora Marianna della situazione in cui si trovava non era piú procrastinabile. Vanina sapeva bene che non sarebbe stato facile. La donna non aveva mai condiviso la sua scelta di entrare in polizia, avrebbe preferito vederla diventare una professionista affermata al pari dei Calderaro. Forse parlarne prima con Federico era il modo migliore per preparare il terreno.

Prese il telefono, cercò il numero in rubrica e lo chiamò.

10.

Il commissario Patanè era riuscito a farsi aprire l'archivio della questura e ora se ne stava chino su un fascicolo. Trovare quello che cercava era stato piú facile del previsto, segno che proprio persa la sua memoria non doveva essere. L'assistente Turillo, suo ex collaboratore, oramai prossimo alla pensione e attualmente dislocato alla Questura centrale, faceva vai e vieni dalle scaffalature piene di faldoni.

– Commissario, tutto a posto? – gli chiese. Era la quinta volta.

– Tutto a posto, Peppe, stai tranquillo ca nun mi fazzu sgamare.

– Trovò quello che la interessava?

Patanè sorrise. – Tutte cose attrovai –. Chiuse il fascicolo. – Ora tu mi devi fare una santa cortesia. Tra poco ti chiamerà Carmelo Spanò dalla Mobile e ti chiederà ufficialmente 'sto fascicolo.

– Va bene. Appena mi chiama glielo mando subito. Oppure se lo viene a pigliare lui?

Patanè si mise l'incartamento sotto il braccio.

– Già glielo mandasti.

Arrivò alla Mobile alle due passate – ad Angelina aveva detto di non aspettarlo, per non avere problemi di orario – e rimase con un palmo di naso quando seppe che la

Guarrasi se n'era tornata a Santo Stefano. D'altronde era comprensibile: non potendosene andare in giro, l'unica alternativa al pranzo chiusa in ufficio era rientrare a casa. S'intristí. Per come la conosceva lui, Vanina Guarrasi in quella situazione ci stava soffrendo assai. Non ci pensò due volte: riprese la Panda e si diresse dritto per dritto da lei.

Arrivò in un quarto d'ora, il tempo giusto della strada, libera che pareva deserta. Parcheggiò nello spiazzo. La Bonazzoli gli andò incontro.

– Commissario!

– Ispettore, e lei che ci fa qua?

– Servizio di tutela al vicequestore Guarrasi, – recitò. Gli sorrise.

Patanè per un attimo s'incantò. Ma quanto poteva essere bedda 'sta carusa?

– La accompagno da Vanina? Tanto devo entrare anch'io.

– Sí, grazie.

– Qua fuori resta di scorta Ferraro.

L'agente scese dall'auto di servizio.

– Andiamo, commissario, – disse la Bonazzoli dopo averli presentati.

Patanè la seguí fino al portoncino di ferro. Marta tirò fuori le chiavi e iniziò ad armeggiare con la serratura.

– La signora Bettina ha dato questa chiave a Lo Faro, ma temo sia difettosa.

– Aspittassi, ca ci provo io –. Patanè salí sul gradino accanto a lei affidandole il fascicolo che Spanò, senza fare domande, aveva appena richiesto all'archivio.

Tirò il portoncino mentre girava la chiave e la serratura scattò. Riprese il fascicolo, si mise di lato per far passare l'ispettore e la seguí su per la rampa di scale che conduceva davanti alla portafinestra di Bettina.

Vanina uscí dalla casa della vicina.

– Mi pareva di aver sentito una voce familiare, – fece, sorpresa.

Patanè la raggiunse.

– Pare ca fici l'abbonamento con Santo Stefano, in questi giorni! – scherzò.

Bettina comparve subito.

– Quando niente e quando assai! Che bello rivederla, – lo accolse, contenta.

– Non è che disturbai? Stavate pranzando?

– Commissario, le risulta che lei qui possa disturbare? – disse Vanina.

– S'accomodasse, – lo invitò Bettina. – Mangiò?

– Un arancino mangiai.

– Un arancino solo? E che è pranzo? Antipasto, casomai. S'assittasse che le do un piatto.

Marta aveva già pranzato. Con la sua solita delicatezza d'animo, tutta speciale, Bettina aveva cucinato in modo da poter includere anche lei. Era riuscita a preparare un pranzo tutto vegano, che però non scontentava nessuno. Pasta e ceci, fatta in casa come Dio comanda, e verdura maritata ripassata in padella. Per dolce un biancomangiare di mandorle abbrustolite come lo sapeva fare solo lei.

– Signora Bettina, mi fici arricriare, – disse Patanè. – L'arancino che avevo rimediato in un bar scognito vicino alla questura era accussí tinto che per levarmi il sapore m'appi a firmari a un chiosco e pigliare un mandarino e limone per rinfrescarmi la bocca.

– Ma lei comu s'arrisica a fermarsi in un posto qualunque? L'arancino, si sa, se non è fatto come si deve, vilenu addiventa!

Vanina concordò.

I due si misero a chiacchiera, come se fossero vecchi conoscenti. Bettina raccontò al commissario tutti i fatti salienti del paese, in primis quello che secondo lei poteva interessargli di piú: uno scippo di cui una sua conoscente era stata vittima all'uscita della messa. Una cosa del genere a Santo Stefano non s'era vista mai.

Dopo pranzo la vicina si congedò per il riposino pomeridiano e Vanina si trasferí con Patanè in casa sua. Gli offrí il caffè, si accesero una sigaretta.

– Allora, commissario, che mi doveva contare?

Patanè prese in mano il fascicolo. Glielo mostrò.

– Ieri sera le avevo promesso informazioni piú sostanziose sulla comune di La Barbera, se lo ricorda?

– Certo che me lo ricordo. Cosí presto fece?

– Lo sa che quando qualche cosa mi furría per la testa non mi può pace se prima non risalgo al bandolo della matassa. E manco troppo complicato fu, a dirla tutta.

– Che trovò?

– Allora, la casa unni si trovava 'sta comune, come spesso capitava all'epoca, era stata occupata abusivamente. Una masseria in disuso era, di un tale Giardina. Chistu non viveva in Sicilia, e che la sua proprietà era stata invasa se ne accorse dopo anni. Tre, per l'esattezza. Sul principio, siccome quei giovani non avevano fatto danni, anzi gli stavano coltivando i terreni, li lasciò in pace. Tinissi conto che allora c'era macari una legge che rendeva complicato lo sgombero se gli occupanti dimostravano che rendevano produttivo un terreno. E quelli non solo coltivavano ma andavano macari a vendere i prodotti al mercato. Finché, verso il 1980, iniziarono i problemi seri, e Giardina dovette rivolgersi a noi.

– Che problemi?

– Eh, dottoressa, in quegli anni il problema piú importante, in comunità come quelle, uno solo poteva essere: l'eroina. I vicini cominciarono a lamentarsi che si ritrovavano gente fatta e strafatta che proveniva dalla comune e se ne andava furriando per i campi. Ci furono anche due denunce piú circostanziate: una perché un picciriddo, figghio di un contadino, giocando campagna campagna, aveva preso in mano una siringa e s'era punto. Un'altra, invece, riguardava il ritrovamento in un terreno limitrofo di un cadavere, morto per overdose. Insomma, 'sta masseria da comunità hippie era diventata un ritrovo per gente di ogni tipo, che certe volte era solo di passaggio e altre volte si fermava. L'ultimo fatto che successe prima che la sgomberassimo definitivamente fu quello che m'arricurdava io e che stamattina mi andai a circari in archivio. Tre carusi, due maschi e una fimmina, che se n'erano andati a stare da poco na 'sta comune, di bonu e bonu s'allontanarono e sparirono nel nulla. I genitori sporsero denuncia di scomparsa e fu avviata un'indagine, che però non portò da nessuna parte. Ci lavorammo noi alla Mobile, e anche se io non me ne occupai di persona, ricordo che diedi una mano al mio collega. Ogni tanto arrivavano segnalazioni dai posti piú disparati. Macari in Oriente partirono a cercarli, i genitori. Ma niente. Alla fine l'indagine si chiuse accussí.

– 'Sa da quale scogliera s'erano andati a buttare, – commentò Vanina.

Patanè sorrise. – 'A stissa cosa precisa che pensavo macari io. Lo pensai allora, e lo pensai stamattina quannu mi rispolverai la memoria.

– Ma La Barbera c'entrava qualcosa con l'eroina?

– Dalle carte non risulta. Nell'81, quando sgombrammo la comune, iddu viveva ancora stabilmente ddocu, assieme a una chinnicina di carusi. Ma non tutti risultarono tossicodipendenti, e soprattutto non tutti da eroina. Qua ci sono i nomi, – le girò il fascicolo.

Vanina toccò la carta: molle, mezzo ingiallita. Le venne da ridere.

– Commissario, ma com'è che da quando la conosco finisco sempre a consultare dossier vecchi di almeno quarant'anni?

– Ca certo, prima di conoscermi chi ce la doveva portare a taliare 'sti fascicoli? Nella squadra sua 'u cchiú anziano d'a cumpagnia è Salvatore Fragapane, che manco cinquantanove anni ha. Spanò è ancora cchiú caruso, e sicunnu mia 'ste ricerche gli paiono tempo perso.

Vanina scorse i nomi sul foglio. Trovò subito quello di La Barbera.

– Eppure non risultava schedato.

– Capace che non lo schedammo. Soprattutto se non gli trovammo addosso droga. Il problema quello era, dottoressa. Su quello eravamo concentrati. L'eroina ai tempi era una piaga. Dei ragazzi segnati lí, sono andato a controllare quanti ne morirono in seguito per colpa di quella schifezza. Quattro. Si rende conto? Quattro su dieci sono un'enormità. Senza contare che altri tre morirono negli anni appresso per Aids.

Vanina quel periodo non l'aveva vissuto in prima persona, per ragioni anagrafiche, ma la storia della criminalità palermitana di quegli anni la conosceva bene. L'eroina era stata al centro degli affari malavitosi per molto tempo. Dalle raffinerie intorno a Palermo, fino al traffico internazionale in piena guerra di mafia. E poi c'era il fenomeno sociale, di cui aveva ricordi piú nitidi. Le siringhe abbandonate negli angoli dei vicoli, Villa Sperlinga considerata off limits perché «piena di drogati». L'uomo strano, scheletrico e senza denti, che si vedeva ogni tanto dalle parti del Giardino Inglese negli anni del liceo. State lontani, raccomandavano gli adulti, mentre a lei faceva una gran pena.

Rilesse la lista. Si soffermò su un nome, poi su un altro. Dove li aveva già sentiti?

– Commissario, 'sto fascicolo se lo portò di sgamo o ce l'abbiamo in modo ufficiale?

– Ufficialissimo. Dissi a Spanò di richiederlo formalmente a Peppe Turillo, l'ex assistente mio.

Vanina si alzò, aprí la vetrata e chiamò Marta, che se ne stava faccia al sole a contemplare l'Etna mentre sorvegliava l'agrumeto.

– Ti dicono qualcosa questi nomi? – le indicò i due che l'avevano attirata.

Marta fece uno sforzo di memoria.

– Sí, però non ricordo perché.

Vanina scosse la testa. Non ricordare cose potenzialmente importanti la mandava in bestia.

Tirò fuori il telefono e inquadrò il foglio. Mandò la foto a Spanò. «Ne conosciamo qualcuno?» scrisse. Si mise in attesa. Nel frattempo sfogliò il fascicolo. Il grosso era rappresentato dall'indagine sui tre soggetti scomparsi. Lesse anche i loro nomi e aggrottò la fronte.

– Minchia, ma com'è possibile? – si dannò.

– Che fu? – chiese Patanè che, occhiali sul naso, s'era messo vicino a lei.

– Marta! – gridò Vanina.

La Bonazzoli comparve.

– Vieni qua, leggi 'sti cognomi e dimmi se ti ricordano qualcosa.

L'ispettore ci rifletté, poi scosse la testa.

Vanina sbuffò, prese di nuovo il telefono, fece un'altra foto. La inviò a Spanò. «E questi?»

Spanò aprí il messaggio, ma non scrisse la risposta. La chiamò direttamente.

– Dottoressa, ma dove li prese? – chiese concitato.

– Dal fascicolo che lei ha chiesto a Turillo. Ci sono due della prima lista e altri due nella seconda foto che mi sembra di aver letto da qualche altra parte, ma...

Spanò non la fece finire.

– Tutti nei tabulati di La Barbera sono, capo! I primi due, Navarria Walter e Lascari Valeria, sono l'architetto e la tizia con la patente ritirata.

– Quelli che vi ho chiesto di far venire alla Mobile?

– Sissignora.

– E gli altri?

– I vicchiareddi che La Barbera aveva chiamato, uno appresso all'altro. Se li ricorda? Quelli che debbo andare a visitare oggi pomeriggio.

Vanina ebbe la sensazione che l'ingranaggio si fosse messo in moto e che stesse girando sempre piú veloce.

– Quando devono venire i due?

– Domani mattina.

Vanina guardò l'orologio.

– Anticipiamo a oggi pomeriggio. Subito. E voglio pure i vicchiareddi.

Chiuse.

– Amuní, commissario.

Patanè scattò in piedi che pareva una molla, pimpante come ogni volta che la Guarrasi lo reintegrava ufficiosamente in servizio appresso a un caso che stava seguendo. Oramai lo sapeva: da quel momento in poi l'indagine era un po' anche sua.

Uscirono in giardino e scesero al portoncino di ferro. Vanina premette il bottone dell'apertura.

Marta la bloccò. – Aspetta, esco prima io.

Patanè le si mise accanto, la mano sulla pistola.

Vanina li guardò incredula. Ma che gli avevano contato a quei due?

Si guardarono intorno, una di fianco all'altro, l'agente Ferraro dall'auto fece loro segno che era tutto a posto. Marta sorrise al commissario, gli strinse la mano in segno di riconoscenza. Patanè s'incantò di nuovo, rischiò perfino che il fascicolo gli scappasse da sotto il braccio. Ma viri che figura da scimunito sto facendo, ebbe il tempo di pensare tra sé e sé, quando da dietro il muro della chiesa all'angolo comparve a passo di carica qualcuno. Ebbe il tempo di sfoderare la Beretta, simultaneamente agli altri tre poliziotti, Guarrasi compresa, quando si accorse che le quattro pistole stavano puntando l'ultima persona che avrebbe pensato di trovarsi davanti.

– Matruzza santa! – gridò Angelina, le mani in alto.

Vanina aveva fatto una fatica immensa per non scoppiare a ridere. L'idea che Angelina Patanè, di anni settantaquattro, avesse seguito suo marito, di anni ottantatre, convinta che la tradisse con lei, le aveva scatenato una tenerezza infinita nei confronti di quella donna. Chissà che cosa aveva immaginato quando, ad aggravare la situazione, l'aveva visto uscire dal portone al fianco di una ragazza che pareva una modella.

Bettina, che sentendo le urla si era precipitata in strada, aveva accolto la signora in casa, l'aveva rianimata con un bicchierino di «cordiale» prodotto da lei medesima, dato che ormai quello originale dei tempi suoi non si trovava piú. Quindi aveva chiacchierato con lei per mezz'ora e alla fine era riuscita a calmarla.

Il commissario non s'era mai vergognato tanto in vita sua. Non riusciva a capacitarsi di come fosse potuto passare per testa a sua moglie di tendergli un'imboscata. Quattro pallottole aveva rischiato di beccarsi, benedetta fimmina. Possibile che quella gelosia assurda nei confronti della Guarrasi stesse diventando un problema cosí importante? Ora gli toccava pure scortarla fino a casa, visto che s'era avventurata fino a Santo Stefano con una 126 che non usciva dal perimetro cittadino dal 1980. Ergo, addio interrogatori.

Vanina prese in consegna il fascicolo.

– Commissario, – lo richiamò.

– Dica, dottoressa, – sospirò quello, abbacchiato.

– Non la rimproveri.

Spanò aveva rintracciato tre delle quattro persone che la Guarrasi voleva sentire. Una non l'aveva trovata.

– Chi manca all'appello? – chiese Vanina appena si installò alla scrivania.

– Lascari Valeria. Ha il telefono staccato.

Vanina chiamò Nunnari.

– Fai una cosa, vai da questa Lascari, vedi se è in casa, altrimenti ti piazzi là e l'aspetti.

– E come so che faccia ha? – chiese Nunnari.

La Guarrasi s'innervosí.

– Cerchi di capirlo da solo, Nunnari. Indaghi. Che poliziotto sei?

– Scusi, capo.

Marta smanettò sul telefono.

– Niente. Non ha un profilo Facebook.

Nunnari apprezzò il pensiero.

Spanò si sedette di fronte a Vanina, accanto a Marta.

– Perciò, dottoressa, ricapitoliamo: Navarria Walter e Lascari Valeria da giovani sono stati nella comune assieme a La Barbera. E sono presenti nei tabulati telefonici dell'ultimo mese.

– Prima di allora non c'erano mai comparsi? – lo interruppe Vanina.

– Fu la prima cosa che controllai, anche per capire se erano amicizie che magari il professore frequentava abitualmente. Andai indietro di quasi sette mesi. Niente.

– E questo è strano.

– Molto, – concordò Spanò. – Quella che non capisco invece è la faccenda dei vicchiareddi. Come età non ci trasunu nenti con la comune.

– Però hanno lo stesso cognome di due dei ragazzi scomparsi. Non può essere una coincidenza, Spanò.

– Questo è sicuro, ma io mi domando che c'entrava La Barbera con questi ultraottantenni.

– Lo scopriremo presto.

Vanina sperava che fossero tutti in orario. Federico stava per partire da Palermo, un paio d'ore al massimo e sarebbe stato a Santo Stefano.

Il primo a presentarsi fu Walter Navarria. Magrissimo, alto, capelli grigi, radi ma lunghetti. Occhiali tondi. Vanina, Spanò e Marta si guardarono tra loro. Corrispondeva alla descrizione che uno dei ragazzi di don Rosario aveva fatto dell'uomo che aveva fermato e minacciato la vittima fuori dal liceo.

– Signor Navarria, lei conosceva il professore La Barbera? – chiese Vanina.

– Sí, lo conoscevo.

– Avevate buoni rapporti?

– Né buoni né cattivi: non ci vedevamo mai.

– E vi sentivate?

– No no, mai.

Vanina si stupí. Uno che non vedeva serie poliziesche, a quanto pareva.

– Sicuro?

– Certo che sono sicuro.

– Strano, perché nei tabulati telefonici del professore il suo numero compare, e anche piú volte.

L'uomo rimase in silenzio.

– Non è partito benissimo, sa? – l'avvertí Vanina.

– Mi scusi. Non... volevo essere coinvolto in una faccenda simile. Soprattutto per la mia famiglia. Mi capisca.

– Non mi sembra che qui ci sia nessuno della sua famiglia.

Altro silenzio. Vanina riprese.

– Senta, ci risulta che circa un mese fa lei abbia incontrato il professore La Barbera fuori dal suo liceo, e che abbia avuto con lui una discussione animata. A che proposito?

Navarria la fissò titubante. Era evidente che non se l'aspettava.

– Non mi pare che avessimo discusso... Abbiamo parlato.

– Animatamente, – aggiunse Vanina.

– Scusi ma non capisco chi possa affermare una cosa simile, – protestò l'uomo.

– Abbiamo un testimone. Anzi, piú di uno, so anche quello che gli ha detto: non stuzzicare il cane che dorme.

Navarria impallidí.

– Ma come... – Si rassegnò. – Va bene, non era una discussione tranquilla.

– Di che si trattava?

L'uomo riprese vigore. – Voleva mettere un brutto voto a mio figlio.

Vanina lo guardò ammirata. Bella prontezza di spirito. Cambiò discorso.

– Signor Navarria, che mi racconta degli anni alla comune?

– No, senta, – s'agitò lui, – che c'entra ora la comune? È stato trentacinque anni fa ed è un'esperienza che ho cercato in ogni modo di archiviare.

– Il professore invece non l'aveva archiviata?

– Non lo so e non lo voglio sapere. Siamo nel 2016 e preferisco vivere nel presente.

– Va bene, restiamo nel 2016. Dove si trovava lei la sera del 5 dicembre?

– Perché?

– Risponda, è una domanda formale.

– Tre giorni fa? In casa.

– Chi c'era con lei?

Navarria tentennò.

– Nessuno. Ero solo. Mia moglie e i miei figli erano e sono tuttora fuori Catania.

– E domestici non ne avete?

– A quell'ora no.

– Perciò nessuno può confermare che lei era in casa?

Navarria ci pensò. – I filmati delle telecamere di sicurezza le posso dare.

Vanina fece segno a Spanò di occuparsene.

Lo Faro, appena montato in servizio, scese due volte all'ingresso per recuperare prima Tirella Barbaro, poi Lizzio Alfio, entrambi muniti di bastone ed entrambi mal deambulanti. Uno era accompagnato dal figlio, l'altro da una persona che aveva tutta l'aria di essere una badante. Li fece accomodare nella stanza dei carusi e, come da ordini dell'ispettore Spanò, si mise di sorveglianza in attesa che la Guarrasi si liberasse.

Il commissario Patanè lo colse di sorpresa, salutandolo dal corridoio.

– Buonasera, Lo Faro.

Il ragazzo balzò in piedi e lo raggiunse.

– Commissario, ma com'è entrato? Non ho sentito suonare.

– Capitai davanti al portone che giusto giusto stava uscendo il dottore Macchia con la Bonazzoli. Mi dissero che l'ascensore finalmente si sbloccò e ne approfittai.

– Meno male! Perché non penso che quei due erano cosa di farsi le scale, – bisbigliò Lo Faro, indicando gli uomini seduti nell'ufficio.

Patanè sbirciò dentro la stanza. Gli pigliò lo scoramento: quelli dovevano essere piú o meno coetanei suoi. Se non altro c'era di buono che Lo Faro non sembrava proprio pensarlo. Indirizzò un cenno di saluto agli anziani e ai loro accompagnatori.

– Parunu assittati sopra le spine, – disse sottovoce.

– Vero è, – rispose Lo Faro. – Però prima, quando arrivarono ognuno per conto suo, erano piú tranquilli. S'agitarono appena s'incontrarono, anche se non ho capito perché.

– Perciò si conoscono?

– Sissignore. Ma la sa la cosa strana? Sembrano piú sconvolti dal fatto di essere stati convocati dalla polizia insieme che dalla convocazione stessa. Non so se ho reso l'idea.

Patanè parve meditare, poi girò i tacchi diretto verso la stanza della Guarrasi.

– Commissario Patanè? – si sentí chiamare. Si voltò.

Uno dei due uomini s'era alzato e, con fatica, gli stava venendo incontro nel corridoio.

Vanina s'era accesa una sigaretta e intanto parlava al telefono col pm Terrasini: bisognava mettere sotto controllo il cellulare di Navarria e, in piú, tracciare i suoi spostamenti la sera dell'omicidio; l'uomo, uno dei possibili indiziati, non aveva un alibi. Sentí bussare alla porta e fece cenno a Spanò di aprire. Vedendo comparire il commissario Patanè sorrise stupita; gli indicò la sedia. Mentre finiva di aggiornare il magistrato allungò il pacchetto di sigarette sulla scrivania invitando i presenti a servirsi. Tanto Marta se n'era andata.

Patanè ne sfilò una. Spanò invece tirò fuori le sue Marlboro. Le Gauloises non gli piacevano affatto. Come facesse la dottoressa a fumarle per lui restava un mistero.

– Commissario, ma lei che ci fa qua? – disse Vanina riattaccando. – Non dovrebbe essere a casa con Angelina?

– Lassamu perdere, dottoressa, non mi ci facissi pinsari. Cchi malafigura.

– Perché, che successe? – s'intromise Spanò, che ignorava l'accaduto.

– Ma niente, – minimizzò Vanina, – la signora Angelina ha seguito il commissario fino a casa mia –. Tornò a Patanè: – E poi con chi l'avrebbe fatta 'sta malafigura? Con me?

– Con lei, con la signora Bettina, con l'agente di scorta, e macari con l'ispettore Bonazzoli, – che già sicuramente aveva contato tutto al suo zito, perciò ora la malafigura era raddoppiata.

– Commissario, non ha niente di cui vergognarsi. Anzi, dovrebbe essere contento che dopo tanti anni sua moglie è ancora gelosa di lei al punto da pedinarla –. Le venne da ridere.

– Lei ci scherza, dottoressa, ma virissi ca non è normale. Lo sa che mi confessò? Che m'aveva seguito macari aieri, e voleva conto e ragione di chi era la fimmina con cui m'ero incontrato.

– E chi era?

– E cu puteva essiri? Silvia, l'amica mia.

Vanina lo fissò sorniona.

– Mi guardi in faccia: amica amica, o amica… speciale?

– Con tutta la buona volontà all'età mia una fimmina solo amica può essere.

– E prima?

Patanè si schermí, ma gli scappò un mezzo sorriso. – Che ci trase prima! Prima era un'altra vita.

– E oggi le fece la posta sotto casa mia e l'azziccò che usciva nientepopodimeno che con la Bonazzoli, – scherzò ancora Vanina.

– Si rende conto? Sicunnu me' mugghieri io a ottantatre anni avissi a aviri tre amanti, almeno due delle quali per età mi putissiro veniri figlie, – riflettè, – anzi la Bonazzoli macari nipote.

Risero.

– Vabbe', torniamo a noi, che stasera non posso fare troppo tardi, – disse Vanina. – Spanò, vada a chiamare uno dei due convocati.

Patanè lo fermò.

– Aspittassi, dottoressa, che prima le devo contare una cosa.

– Che cosa?

Spanò si risedette e Patanè attaccò a parlare.

Dopo qualche minuto di attesa supplementare Barbaro Tirella e Alfio Lizzio si sedettero di fronte alla Guarrasi. Parevano avviliti.

– Quando abbiamo visto che eravamo stati chiamati tutti e due, e che era presente anche il commissario Patanè, per un momento abbiamo sperato che aveste riaperto il caso dei nostri figli, – disse Tirella.

– Tirella Luca e Lizzio Valentina, vero? – chiese Vanina, giusto per conferma.

– Sí.

– Il caso riguardava anche un altro giovane: Mammana Sebastiano –. Spanò stava appurando il cognome della madre di quest'ultimo, ma Vanina avrebbe scommesso che si chiamava Lanfranco Ornella. Ora restava da scoprire perché La Barbera li aveva contattati.

– Enzo era uno di quelli che s'era addolorato di piú per la scomparsa dei nostri ragazzi, – attaccò Lizzio. – Iddu era diverso assai da loro.

– In che senso diverso?

– Nel senso che non faceva le stesse cose.

– A cosa si riferisce in particolare?

Intervenne Tirella e tolse la parola a Lizzio, che tergiversava.

– I nostri figli si bucavano, dottoressa. Enzo La Barbera, come anche altri ragazzi nella comune, no. Ecco la differenza. Sostanziale, non crede? – Lo disse arrabbiato. A Vanina parve che ce l'avesse con sé stesso.

– Quindi la scomparsa dei vostri figli è legata a un problema di tossicodipendenza.

– E a che cosa se no? Lei non se lo può immaginare come diventava, Luca, quando non riusciva a procurarsi quella merda. Un pazzo pareva. Era capace di rubare, pur di procurarsi i soldi. Una volta mia moglie si mise di traverso convinta, mischina, di riuscire a farlo ragionare. Finí per terra, col braccio fratturato.

– Torno a ripetervi la prima domanda: come mai il professore La Barbera vi aveva cercati?

Prese la parola Lizzio, stavolta.

– Mi chiamò per sapere come stavo. Mi disse che non aveva dimenticato Valentina, che secondo lui, prima o dopo, avrei avuto sue notizie.

– E lei che gli rispose?

– E chi ci av'a rispunniri, dottoressa! Che oramai i verbi al futuro io non li coniugavo piú da tempo. Che ho un piede nella fossa e picca ci manca che me ne vado macari io appresso a me' mogghieri, bonarma, che già è là sopra da tempo e la virità su Valentina sicuramente la sa.

– Non aggiunse altro? – chiese Vanina.

– No. Anzi sí: che il futuro certe volte è piú vicino del passato.

– Che significa?

– E chi ni sacciu, dottoressa. Chiddu filosofo era.

La Barbera aveva detto piú o meno le stesse cose anche all'altro.

– Sul principio m'arrabbiai, – cominciò Tirella. – Dopo trentacinque anni, chistu si presenta e mi tira fuori storie che io, mia moglie e l'altro mio figlio evitiamo in ogni modo di menzionare. Ma poi gli diedi conto. Fece un discorso complicato pure a me, che la verità resta viva fino a quando sono vivi quelli che la possiedono, perciò capace che prima o poi, anche dall'altra parte del mondo, qualcuno l'avrebbe scoperta e l'avrebbe rivelata. Qualche cosa di simile.

– E lei che ne pensò di questo discorso?

– Niente. Che era sbagliato. Dottoressa, lei mi insegna che se la verità non si scopre subito, piú tempo passa piú diventa difficile scoprirla. Lo chieda al commissario qui presente se allora non fu fatto il possibile.

– Certo che fu fatto il possibile, signor Tirella, compatibilmente con i mezzi che avevamo a disposizione, – intervenne Patanè.

– Però, disgraziatamente, non erano quelli che ci sono oggi. E comunque io, per me, la verità l'ho sempre saputa, – concluse l'uomo.

– Cosa intende, signor Tirella? – s'incuriosí Vanina.

– Che la possibilità di rivedere mio figlio vivo io non l'ho mai considerata. Luca è morto sicuro, chissà dove, con una siringa appizzata nel braccio. Come anche Valentina e Sebastiano. In realtà erano morti ancora prima di morire.

Lizzio tratteneva a stento le lacrime. Patanè lo guardava costernato.

S'era creata un'atmosfera pesante.

Mai Vanina aveva apprezzato tanto il suono del suo telefono, dimenticato con la suoneria al massimo che fece sussultare tutti. Si alzò e si spostò in corridoio per rispondere. Era Federico Calderaro.

– Vanina, gioia, ti volevo avvertire che sto passando ora dalle parti di Caltanissetta. Ho dovuto ritardare la partenza.

– Non preoccuparti, tanto io sono ancora in ufficio e ne avrò per un po'. Anzi, richiama quando sei vicino Catania, cosí ti dico se puoi andare direttamente a Santo Stefano.

– No, no, io vengo da te! Al massimo aspetto.

– Va bene.

Rientrò nella sua stanza, dove nel frattempo era tornato anche Spanò.

Le bastò un cenno del capo dell'ispettore per capire che ci aveva azzeccato, la Lanfranco era la madre del terzo ragazzo: Sebastiano Mammana.

Patanè era in difficoltà per le domande che i due uomini gli stavano ponendo sull'indagine dell'epoca, manco si fosse trattato del giorno prima. Il commissario ricordava quasi solo quanto aveva riletto nel fascicolo.

Vanina s'intromise.

– Signori, scusate, un'ultima informazione e vi congedo. Il professore La Barbera, a quanto ci risulta, vi chiamò solo una volta. Come vi salutaste alla fine della telefonata?

Partí per primo Tirella.

– Io gli dissi che non se ne doveva avere a male, ma se mi voleva fare una grande cortesia era meglio che spariva.

– Io invece ci parlai ancora un poco, – rispose Lizzio. – Gli chiesi di lui, di come stava, di cosa faceva. Mi raccontò che aveva un progetto, che avrebbe riscattato macari la memoria di Valentina, di Luca e di Sebastiano. Mi promise che quando fosse riuscito a realizzarlo sarei stato tra i primi a saperlo.

– Capo, che faccio con la Lanfranco? La convoco? – chiese Spanò, appena i due anziani se ne furono andati e Vanina ebbe concluso il piccolo colloquio che il figlio di Tirella aveva preteso, e che non aveva aggiunto nulla di nuovo.

– Lasci stare, ispettore, mi dia solo il numero di telefono.

Spanò lo trascrisse su un foglietto, copiandolo dai tabulati, poi uscí dalla stanza per rispondere a una telefonata di Nunnari.

Vanina compose il numero e mise in vivavoce, in modo da condividere con Patanè anche quella conversazione.

La signora Ornella Lanfranco, vedova Mammana, a differenza degli altri due la speranza di ritrovare il figlio, o almeno di piangerne le spoglie, non l'aveva mai persa. Perciò la telefonata di La Barbera non l'aveva turbata piú di tanto. Anzi, le aveva fatto piacere che qualcuno le parlasse di nuovo di Sebastiano. Non accadeva da cosí tanto tempo. Alla fine gli aveva pure detto di passare a trovarla, e lui era passato. Una persona speciale era, quel povero figlio.

La chiacchierata si era appena conclusa quando Spanò rientrò con la faccia contenta di chi ha delle notizie da riferire.

– Carmelo, che ti capitò? Porti carrico? – gli chiese Patanè.

– Nunnari intercettò la signora… Lascari? – Vanina lesse il nome sugli appunti.

– No, la signora non la intercettò, e il telefono ce l'ha ancora staccato. Sta piantonando la sua abitazione. Una casa di quelle al piano terra con ingresso autonomo. Però in compenso, domandando a destra e a sinistra, tra un bar e un parrucchiere lí vicino, che con una grande botta di fortuna trovò aperto, Mimmo scoprí qualche cosa di molto interessante.

Rimasero in attesa. Il vicequestore s'innervosí.

– Spanò, lei 'sto vizio di centellinare le parole se lo deve levare. Ce lo vuole dire o no che scoprí Nunnari?

– Ragione ha, dottoressa, mi scusi. Lo sa di che colore ce li ha i capelli la signora Lascari?

– Rosso fuoco che pare lava accesa.

– Esatto, – esultò l'ispettore. Si chinò sulla scrivania, mani in tasca, collo allungato e sorrisetto da suspense. – E lo sa che cosa fece ieri pomeriggio la signora in fretta e furia?

– Si tinse i capelli di un altro colore.

Spanò si raddrizzò.

– Dottoressa, con lei non c'è piacere, però.

Patanè cercò di riannodare i fili.

– Ricapitoliamo: 'sto architetto, Navarria, sostiene di non aver mai minacciato La Barbera, ma di aver solo discusso dei voti del figlio, ca nun mi pare movente tale da ammazzare qualcuno. Chistu non ha alibi per la sera dell'omicidio, però possiamo scoprire se disse una minchiata dalle celle telefoniche che agganciò, giusto? – 'Ste cose ai tempi suoi non c'erano.

– Giusto.

– 'Sta Lascari, invece, non ce la conta giusta. Primo: era presente al pub la sera del delitto, e ci sono testimoni che lo confermano. Sicunnu: assicutava il professore strada strada, e macari di questo ci sono testimoni. Terzo: di bonu e bonu staccò il telefono e sparí. Quarto, e chistu pi mmia è 'u fatto cchiú importante: si pittò i capelli di cursa.

– Il che può significare solo una cosa, commissario, – disse Vanina, – che la signora è consapevole di essere stata riconosciuta da qualcuno.

Patanè concordò.

– Invece i vicchiareddi, secondo me, non ci trasono niente, – fece Spanò.

– Ma viri chistu! Vicchiareddi dice, – fece Patanè. – Picciutteddu, Tirella coetaneo mio è.

Spanò si mortificò. – Commissario, ma... che ci trase lei! Lei manco settanta ne dimostra, di anni.

– Eh, vabbe'! Ora non esageriamo.

– Vero è, commissario, – concordò Vanina. – E comunque Spanò ha ragione: Lizzio, Tirella e la Lanfranco di sicuro non sono coinvolti nell'omicidio. Però se ci fate caso c'è un filo che unisce loro tre alla Lascari, che a questo punto è l'indiziata numero uno, e a Navarria.

– La comune, – disse Patanè.

Federico Calderaro non volle sentire ragioni e insisté per raggiungerla alla Mobile. Parcheggiò in piazza Pietro Lupo, attraversò la strada e citofonò. Lo Faro lo accompagnò nell'ufficio del vicequestore.

Patanè se n'era appena andato e Vanina stava incaricando Spanò di scoprire tutto quello che poteva su Lascari Valeria. Purtroppo la signora non rientrava nella cerchia di conoscenze della sua famiglia.

Federico, sentendo che c'era qualcuno nella stanza, si fermò davanti alla porta.

Vanina riconobbe la sagoma dietro i vetri e andò ad aprire.

– Federico! E che fai lí fuori?

Elegantissimo, non un capello fuori posto. Abito grigio di sartoria, cravatta blu, cappotto ripiegato sul braccio. Un quasi settantenne che non aveva perso un grammo del suo fascino e che anzi sembrava acquisirne sempre di piú. Sean Connery declinato alla palermitana.

– Gioia mia! – la abbracciò col solito affetto smisurato

che ogni volta la faceva sentire un verme. – Quant'è che non ti vedo, un mese?

Vanina lo invitò a entrare e gli presentò Spanò.

– Ma quante sigarette fumasti? – tentò di protestare il professore, annusando l'aria. Lei finse di non sentire e tornò alla sua poltrona.

– Accomodati, Federico.

Lui si sedette su una delle sedie di fronte alla scrivania.

– Vabbe', ringrazia che sono troppo felice di vederti per rimproverarti sul serio.

Spanò salutò e uscí.

– Faccio una telefonata e andiamo a casa.

Vanina chiamò Terrasini per comunicargli le ultime novità e chiedergli l'autorizzazione a mettere sotto controllo anche il telefono della Lascari con richiesta di tabulati e tracciamento di celle telefoniche. Il pm disse che avrebbe provveduto immediatamente.

Era un piacere lavorare con uno come lui.

– Ah, dottoressa, – aggiunse, prima di chiudere, – ho parlato con Eliana Recupero. A quanto pare dalle intercettazioni della famiglia Zinna continua a non venire fuori nulla che ci interessi. Uno dei due ragazzi, Maugeri, raccontando a qualcuno che La Barbera era stato ammazzato, commentò che gli sarebbe piaciuto sapere chi l'aveva fatto fuori.

– Perciò avevamo ragione noi: la pista degli Zinna è da escludere, – concluse Vanina.

– Sí, anche Eliana è dello stesso parere. Ah, mi ha detto di salutarla e di ricordarle di passare a trovarla.

Federico la guardava con un'espressione che pareva di orgoglio.

– Andiamo, va', – disse Vanina. Raccolse il telefono, il caricabatterie, le sigarette. Si aggiustò la fondina.

L'altro trasalí per un secondo.

– Scusami, non mi abituerò mai al fatto che vai girando armata.

Vanina sorrise. S'infilò la giacca. Ora veniva il difficile.

Aveva raccomandato a Lo Faro di non fare troppa scena e di avvertire anche la Ristuccia, ma era comunque tesa. L'agente li precedette e si piazzò sul portone.

– Piú magra sei, – constatò Federico, mentre scendevano le scale.

– Vero dici?

– Vero.

In realtà se n'era accorta pure lei. Non sapeva a cosa fosse dovuto, visto che mangiava a quattro palmenti senza privarsi di nulla.

Uscirono dal portone. L'auto di servizio era pronta là davanti.

– Non vieni con me? – si stupí Federico.

Vanina non fece una piega.

– Certo.

Fulminò con lo sguardo Lo Faro, che era partito subito a piedi appresso a loro. Il ragazzo si allontanò e la Ristuccia lo seguí a distanza di sicurezza. La Jaguar di Federico era parcheggiata poco distante, ma Vanina si fece tutta la strada col patema d'animo. Se fosse successo qualcosa non se lo sarebbe mai perdonato. La sensazione svaní appena la portiera fu chiusa e la sicura inserita.

Federico partí.

Gli indicò la strada: via di Sangiuliano, poi a destra verso corso Sicilia. Passarono davanti alla trattoria di Nino, che quella sera era chiusa. Arrivarono all'incrocio con via Etnea; Lo Faro e la Ristuccia erano sempre dietro di loro.

– Manco me n'ero accorta che avevano messo le luci di Natale, – disse Vanina.

Federico si voltò verso piazza Università, intravide l'albero gigante. L'avevano acceso il giorno dell'Immacolata, secondo tradizione.

– Vuoi fare due passi fino a piazza Duomo? – propose.

– No, – rispose subito Vanina. – No, grazie.

Gli indicò la strada, dritto poi a destra per via Sant'Euplio.

L'odore dell'auto di Federico, quello della pelle dei sedili misto al suo profumo, le stava mettendo addosso un senso di protezione che nemmeno due poliziotti armati riuscivano a darle. La sicurezza di un affetto solido, cui potersi affidare al cento per cento. Si stupí di sé stessa. Appena un paio di mesi prima era scappata via dalla festa di compleanno di quell'uomo per il solo fatto che l'aveva trattata come una figlia davanti a cinquanta persone. Per ventitre anni aveva ripagato le sue attenzioni con gelido distacco. Suo padre era suo padre, e non c'era piú. Lui era soltanto l'uomo con cui la madre lo aveva sostituito. Eppure Federico non era mai arretrato di un millimetro. Lei e Costanza, per lui, erano sullo stesso piano. Figlie entrambe.

Non si rese conto che lo stava fissando.

– Che fu, t'incantasti? – rise Federico.

– Scusami, – gli rispose d'impulso.

– E di che cosa? Basta che non mi trovi piú vecchio, per me non c'è problema!

Ma Vanina ormai aveva preso la calata. Certe cose o si dicono nel momento giusto o non si dicono piú.

– Di tutto.

Federico smise di scherzare, la guardò. Si accorse che continuava a fissarlo, seria.

– Ma a che ti riferisci?

– A quello che ti ho fatto passare in questi anni.

L'uomo rimase un attimo in silenzio.

– Perché, cosa mi hai fatto passare, che io nemmeno me ne sono accorto? – disse.

Vanina capí che non c'era bisogno di spiegare ancora. Gli strinse la mano per un momento e continuò a indicare la strada.

Passarono per la piazza di Santo Stefano, anche quella già addobbata. Il bar di Alfio sulla sinistra, la chiesa all'angolo intitolata – per qualche strana dinamica – a due santi, lo spiazzo di fronte a casa. Parcheggiarono davanti al garage, tanto la Cinquecento di Bettina era fuori e a giudicare dalle luci accese doveva avere in casa tutto il gruppo delle «vedove».

L'auto di Lo Faro e della Ristuccia si fermò al lato.

I due agenti scesero per primi, si piazzarono con indifferenza davanti al portoncino di ferro.

Federico finse di non farci caso. Tirò fuori la ventiquattrore e la borsa dal bagagliaio. Seguí Vanina in silenzio lungo le scale e in giardino. Lo Faro aspettò che fossero dentro e fece il giro d'ispezione fino alla verandina che dava sull'agrumeto.

– Bettina mi ha riempito di cose buone, non hai che da scegliere, – disse Vanina aprendo il frigorifero.

Federico si appoggiò con entrambe le mani al tavolo della cucina. Non sorrideva piú.

– Scusami, gioia, ma per il momento vorrei solo un bicchiere d'acqua.

Vanina s'avvicinò. Si accorse che era pallido. Gli prese l'acqua.

– Federico, ti senti bene?

Lui bevve, si riprese.

Senza dire nulla l'abbracciò.

Federico ci aveva messo un po' a incassare il colpo. La prima reazione che ebbe una volta tornato in sé fu di viva protesta.

– Un padre deve saperlo, quando sua figlia è in pericolo. A costo di non dormirci la notte.

Un padre, sí.

Dopo aver macinato chilometri avanti e indietro per la stanza si fermò davanti al portafotografie sulla mensola, occhi negli occhi con l'ispettore Giovanni Guarrasi, unico volto incorniciato presente in tutta la casa.

– Come facciamo con tua madre? – disse d'un tratto.

Vanina sperava che lui potesse in qualche modo facilitarle il compito, spianarle la strada. Immaginava già le discussioni infinite. Le recriminazioni: te l'avevo detto di non sceglierti quel mestiere infame.

Ma Federico la spiazzò.

– Tu credi che lei abbia cancellato tuo padre nel momento in cui sono arrivato io, non è vero? Credi che abbia elaborato il lutto, che se lo sia lasciato alle spalle e abbia voltato pagina. Nuovo amore, nuova vita. Ma non è cosí. Tua madre è riuscita a innamorarsi di me solo perché ha capito che non le avrei mai chiesto di dimenticarlo. E se ha imparato a convivere con quel lutto non è perché l'ha cancellato, ma perché ha trovato qualcuno con cui condividerlo. La possibilità, anche remota, che chi le ha portato via Giovanni minacci di portarle via anche sua figlia la annienterebbe.

Vanina capí che non avrebbe potuto pronunciare una sola sillaba senza rischiare che il nodo alla gola la strozzasse del tutto.

11.

Si voltò e si rivoltò per mezza nottata. Aveva ceduto il suo letto a Federico e s'era sistemata su una brandina. Bettina, che gliel'aveva prestata e perfino conzata di tutto punto, aveva pensato bene di tirare fuori per l'occasione certe lenzuola di lino ricamate provenienti dal suo corredo, con cui Vanina aveva ingaggiato una lotta un attimo dopo essercisi infilata dentro. Per non parlare della quantità di coperte che, una alla volta, erano volate per terra.

Fastidi che con la notte insonne, in realtà, c'entravano poco e niente.

Le parole di Federico le rimbombavano in testa senza tregua. Da venticinque anni lei di sua madre non aveva visto altro che la scorza, lo strato piú esterno, quello visibile al resto del mondo. Da una figlia forse ci si aspetta di piú. Ci si aspetta che vada oltre la superficie e si preoccupi di cosa c'è sotto.

Rispose al decimo messaggio di Paolo, e finí a chattare con lui fino alle due. Se ne pentí un attimo dopo. Una schizofrenica pareva: un minuto prima ripristinava le distanze tra loro e un minuto piú tardi le annullava. Per non parlare della notte precedente: l'ennesima passata insieme.

Prese sonno alle sei, un'ora e mezzo prima che suonasse la sveglia e un quarto d'ora prima che si alzasse Federico. Quando, traballando e inciampando per il sonno, Vanina arrivò in cucina, lo trovò lí. Vestito di tutto punto, caffè pronto, la vecchia sveglia appena spenta ancora in mano.

– Ma che è 'sto cimelio? Non ne vedevo una cosí da almeno cinquant'anni!

Era tornato di buonumore, o quantomeno era quella l'idea che voleva darle.

Gli spiegò la provenienza dell'oggetto: la casa dei nonni Guarrasi, a Castelbuono. Ma lui sicuramente non ne aveva mai sentito parlare.

Invece: – Certo, è la casa che Marianna vorrebbe ricomprare. Ogni volta che andiamo a Castelbuono mi obbliga a entrare nell'agenzia immobiliare.

Vanina rimase con la tazzina a mezz'aria. Le venne il dubbio di non essersi ancora svegliata. Quasi lo sperò. Dalla sera prima sull'argomento Marianna Partanna in Calderaro, ex vedova Guarrasi, non faceva che prendere mazzate. Un altro capo d'accusa che si sgretolava.

Ci pensò Lo Faro a confermarle che non solo era sveglia, ma che l'indagine stava per prendere la china giusta. Bussò sulla vetrata.

– Mi sono permesso di offrirgli un caffè, – disse Federico. – Mi faceva troppa pena, là fuori al freddo.

– Hai fatto bene.

S'infilò il cardigan e andò ad aprirgli, nel frattempo l'agente aveva bussato di nuovo.

– Che fu, Lo Faro!

– Dottoressa, mi telefonò Nunnari.

Vanina riannodò i fili. Che aveva fatto Nunnari? Ah, sí: aveva piantonato la casa della Lascari.

– E che voleva?

– Dice che ha novità importanti, anzi importantissime.

– E perché non mi chiamò direttamente? – Controllò il telefono: stavolta la suoneria era attiva.

– Aveva paura di disturbarla.

'St'altro scimunito. Quando mai l'aveva disturbata una telefonata di servizio, anche in piena notte.

Cercò il numero e lo chiamò.

– Nunnari, che successe?

– Capo, non se l'immagina nemmeno a chi avvistai!

– Chi avvistasti... dove? Dove sei?

– Ma come dove sono, dottoressa? E dove dovrei essere? Davanti a casa della Lascari.

– Da ieri? – si stupí Vanina.

– Sissignora, da ieri.

– Ma non ti potevi far dare il cambio?

– Oramai avevo iniziato io il lavoro, e volevo finirlo. Alle sei mi raggiunse Spanò, che ora è qui con me.

– Vabbe'. Allora, chi vedesti?

– Manco mezz'ora fa qualcuno entrò nella casa della Lascari assieme a una signora coi capiddi nivuri che parevano lava. Spenta stavolta, – rise.

– Nunnari, i nervi mi stai smuovendo.

– Scusi, scusi. Insomma, lei non può immaginare con chi era.

– Tra un minuto ti mando affan...

Nunnari non la fece finire. – Con Mattia Santonocito, il caruso che trovò il cadavere di La Barbera. Che facciamo, interveniamo?

Vanina ci pensò un attimo.

– No, aspettate. Ma guai a voi se li perdete d'occhio.

Mentre Vanina si preparava, Federico era in giardino impegnato in pubbliche relazioni con Bettina, che voleva conto e ragione del mancato scongelamento di viveri della sera prima.

– Un congelatore pieno avevate! Macari il coniglio alla cacciatora c'era. E invece vi finí a pane, formaggio e aulivi.

Considerati gli argomenti che avevano affrontato, era già assai che Federico fosse riuscito a mandare giú quel poco.

La vicina si stava attivando con ciambelle e *viscuttina* per la colazione, quando udí bussare al portoncino di ferro. Lo Faro scattò subito.

– Signora Bettina! Dottoressa Guarrasi! – si sentí chiamare.

Vanina uscí incuriosita mentre Bettina andava a premere l'apriporta. Alfio, il titolare del *Bar Santo Stefano*, comparve dalle scale carico di vassoi.

– Alfio, e che sono 'sti pacchi?

– Colazione per tutti.

Vanina lo fece entrare in casa. Il tavolo si riempí. Un pezzo per ogni tipo di prodotto che il bar di Alfio sfornava ogni santa mattina attirando avventori perfino dal centro città. La mattina per la colazione, la sera perché friggeva le pizze siciliane migliori del circondario, il marciapiede di fronte ormai era perennemente affollato. In estate poi, quando attaccava con le granite, non si ragionava piú.

– Ma quante cose portò?

– Una per ogni giorno che mancò. E siccome capii che per il momento continuerà a mancare, da domani facciamo che lei mi dice quello che vuole e io glielo porto.

– Grazie, Alfio.

– Per lei questo e altro, dottoressa. Mi raccomando, li offra pure alla poliziotta che c'è qua sotto, che non volle entrare per non lasciare la sua postazione.

Vanina gli assicurò che avrebbe provveduto subito. Si accorse che l'uomo occhieggiava Federico. Contò i secondi che passarono prima di vederlo cedere alla curiosità.

– Il papà della dottoressa? – chiese Alfio, ma subito s'imbarazzò. Domande del genere possono essere insidiose assai.

– Ne ha fatto a lungo le veci, – rispose Vanina al posto di Federico, sfiorandogli il braccio. – È il marito di mia madre.

– Piacere di conoscerla, – Alfio gli strinse la mano.

Federico insisté per pagare, ma l'altro non volle sentire ragioni.

– Per oggi offre la casa.

Salutò tutti e si avviò verso la porta, ma prima di uscire tornò indietro.

– Una cosa mi scordai di dirle, dottoressa, – si toccò la fronte. – Lo vede quel pacchetto messo di lato? Dentro c'è un cornetto in piú, e macari un cappuccino. È quello che di solito lei si porta in ufficio. Glielo preparai, se non lo scarta resta caldo.

Vanina si trattenne a stento dal buttargli le braccia al collo.

Tra una raviola di ricotta, che mai ne aveva mangiata una piú buona, e una treccina alla crema, lo stomaco di Federico si riaprí del tutto. Bettina ne fu sollevata. Mentre Vanina in camera sua indossava fondina, pistola e giacca, la vicina prese da parte l'uomo.

– Stia tranquillo, professore, che a Vannina ci penso io, – gli sussurrò.

Federico in cuor suo la benedisse, come aveva benedetto Alfio, Lo Faro, e perfino la poliziotta che se ne stava di scorta davanti all'ingresso. Chiunque tenesse alla vita di Vanina aveva la sua piú profonda gratitudine.

La salutò appena prima di uscire dal portoncino di ferro.

– Allora t'aspetto a Palermo, – si assicurò.

– Sí, non preoccuparti. Appena concludo quest'indagine vengo e parlo con la mamma di persona.

– Grazie, gioia mia, perché se 'nsamaddío nel frattempo dovesse uscire la notizia e Marianna dovesse apprenderla da qualche giornale, a tragedia finirebbe.

Vanina gli giurò che avrebbe fatto al piú presto.

Federico la abbracciò. – Mi raccomando, scrivimi. E non mi fare morire d'angoscia.

Salí sulla Jaguar e partí alla volta del Policlinico.

Manco cinque minuti dopo essere salita sull'auto di servizio Vanina aveva già spacchettato il cartoccio di Alfio e s'era fatta fuori il secondo cornetto della mattinata e il cappuccino. Rispose al telefono con le mani ancora sporche di zucchero a velo.

– Dottoressa, buongiorno, Pappalardo sono.

– Oh Pappalardo, che mi dice? Abbiamo novità?

– Una, bella grossa. Arrivarono i risultati da Palermo: il sangue sul coltello della Pescheria è quello di La Barbera.

Vanina si meravigliò. La storia del pescatore le era parsa troppo fantasiosa.

– Perciò ora abbiamo l'arma. A parte il sangue della vittima, altre tracce ce ne sono? Impronte, Dna...

– Impronte sul manico ce ne sono a tinchitè, ma la maggior parte sembrano di una persona sola. E probabilmente saranno di Bellia. Dico probabilmente perché per ora non abbiamo come confrontarle. Nel sistema Afis non ci sono.

Ovvio che non c'erano. Quell'uomo era incensurato.

– Lo contattiamo oggi stesso e glielo mando con qualcuno dei miei, – assicurò Vanina.

– Perfetto, cosí procedo subito con il confronto.

– Faccia anche un'altra cosa: controlli se per caso sul coltello c'è qualche impronta corrispondente a quelle che avete trovato su una delle bottiglie di birra, o sul tavolino del pub. O sulla maniglia della porta che dal sotterraneo conduce sulla strada.

Pappalardo ci pensò su a lungo. Tanto a lungo che Vanina pensò fosse caduta la linea.

– Pappalardo?

– Qua sono, dottoressa, mi scusi. Stavo ragionando su quello che mi chiese. Per le impronte sulla bottiglia e sul tavolo non ci sono problemi. Però tinissi conto di una cosa: 'sto coltello, per come me la contò Spanò, è stato per due giorni buttato in un angolo della Pescheria. Capace pure che pigliò acqua, tant'è vero che in un paio di punti il sangue era diluito. Per quanto riguarda la maniglia della porta, impronte non ne abbiamo rilevate.

– Perché non ce n'erano o perché non sono state cercate?

Pappalardo esitò. – Piú facile la seconda, dottoressa… – ammise.

Vanina s'imbufalí. – Teste di minchia! – sbraitò.

– Mi scusi.

– Lasci stare, non è colpa sua. Quella negghia di Manenti manco due rilievi è capace di fare.

– Però lei mi ci mandò una seconda volta apposta per ricontrollare, avrei potuto pensarci io.

– Pappalardo, sul serio: poteva mai venirle per testa che quel coglione non avesse rilevato le impronte della maniglia?

Pappalardo esitò di nuovo.

– Effettivamente no.

Spanò la chiamò quando era ancora nel corridoio, davanti all'ufficio di Macchia.

– Capo, qua non si muove foglia. Se dovessero uscire li seguo?

– Sí, senza mollarli mai.

– Va bene. Però… lei lo sa, dottoressa, io preferisco sempre capire il perché delle cose che debbo fare. Altrimenti non so come muovermi e capace che combino un casino.

Vanina non aveva in mente niente di preciso. L'istinto le diceva che seguire la Lascari e Mattia Santonocito li avrebbe aiutati a racimolare qualche indizio piú consistente. Non c'era una logica.

– Sono sicura che non combinerà nessun casino, Spanò.

L'ispettore si rassegnò.

– Come dice lei, dottoressa. Li seguo e la tengo aggiornata. Però, col suo permesso, a Nunnari lo mando a casa a dormire, che manco si regge in piedi. Chiedo a Fragapane di raggiungermi.

Vanina approvò.

Il vicesovrintendente Fragapane era nella stanza dei veterani. Stava intrattenendo un ispettore della Narcotici, grande amico suo, col racconto del viaggio che lui e sua moglie Finuzza s'erano regalati per festeggiare venticinque anni di matrimonio: New York, Boston e cascate del Niagara. Felice che pareva un picciriddo.

– Dottoressa, a Niu Yorki andai in tutti i posti che mi suggerí lei!

La conosceva bene Vanina, la Grande Mela. Un mese intero ci aveva passato, l'ultima volta, in fuga da Palermo e in attesa del trasferimento alla Mobile di Milano. Un mese che da solo le era costato quanto un anno intero a Catania, ma che l'aveva rimessa a nuovo.

– Non sa come la invidio, Fragapane. Quattro anni sono, che non metto piede a New York.

Da tempo lei e Giuli progettavano di andarci insieme; vista la situazione attuale di entrambe, la speranza di riuscirci sfumava ogni giorno di piú.

Fragapane aveva ricominciato a raccontare. Vanina fu costretta a interromperlo: considerati i tempi del vicesovrintendente alla guida, se non voleva rischiare che Spanò restasse da solo era meglio farlo muovere subito.

Intanto Macchia la invitò nel suo ufficio e s'informò sulle novità.

– Cosí ora abbiamo l'arma del delitto e forti indizi di colpevolezza a carico di questa Lascari Valeria, che ora si trova in compagnia del ragazzo che trovò il cadavere. Ma che aspetti a farli portare qui? Che senso ha pedinarli?

– Per lasciare loro ancora un margine di libertà d'azione. Magari fanno qualche minchiata che può aiutarci a capire qualcosa di piú.

– Tipo il movente?

Non seppe rispondergli. Continuava a non saperlo nemmeno lei. La testa le andava sempre da una parte, ma non era sicura che Macchia l'avrebbe seguita su quel terreno. Però che le coincidenze puzzano sempre e devono far riflettere era una convinzione che Tito condivideva.

– Invece dell'architetto, quel Navarria, che sappiamo? Nessuno può confermare il suo alibi, a quanto pare.

– No, ma possiamo risalire ai suoi spostamenti di tre sere fa tracciando le celle telefoniche. Anzi, dovremmo già avere i riscontri. Vado a vedere.

– Lascia stare. Chi se ne occupa, che lo chiamo?

– Marta, finché non torna Nunnari.

Tito compose il suo interno e le chiese di raggiungerli.

Vanina inseguiva i suoi pensieri.

– Senti, Tito, secondo te Navarria, la Lascari e i tre genitori degli scomparsi cosa condividono?

– Che domanda è, Vani'? Ovvio: c'entrano tutti in qualche modo con la comune dove ha vissuto La Barbera.

– Esatto. E non ti pare una coincidenza strana che La Barbera sia stato ucciso giusto giusto dopo aver riallacciato i rapporti con loro?

– Chi ti dice che li avesse troncati?

– Navarria sostiene di non averlo visto né sentito per molto tempo. Lo stesso vale per i tre anziani. E basta studiare i tabulati per accorgersi che le telefonate a queste persone iniziano circa un mese e mezzo fa. Prima d'allora nessuna traccia.

Tito la guardò storto. – Guarra', parla chiaro: hai intenzione di ravanare nel passato? No, dillo pure, perché tanto ormai ci sto facendo l'abitudine.

– La mia unica intenzione è risolvere il caso. Possibilmente in fretta, che qua tra piste sbagliate e indizi vaghi finora non concludemmo niente. Aggiungici che non posso manco lavorare come vorrei, e sai quanto questo mi smuova i nervi.

– Lo capisco. Non è divertente sentirsi sempre controllati e non poter mai fare un passo da sola in libertà. Ma che pretendi, che ti lasciamo pazziare in giro per la città appresso alle tue intuizioni? Non possiamo farlo, Vanina. Perciò porta pazienza.

– Certo. Anche se t'assicuro che trovarmi Lo Faro davanti ogni volta che apro la tenda è inquietante assai.

– Lo dovresti ringraziare, piuttosto. E sappi che, anche se magari non eccelle in altro, Lo Faro spara meglio di me e te messi insieme.

– Ah, che notizia.

La Bonazzoli bussò e rimase sulla porta.

– Posso?

– No, guai a te se ci provi, – scherzò Tito.

Marta sorrise ed entrò.

– Qui ci sono tutti i movimenti del telefono di Navarria la sera dell'omicidio. Ci ha detto la verità: dalle nove e quarantacinque di sera non si è piú mosso da casa fino all'indomani mattina alle nove.

– Quindi non può essere stato lui, – concluse Vanina, per niente sorpresa.

– Sembrerebbe di no. Invece ho trovato un'informazione importante su Mattia Santonocito. Sapete di chi è figlio?

La Guarrasi e Macchia ci arrivarono insieme.
– Della Lascari.

Vanina e la Bonazzoli uscirono dall'ufficio di Macchia.
– Senti, Marta, chi c'è all'intercettazione di Navarria?
– C'è l'agente Spada. È di là, da noi.
Andarono nella stanza dei carusi.
L'agente era piazzato alla scrivania di Nunnari e fissava il monitor con aria assente, le cuffie alle orecchie. Ogni tanto sorseggiava una bevanda da un bicchiere di plastica e faceva una smorfia. Non si accorse di loro.
Vanina guardò Marta.
– Che intruglio gli desti a quel povero mischino, che pare disgustato?
Marta sospirò, rassegnata.
– È una tisana depurante ed energizzante.
La Guarrasi scosse la testa. Si avvicinò alla postazione dell'agente.
– Spada, come andiamo?
L'uomo si ridestò di colpo. Si tolse le cuffie e balzò in piedi.
– Buongiorno, dottoressa.
– Che dice l'architetto Navarria? Telefona?
– In questo momento no. Risulta localizzato dentro villa Bellini.
– Ha ricevuto delle chiamate stamattina?
– Sí, due. Una da un idraulico che sta lavorando per lui in una casa. L'altra era di una donna che per forza voleva vederlo, anche se lui non pareva tanto dell'idea. Alla fine accettò, anche se si capiva che non gli faceva piacere. Si diedero appuntamento alla villa. Poi due telefonate le fece lui: una alla moglie, che si trova in vacanza da qualche parte coi figli e torna oggi, e l'altra a

un collaboratore suo per dirgli che ritardava in studio. Nient'altro.

– Va bene. Se per caso senti qualcosa di utile chiamami, tanto non mi muovo dal mio ufficio –. Volente o nolente, avrebbe aggiunto.

– Certo, dottoressa.

Vanina conquistò finalmente la sua scrivania e si accese una sigaretta. Marta non fece una piega. Ormai, da quando la Guarrasi non poteva piú affacciarsi al balcone per fumare, s'era rassegnata.

– Perciò Valeria Lascari e Mattia Santonocito sono madre e figlio, – riepilogò Vanina. – Com'è possibile che lo abbiamo scoperto solo ora? Marta, mi raccomando, non possiamo lasciarci sfuggire informazioni come questa. Il padre del ragazzo che fine fece?

– Santonocito Rocco, deceduto nel 2001. Lui e la Lascari non erano coniugati.

– Quindi Mattia da quindici anni a questa parte ha solo la madre.

– Esatto.

Vanina meditò sulla cosa in silenzio. A lente boccate finí la sigaretta.

– Secondo te può essere coinvolto nell'omicidio? – chiese Marta.

– Non lo so. Però era presente quando l'altro cameriere, Carmelo, ha descritto la donna che aveva visto al tavolo con La Barbera.

– E quindi?

– Quindi ora sappiamo chi ha avvertito la Lascari riguardo al colore dei capelli.

– Come ci muoviamo?

– Per prima cosa diciamo a Spanò di portarli qua tutti e due.

Non fece in tempo a finire la frase che l'agente Spada bussò alla porta.

– Dottoressa, può venire un attimo? – Sparí.

Vanina lo raggiunse nella stanza dei carusi.

– Che fu?

Spada balzava da un computer all'altro, tra la scrivania di Nunnari e quella di Lo Faro.

– Una cosa strana assai. Ora ora mi chiamarono, che s'era attivata l'altra intercettazione. Quella di… – lesse: – Lascari Valeria, il cui telefono risultava staccato.

– E allora?

– Taliasse qua dove si trova, – indicò un punto sul monitor.

Vanina strinse gli occhi, guardò meglio il localizzatore che riportava la posizione del telefono.

– Ma vedi tu, – commentò.

Era a villa Bellini.

Il telefono di Spanò suonava a vuoto.

Vanina s'innervosí. – E che è 'sta novità?

Provò con Fragapane. Nessuna risposta.

– Cose di santiare in turco! – sbottò. – Che stanno combinando quei due?

Manco cinque secondi e Spanò la richiamò.

– Capo, – disse sottovoce.

– Spanò, ma perché non rispondete?

– Scusi, abbiamo tolto la suoneria per non farci notare. Fragapane si mise appresso alla signora dentro la villa Bellini.

– E lei che sta facendo?

– Seguo a distanza Salvatore. Lui si può avvicinare di piú perché nessuno l'ha conosciuto, finora.

– Va bene, va bene. La signora si è incontrata con qualcuno?

– Un genio fu a decidere di seguirli, dottoressa. Lo sa chi c'è con la signora in questo momento? L'architetto…

– Walter Navarria.

– Iddu!

– E che fanno?

– Si sciarríano. Navarria è agitato assai, ma macari la Lascari non scherza. 'Na pazza pare.

– E il ragazzo che fa?

– Il caruso non c'è. Restò in macchina. Comunque qualche cosa ci deve essere tra lui e la fimmina, perché davanti a casa sua ogni cinque minuti se l'abbracciava.

– Piú di qualche cosa, Spanò. È sua madre.

– Minchia!

– Ecco. Si faccia sgamare proprio ora, mi raccomando.

– Scusasse, capo.

– Appena Navarria se ne va, fermateli e portateli qua tutti e due, madre e figlio.

– E l'altro lo lasciamo andare?

– Per ora sí.

Il commissario Patanè girò dieci volte intorno alla piazza per cercare un parcheggio, ma niente: manco a pagarlo oro. S'allontanò dalla Mobile, prese via Vittorio Emanuele e si trovò incastrato nel traffico. A passo d'uomo arrivò fino a piazza San Placido. Rimase due minuti bloccato lí nell'attesa di poter svoltare di nuovo a sinistra. Poco prima, quando lui a dire il vero era già nei paraggi della Mobile, la Guarrasi gli aveva mandato un sms criptico: «Abbiamo novità. Che fa, passa?» E ora il commissario stava morendo dalla curiosità. Per distrarsi si ripassò per bene la facciata della chiesa barocca con la cancellata davanti. Ci si era sposato suo figlio, lí. Finalmente oltrepassò palazzo Biscari sulla destra e arrivò in piazza Duca di Genova:

l'ultima speranza. Adocchiò un posto dall'altro lato della piazza, sulle strisce blu, e ci si fiondò. Un cartello giallo piú avanti segnalava una colonnina per il ticket. Patanè si guardò intorno per cinque minuti buoni senza trovarla.

Un uomo gli si avvicinò. – Non c'è piú, – lo avvertí, indicando davanti a sé.

Il commissario si accorse che laddove avrebbe dovuto esserci la colonnina c'era solo un moncherino di ferro simile a un palo tranciato. Ma poteva mai essere sempre la stessa storia?

– La scipparono, – precisò l'uomo, casomai il vecchietto non avesse capito.

Patanè lo studiò: gilet blu coi catarifrangenti dietro, cappidduzzo di lana in testa, marsupio a tracolla. L'identikit preciso del parcheggiatore abusivo. Tornò verso la Panda e quello gli andò dietro. Calcolò che per trovare un altro posto ci sarebbe voluta minimo minimo mezz'ora, col rischio di doversi fare il doppio della strada a piedi. Perciò i casi erano due: o s'adattava a sovvenzionare un'attività illegale, oppure fingeva di non capire, lasciava la macchina senza cacciare un centesimo e come veniva si contava. Il colpo di genio risolutivo gli arrivò all'improvviso. Tirò fuori il telefono, fece il numero della Mobile – quello lo sapeva a memoria – e aspettò che qualcuno rispondesse.

– Il commissario Patanè sono, mi passa il vicequestore Guarrasi?

Manco ebbe il tempo di finire la frase che l'uomo s'era volatilizzato.

– Commissario, che piacere.

Macchia era piazzato al centro del corridoio e lo ostruiva.

– Dottore, – lo salutò Patanè.

– Che mi dice, tutto bene? Sua moglie come sta?

Il risolino sornione del primo dirigente la diceva lunga. Il commissario fece buon viso, anche se si sentiva in imbarazzo. Chissà quante risate s'era fatto Macchia a sentire l'ultima alzata d'ingegno di Angelina.

– Tutto bene, tutto bene, – assicurò, mentre raggiungevano l'ufficio della Guarrasi.

La porta era aperta e Marta stava uscendo.

– Buongiorno, commissario! – Gli fece un gran sorriso, di quelli che se un uomo non era preparato rischiava di schiantarsi per terra.

– Ispettore, buongiorno, – le rispose, col massimo dell'imperturbabilità che riuscí a raggranellare. Sufficiente a smontare qualunque ulteriore ironia di Macchia. Ci mancava solo che il dirigente si fissasse pure che aveva un debole per la zita sua e sarebbe stato perso veramente!

Vanina lo raggiunse subito, lo fece accomodare.

Tito si congedò.

– Ah, e grazie per il contributo prezioso all'indagine.

Stavolta non sembrava scherzare.

– Dovere, – gli rispose il commissario.

La porta si chiuse e lui e la Guarrasi rimasero soli.

Patanè sedette, finalmente rilassato.

– Mi tolga una curiosità, ma perché poco fa mi chiamò? Veramente solo per dirmi che stava venendo? – chiese Vanina.

Il commissario sorrise. Niente da fare, sbirra era.

Le raccontò la scena del parcheggiatore e si fecero due risate.

– Mi dicisse 'ste novità, piuttosto.

Vanina lo aggiornò.

– Mattinata proficua! – commentò il commissario, esaltato. Si entrava nel vivo dell'indagine, e anche stavolta ci aveva messo del suo. Ecco perché Macchia l'aveva ringraziato.

Vanina e Patanè si divisero una tavoletta di cioccolata e fumarono una sigaretta a testa. Ragionarono su chi potesse fornire loro qualche informazione in piú sulla comune e sulla gente che la frequentava. Silvia, l'amica del commissario, aveva già detto tutto quello che sapeva. Bisognava sentire la Fisichella, se per caso La Barbera le aveva raccontato qualcosa.

– Non c'era macari quel dottore, l'amico del fratello di La Barbera? – le ricordò Patanè.

Vanina l'aveva dimenticato. Cercò il foglietto su cui Spanò aveva appuntato il nome. Lo trovò.

Spanò e Fragapane avevano appena comunicato di aver fermato i due, e che li stavano portando alla Mobile, ma il tempo per un paio di telefonate c'era.

Vanina chiamò per prima Vera Fisichella. Mise in vivavoce.

– Signora Fisichella, mi scusi se la disturbo.

– Dottoressa, s'immagini. Ci sono novità?

– Qualcuna, ma è ancora presto per parlarne. Ho bisogno di alcune informazioni.

– Mi dica.

– Il professore le ha mai parlato del periodo in cui aveva vissuto nella comune?

– Qualche volta, ma non lo faceva volentieri. O meglio, aveva un rapporto ambiguo con quei ricordi. Certe volte sembrava che ne avesse nostalgia, altre che volesse rinnegarli. Una cosa però me la disse chiaramente: l'impegno con i ragazzi di don Rosario, la fissazione con l'argomento droga, affondavano le radici in quel periodo della sua vita. Lí aveva toccato con mano cosa significasse avere una dipendenza grave. Aveva visto i suoi amici finire male. Quando li avevano sgombrati, per lui era stata quasi una liberazione. Tanto che aveva preso e se n'era andato all'estero. Mezza Asia s'era girato, tra autostop e mezzi di fortuna. Fino a Goa.

– Anche lui aveva fatto uso di droghe?

– Per un periodo sí, ma non era mai arrivato a quelle pesanti. Era riuscito a fermarsi prima, e l'orrore per ciò che aveva visto capitare a chi aveva ceduto l'aveva aiutato a non caderci. Questo era quello che mi diceva, almeno, però non aveva motivo di mentire. Non a me.

– Mi dica una cosa, signora: Enzo frequentava ancora qualcuno conosciuto alla comune?

– No, assolutamente. Aveva perso di vista tutti.

– Le ha mai nominato una certa Valeria Lascari?

– No, mai.

– Un certo Walter Navarria?

– No, dottoressa.

– L'ultima domanda e poi la lascio: Enzo le ha mai raccontato di un fatto grave avvenuto alla comune? Tre ragazzi che erano scomparsi nel nulla e che non furono piú ritrovati?

– Oh mamma mia! No, non ne sapevo nulla.

Il vicequestore la ringraziò, stava per salutarla.

– Dottoressa, mi scusi, che devo fare con la macchina di Enzo? – chiese la Fisichella.

– Ha ritrovato le chiavi?

– Sí, ce le aveva il proprietario del peschereccio accanto alla sua barca. Enzo gliele lasciava sempre perché a volte era necessario spostarla. Io non ci sono ancora entrata, aspettavo vostre direttive.

Vanina ci rifletté.

– Facciamo cosí, oggi pomeriggio le mando qualcuno dei miei cosí la aprite insieme.

Chiuse e passò alla seconda telefonata.

– Policlinico, – rispose il centralinista.

– Il professor Francesco Bilotta, per piacere.

Rimase in attesa per cinque minuti. Piú tempo passava, piú vedeva Patanè entrare in ansia.

– Chirurgia, – rispose una voce femminile.

– Il professor Bilotta, per cortesia, – ripeté Vanina.

– Chi lo cerca, mi scusi?

– Vicequestore Giovanna Guarrasi, squadra Mobile.

La donna dovette impressionarsi.

– Le passo l'interno, – quasi bisbigliò.

L'uomo rispose dopo due squilli.

– Professor Bilotta?

– In persona –. Voce gioviale.

– Sono il vicequestore Giovanna Guarrasi, della Mobile.

– Oh, buongiorno, vicequestore. Suo papà è ancora impegnato in sala operatoria.

Vanina non si raccapezzò.

– Mio papà?

– Suo papà... Oh, che scimunito, forse lei non lo chiama cosí. Mi deve scusare! Semplificai troppo.

Vanina capí.

– Parla di Federico?

– Calderaro, sí. Mi perdoni.

Vedi tu che giusto giusto era andata a chiamare il reparto in cui si trovava Federico.

– Non si preoccupi, va benissimo. Io però non cercavo lui. Le ho telefonato perché ho bisogno di chiederle un'informazione.

– A me? A disposizione sua sono, mi dica.

– So che lei da giovane ha conosciuto il professor Vincenzo La Barbera, è vero?

– Certo. Da giovanissimi abbiamo avuto qualche amicizia in comune, poi ognuno pigliò la sua strada. Non sa quanto m'è dispiaciuto sapere che ha fatto una fine simile. Suo fratello Alberto è un caro amico.

– Sí, lo so. È stato proprio lui a farmi il suo nome ricordando che le uniche notizie sul fratello, ai tempi in cui Vincenzo se ne andò di casa e si trasferí in una comune, gliele aveva date lei. Per caso se ne ricorda?

– Dottoressa, cascò bene con me. Lo sa come mi chiama mia moglie? L'archivio umano, per via della mia memoria. «Elefantiaca», dice lei. Mi ricordo perfino com'era vestita una persona in un determinato giorno. Si figuri se non rammento un fatto cosí particolare –. Qualcuno lo interruppe, una voce che parlava di terapie, cartelle cliniche. Poi: – Dottoressa, le devo chiedere se possiamo sentirci in un altro momento.

– Va bene.

– Mi creda che ci tengo a raccontarle tutto quello che so. Ora ho un intervento, ma non è cosa lunga. Facciamo cosí: appena finisco di operare vengo io stesso da lei, che ne dice?

Il vicequestore non avrebbe mai sperato tanto.

– 'Sto professore mi fa simpatia, – sentenziò Patanè.

– Anche a me.

Vanina ne era stupita. Chissà perché, s'era immaginata Bilotta come un sussiegoso barone che non le avrebbe dato conto se non dopo ripetute insistenze. Uno sul genere di Alberto La Barbera, per intendersi. E invece.

Valeria Lascari s'era fatta tutta la strada in preda a una crisi di nervi, aggrappata al figlio come un naufrago a uno scoglio. Quando l'ispettore capo Spanò la condusse nell'ufficio della Guarrasi non s'era ancora calmata.

Magra, viso segnato, pallore accentuato dai capelli corvini, ricci e tesi che parevano una cesta. Intrusciata in una mantella di lana cotta bordeaux, pantaloni larghi di velluto e scarpe basse stile Camper che sembravano aver fatto la guerra.

Anche Mattia quanto a pallore non scherzava. Occhiaie profonde, occhi lucidi, sguardo perso.

Vanina li interrogò separatamente, con Patanè seduto accanto a mo' di nume tutelare. Iniziò dalla donna.

– Signora Lascari, in che rapporti era col professore La Barbera?

– Nessuno… cioè… lo conoscevo e basta.

– Davvero? Eppure ci risulta che la sera in cui è stato ucciso lei fosse con lui al pub *I Sotterranei*.

– Chi lo dice che ero io?

– Signora, cosí non funziona: tempo un'ora posso sapere per certo se le sue impronte sono sulla bottiglia di birra che c'era sul tavolino di La Barbera. E abbiamo un testimone che può riconoscerla.

La donna d'istinto si toccò i capelli.

– Sí, anche se ha cambiato il colore dei capelli, – aggiunse Vanina.

La Lascari impallidí ancora di piú.

– Che dice, ricominciamo?

Quella annuí.

– Da quanto tempo conosceva il professore La Barbera?

– Ci conoscevamo fin da ragazzi, ma non ci frequentavamo.

– E che ci faceva quella sera al pub con lui?

– Niente. Ero lí per caso e l'ho incontrato.

– A che ora è arrivata?

– Verso mezzanotte meno un quarto.

– Era sola?

– Sí, sola.

– A quell'ora?

– Perché, è vietato? E poi là ci lavora mio figlio.

– Ma Mattia era già andato via.
– E io che potevo saperne?
– Quindi lei ci va spesso, ai *Sotterranei*?
– Sí, sí.
Vanina conservò la replica per dopo.
– E mi dica, signora: a parte l'altra sera, ultimamente aveva incontrato il professore?
– No.
– Ma vi sentivate per telefono?
– N... – Ci pensò: – Sí, ogni tanto capitava.
– E non vi incontravate mai?
– Mai.
– Eppure è stata vista, in piú occasioni, corrergli dietro in mezzo alla strada. Anche stavolta da testimoni che, nonostante la capigliatura nera, potrebbero riconoscerla.
La donna s'ammutolí di nuovo. Perse un altro po' di colore dal viso.
– Come mai da ieri sera ha tenuto il telefono spento?
– Ora è acceso.
– Lo so. Le ho chiesto perché era spento ieri.
– S'era scaricato.
Vanina la fissò.
– E stanotte dov'è stata?
– A casa mia.
– Con Mattia?
– Sí.
– E a che ora è rincasata ieri sera?
– Alle... dieci.
Vanina decise di tagliarla lí.
– Va bene, ora la finiamo di scherzare, – s'inalberò. – Primo: lei non è un habitué del pub *I Sotterranei*, tant'è che nessuno dei colleghi di Mattia sapeva che la donna con i capelli rossi era sua madre. Secondo: ieri non è rientrata

a casa, né alle dieci né piú tardi, e lo so per certo perché uno dei miei uomini sorvegliava l'appartamento. Terzo: appena ha scoperto che i suoi capelli erano riconoscibili, s'è precipitata subito a cambiare colore. Poi ha staccato il telefono, in modo da non essere piú rintracciabile, ed è scomparsa fino a stamattina alle sei quando è rientrata a casa con suo figlio. Allora, ha ancora voglia di contarmi minchiate o iniziamo a fare sul serio?

Il viso della Lascari divenne una maschera di terrore. Iniziò a singhiozzare.

– Non l'ho ammazzato io!

Vanina rimase impassibile. Non aveva mai sentito un assassino ammettere al primo tentativo di essere colpevole. Certi non lo ammettevano nemmeno dopo anni di processi e decine di prove schiaccianti.

– Perché lo inseguiva?

– Volevo... – cercò qualcosa da dire, – stare con lui, e lui mi sfuggiva.

– E cosí all'ennesimo rifiuto s'è procurata un coltello e l'ha ucciso, – concluse la Guarrasi.

Quella sbarrò gli occhi, trattenne il fiato. – Ma... no, io non ho fatto niente! – urlò.

Vanina non si mosse. L'aveva sparata grossa, tanto per studiare la reazione.

Cambiò di nuovo argomento.

– Dopo essere stati insieme nella comune da ragazzi, lei e il professore avete smesso di frequentarvi?

La donna alzò gli occhi, sbigottita.

– Come sa che io e La Barbera eravamo insieme in una comune?

Vanina era indecisa se considerarla un'ottima attrice o semplicemente una sprovveduta.

– Vediamo se ci arriva: chi sgombrò la comune?

– La poliz... – si fermò. – Ho capito.

– Visto? Per risparmiarle il fiato, le comunico che so anche del suo incontro di stamattina con Walter Navarria. Anche lui nella lista delle persone che vivevano nella comune. Cosa doveva dirgli?

– Niente, ci siamo incontrati cosí, senza motivo.

Vanina sbatté la mano sul tavolo.

– La finisca di prendermi per i fondelli! Lei ha chiamato Navarria stamattina, gli ha chiesto un incontro e lui non era per niente felice di vederla. Abbiamo le registrazioni. Cosa doveva dirgli di cosí urgente?

Silenzio.

– Signora, lei forse non si rende conto di quanto sia grave la sua situazione –. Adesso Vanina era calma.

Silenzio ostinato dall'altra parte.

– Va bene. Per quanto mi riguarda non ho bisogno di altri indizi –. Il vicequestore fece un cenno a Spanò.

Quando vide le manette, la donna puntò i piedi. Agitò la testa, ripeté che non aveva ammazzato nessuno.

Vanina alzò di nuovo la voce. – Per l'ultima volta: perché sia lei sia Navarria discutevate con La Barbera?

La donna si zittí di nuovo.

Vanina indicò a Spanò di portarla via e ordinò a Fragapane di andare con loro e di mandarle Mattia.

Patanè era pensieroso.

– Che c'è, commissario? Non le quadra?

– Mah, chi ni sacciu, dottoressa. Veramente lei ci crede che chidda ammazzò a La Barbera pirchí non le si voleva concedere?

– Ma no, ovvio che non ci credo, commissario!

– Allura il movente quali avissi a essiri?

– Non lo so. Intanto però, visto che la signora ha dimostrato chiaramente di essere incline alla fuga nonché di essere capace di inquinare pesantemente il quadro probatorio, è meglio che Terrasini disponga un fermo di indiziato di delitto. Noi nel frattempo continuiamo a indagare.

Mattia entrò, accompagnato da Marta. Aveva la faccia sconvolta.

– Dove la state portando? – chiese come prima cosa.

– Per il momento in camera di sicurezza qui da noi. Piú tardi la trasferiamo in carcere.

– Ma è innocente!

– Gli indizi per ora sono tutti contro di lei.

Mattia si abbandonò contro la spalliera della sedia.

– Lo sapevo che si sarebbe messa nei guai.

Vanina si puntò sui gomiti.

– Perché dici cosí? – gli chiese.

Il ragazzo esitò. Il vicequestore si irrigidí.

– Mattia, senti a me: non è che la tua posizione sia eccezionale, sai? Ci hai nascosto che tua madre era stata al pub.

Mattia alzò gli occhi.

– Non lo sapevo, dottoressa, davvero. È arrivata dopo che me ne sono andato.

– Vuoi raccontarmi di preciso che cosa è successo?

– Quando, quella sera?

– Cominciamo da lí.

– Ma niente, quella sera a un certo punto io lasciai il locale e rientrai a casa.

– Non ti sei piú mosso da lí?

– No, glielo giuro.

– E non ti sei chiesto dove fosse tua madre?

Mattia fece un sorriso amaro.

– E perché avrei dovuto? Non era cosí strano che fosse fuori casa a quell'ora. Diciamo che fino a un certo orario non c'è da preoccuparsi, che in qualche modo torna. Magari ubriaca fradicia, o strafatta, ma torna.

– Fa spesso uso di droghe?

– A volte.

– Quella sera, quand'è rientrata, era ubriaca?

– Non si reggeva in piedi. L'ho dovuta spogliare, mettere a letto. Alle sei e mezzo sono uscito e l'ho lasciata che dormiva.

– E poi?

– Il seguito lo sa: incontrai Elettra e trovammo il cadavere del professore. Mi creda, non avevo ancora idea che mia madre fosse stata al pub la sera prima. L'ho saputo dopo.

– L'hai capito quando Carmelo ha descritto la donna che era al tavolo con La Barbera, vero?

Mattia annuí.

– Come mai i tuoi colleghi del pub non conoscono tua madre?

– Le ho sempre vietato di venire nei locali in cui ho lavorato. So come va a finire se inizia a bere troppo e va fuori di testa, inizia a dare il peggior spettacolo di sé, e io non voglio rischiare di perdere il posto. Quei pochi soldi che guadagno servono tanto a lei quanto a me.

Si vergognava. Non lo disse, ma Vanina lo intuí.

Marta, seduta accanto al ragazzo, s'era intenerita al punto che tra un po' le spuntavano i lucciconi. Vanina le lanciò un'occhiataccia. La poliziotta si ricompose subito.

– E dopo che hai fatto? – proseguí la Guarrasi.

– Sono tornato a casa e l'ho trovata che dormiva ancora. L'ho svegliata, era in stato confusionale. Le ho chiesto perché era stata al pub. Non capiva come facessi a saperlo e allora le dissi che il professore La Barbera era stato ammazzato e che un mio collega aveva descritto una donna che era insieme a lui. Io sapevo che mia madre ultimamente l'aveva incontrato. Una volta assistetti a una telefonata in cui lei gli chiedeva di smettere con… non capii bene, un'idea che lui aveva. Le chiesi spiegazioni, ma mi disse che erano fesserie, non mi dovevo preoccupare. Pensai che il professore stesse cercando di farla smettere con l'alcol e con la droga. Lui 'ste cose le faceva. Ci speravo, piú che altro.

– Che reazione ebbe tua madre quando le dicesti che era stata notata al pub?

– Lí per lí parve non rendersene conto. Poi a poco a poco la vidi agitarsi, cambiò faccia. Si sbatteva il pugno sulla fronte come... – riprese fiato, – come quando non ricorda qualcosa.

– E capita spesso?

– Ogni volta che torna a casa in stato confusionale, poi non si ricorda niente di quello che ha fatto.

Mattia abbassò gli occhi.

Vanina si allungò in avanti sulla scrivania.

– E poi?

– Capii che era terrorizzata, e che dovevo aiutarla. Mi giurava che non c'entrava niente. Le dissi io di cambiare il colore dei capelli, di spegnere il telefonino... di chiudersi in casa. Avevo un appuntamento con quelli dell'ostello, se non fossi andato si sarebbero insospettiti. Lei volle per forza che la accompagnassi da un'amica sua, diceva che si sentiva piú sicura. La lasciai lí e arrivai all'ostello con la sua macchina. Rimasi lí. Alle sei di mattina mi chiamò con il telefono dell'amica e mi chiese di passare a prenderla. Preferiva rientrare a casa. Poi mi chiese di portarla a villa Bellini. Capii che doveva incontrare qualcuno, ma mi impedí di seguirla. Quando tornò in macchina arrivarono i poliziotti e ci fermarono.

Vanina lo guardò a lungo. Non l'avrebbe mai ammesso, ma il ragazzo iniziava a fare pena anche a lei.

– Senti, Mattia, rispondimi sinceramente: pensi sia proprio impossibile che tua madre abbia ucciso La Barbera mentre era in stato confusionale, magari sotto l'effetto di qualche sostanza?

Il ragazzo abbassò di nuovo gli occhi, oscillò col capo a destra e a sinistra.

Era la risposta che Vanina si aspettava.

– Chi malavita fa, 'sto povero caruso, – commentò Patanè. – Tuttu chiddu ca fici è umanamente comprensibile. Ma come possiamo essere sicuri che quella notte non tornò al pub?

– Questo non è difficile scoprirlo. Basta risalire alla posizione del suo telefono e capiamo se da mezzanotte in poi si trovava a casa.

– Tecnologie incredibili! – fece il commissario, ammirato. All'epoca sua 'ste cose se le sognavano.

Vanina chiamò Terrasini, che dispose subito il fermo di indiziato di delitto per Valeria Lascari.

– A questo punto dobbiamo risentire Navarria, anche se dubito che caveremo un ragno dal buco, – disse, appena ebbe chiuso.

– La Lascari si bloccò ogni volta ca si parrava di Navarria. Un motivo ci dev'essere, – commentò Patanè.

– Si bloccò pure quando le chiesi perché aveva incontrato La Barbera.

– Però in quel caso può darsi che si trattasse di problemi di droga, come immaginava Mattia, – ipotizzò Marta.

Vanina e Patanè non sembravano convinti.

Spanò entrò nella stanza.

– Dottoressa, se per lei va bene, il ragazzo chiede di poter stare accanto alla madre ancora un po', finché non siamo pronti per tradurla in carcere.

Il vicequestore acconsentí.

Vanina guardò l'ora e si stupí.

– Le due si fecero.

– Madunnuzza santa, Angilina debbo chiamare! – Patanè tirò fuori il telefonino dalla tasca e si spostò sul balcone, che la linea lí pigliava meglio.

– Vuoi che mandiamo qualcuno *da Nino*? Tipo Nunnari, che è appena rientrato? – chiese Marta.

Vanina la guardò avvilita.

– Marta, te lo dico, o ci organizziamo in modo che io possa uscire di qui, o non so quanto ancora riuscirò a resistere senza spanare i ciriviedd u.

– Spa... che?

– Andare fuori di testa, – tradusse.

– E via, Vanina, non rendere le cose piú difficili! Sono passati appena dieci giorni, a Palermo stanno indagando. Per proteggerti in un posto come *Nino* ci vorrebbe una scorta tipo quella del tuo fidanzato.

– Non è il mio fidanzato.

La poliziotta la guardò poco convinta.

– Certo che sei coerente, tu. Prima pontifichi sui rapporti degli altri, che è assurdo non ammettere i propri sentimenti, e bla bla bla. Poi quando si tratta di te...

Vanina s'irrigidí.

– Non è la stessa cosa.

Patanè rientrò dal balcone in tempo per evitarle una replica di Marta.

– Ohhh, e macari chista è fatta.

A Vanina venne da ridere.

– Ma «macari chista» cosa?

– Convinsi Angilina che non mi deve aspettare per pranzo.

– Guardi che non mi fanno muovere.

– Ca certo. Ci mancherebbe altro.

Niente, anche con lui era una battaglia persa.

– Vabbe', allora che proponete? – si rassegnò.

– Mandiamo Nunnari *da Nino*, o da qualche altra parte, a prendere qualcosa, – rispose Marta.

Vanina sospirò.

– Ca forza, mandiamolo *da Nino*.

12.

La scrivania di Vanina pareva un buffet. Sei contenitori, uno diverso dall'altro. Pasta alla Norma per Patanè, involtini di carne per lei, macco di fave per Marta, un assaggio di pasta coi masculini, omaggio della casa, e caponata per tutti. Piú il cartoccio del pane e un cestino di mandaranci che Nunnari aveva raccolto dall'albero di sua madre. Si spazzolarono ogni cosa in dieci minuti. Anche Marta, che di solito oscillava tra l'inappetente e il disinteressato, si lasciò trascinare in una ignominiosa scarpetta col pane nel sugo della caponata.

Finirono col caffè che l'agente Spada, ormai fisso in sostituzione di Lo Faro, andò a prendere al chiosco.

Il commissario aiutò Vanina a rimettere a posto le carte sulla scrivania. In mezzo c'erano i tabulati di La Barbera. Inforcò gli occhiali e si mise comodo a leggerli.

– Non può essere 'na coincidenza, – commentò.

– Cosa?

– Che La Barbera contattò tutta 'sta genti ca aveva che fare con la comune.

Vanina era d'accordo con lui.

– E 'sto numero a che corrisponde? – chiese il commissario.

Marta sbirciò.

– Ah, sí, a un agriturismo. *Terra del Simeto*, qualcosa di simile.

Patanè aggrottò la fronte.

– E unni si trova?

– Dalle parti del Simeto, immagino, – suppose Marta.

Patanè si tolse gli occhiali, si grattò il mento come quando ragionava su qualcosa.

– Commissario, che sta cogitando? – chiese Vanina.

– Certo che macari chistu è strano forte.

– Cosa?

– Lo sa unni s'attrovava la comune di La Barbera? Vicino all'oasi del Simeto.

La Guarrasi si raddrizzò sulla poltrona.

– Ma che mi sta dicendo?

Si scambiarono un'occhiata. Senza dire niente, Vanina alzò la cornetta e compose il numero.

– *Terra del Simeto*, – rispose una donna.

– Buongiorno, sono il vicequestore Guarrasi, della Mobile… – Non poté finire.

– Oh, finalmente! Quando venite a pigliarvi 'sti filmati?

Vanina non capí.

– Come dice, prego?

– Avi da stamatina che vi aspettiamo.

– Aspettate chi? – fece Vanina, sempre piú perplessa.

– Come chi? La polizia, no? Mia sorella fece la denuncia che erano le otto e mezzo, ancora non si visti nuddu.

– Signora, forse stiamo parlando di due questioni diverse. Lei che denuncia ha fatto?

– Stanotte qualcheduno trasí nella proprietà. Le telecamere di sicurezza li ripresero mentre sautavano dal muretto.

– Capisco. Allora si tratta davvero di due questioni diverse.

– Mi dica allora, – fece la donna, seccata.

– Ci risulta che abbiate ricevuto una telefonata da un uomo che si chiamava La Barbera, è corretto?

– Ma chi, il professore che ammazzarono a coltellate, mischino?

– Lo conosceva? – chiese Vanina, stupita.

– Venne qua proprio qualche giorno prima di morire. Pranzò e poi ci chiese se si poteva fare un giro per la campagna intorno. Mio cugino lo accompagnò. Conosceva bene il posto, diceva che c'era stato da ragazzo.

– Ho capito. Era solo?

– Sí sí, solo. Disse che sarebbe tornato, ma poi... – Non ritenne necessario concludere.

Vanina la ringraziò.

– Allora per i filmati che debbo fare? Chi debbo chiamare? – chiese la donna.

Bih, chi camurría con 'sti filmati!

– Non saprei, signora. Facciamo cosí, sento io qualcuno della Questura centrale e sollecito –. Le venne la curiosità, e la lesse anche negli occhi di Patanè. – Mi scusi, che c'è in questi filmati? – chiese.

– Due persone che di notte e notte saltano nella proprietà e si mettono a furriare terreni terreni. Si vede solo quando saltano, dalla telecamera uno, e poi da lontano che camminano verso la campagna dalla telecamera due.

– Ma si vedono in faccia, almeno, si riconoscono?

– Una sí, precisa. Una fimmina, con una cesta di capiddi ricci e nivuri.

Vanina, Patanè e Marta rimasero senza parole.

Decisero che non era il caso di richiamare la Lascari, ammesso che non fosse già stata tradotta a piazza Lanza. Prima andavano visionate quelle riprese.

Vanina spedí Marta e Nunnari all'agriturismo *Terra del Simeto*. La Bonazzoli era di gran lunga la piú veloce alla guida – per non dire addirittura la pilota piú esperta di tutta la questura – perciò mandare lei era garanzia di minor perdita di tempo. E poi aveva ascoltato la telefonata.

Vanina e Patanè stavano ragionando sulla cosa, quando l'agente Spada bussò.

– Dottoressa, mi scusi, ci sono due signori che la cercano.

– E chi sono?

– Uno si chiama Calderaro, l'altro Bilotta.

Vanina si alzò e andò alla porta. In corridoio non c'era nessuno.

– Dove stanno?

– Sul pianerottolo.

– Spada, ma sul pianerottolo li lasciasti? – Attraversò il corridoio fino alla tromba delle scale. Federico era lí, che chiacchierava amabilmente col collega.

Ancora una volta il film *Amici miei* s'affacciò alla sua mente, facendole venire voglia di rivederlo: se Alberto La Barbera le aveva ricordato Ugo Tognazzi, l'uomo accanto a Federico pareva preciso Adolfo Celi nei panni del professor Sassaroli. Alto, corpulento, capelli precocemente bianchi, naso importante.

– Dottoressa Guarrasi, è un piacere conoscerla –. Lei li invitò nel suo ufficio, ma Federico declinò.

– Francesco mi disse che doveva venire qui da te e ne approfittai per salutarti di nuovo, ma ora me ne devo tornare a Palermo.

Vanina affidò Bilotta all'agente Spada e lo accompagnò di sotto. Federico pretese di salutarla dietro il portone, costringendola a risalire una rampa di scale prima che lui lo aprisse, uscisse e lo rinserrasse di corsa.

Vanina si sentí persa: un altro ne avevano reclutato.

Tornò al piano superiore e ripercorse il corridoio a passo talmente sostenuto che la sentí tutta la Mobile. Incrociò Giustolisi che usciva dalla stanza di Macchia.

– Guarrasi, che ti pigliò? Pareva che volessi spaccare il pavimento!

– Colpa delle scarpe, – gli rispose, entrando nel suo ufficio.

L'occhio del collega riuscí a intercettare per un secondo le stringate nere modello Oxford con la suola di cuoio che avrebbero reso tonante il passo di chiunque, figuriamoci quello della Guarrasi che già di per sé era energico.

Patanè aveva fatto gli onori di casa e s'era messo a conversare con Bilotta.

Vanina si sedette alla scrivania. – Professore, mi dispiace che si sia scomodato, sarei venuta io da lei appena… – S'interruppe. Ma appena cosa?

Il medico la tolse dall'impaccio prima che finisse.

– Non lo dica manco per scherzo! Una volta tanto che uno può rendersi utile alla giustizia, non vedo perché dovrebbe attendere che la giustizia vada a interpellarlo a domicilio.

La faccia di Patanè, seduto accanto a lei, parlava chiaro: quell'uomo gli faceva simpatia.

– Grazie, allora.

– Il suo collaboratore mi stava spiegando che avete bisogno di chiarire alcuni aspetti del passato del povero Enzo La Barbera, – disse Bilotta.

Vanina occhieggiò di sbieco il commissario. Collaboratore era stata la definizione che gli aveva affibbiato una delle prime volte che se l'era portato dietro per un'indagine, e da allora era diventata ufficiale. Faceva sorridere, data l'età di Patanè, ma rispecchiava la realtà.

– Esatto. Come le ho accennato stamattina, abbiamo bisogno di qualche informazione sul periodo in cui il professore La Barbera visse nella comune. Lei mi diceva che ha una buona memoria…

– Infatti. Ma memoria elefantiaca a parte, la storia di Enzo La Barbera fece scalpore. Catania è un paesazzo, gira e rigira ci conosciamo tutti. Intendo quelli dello stesso ambiente. All'epoca poi era anche peggio, e i bacchettoni nel nostro giro erano una cospicua quantità. Uno di questi, forse uno dei peggiori, era il padre di Enzo e di Alberto. Pace all'anima sua, persona rispettabilissima, ma un tale baciapile che in paragone mio padre era un progressista. Di fronte all'onta di un figlio che proclamava idee rivoluzionarie, sposava le cause degli operai, manifestava a favore dell'aborto e, addirittura, non mostrava la minima intenzione di «ravvedersi», la cosa piú ovvia che uno come La Barbera poteva fare per salvare l'onorabilità della famiglia era disconoscerlo, quel figlio. E questo fece.

– Il signor Alberto La Barbera dice di non avere mai avuto notizie dal fratello, negli anni in cui Enzo viveva alla comune, e che lei era l'unico a sapere qualcosa di piú.

– Alberto è piú giovane di me e di suo fratello, e oltretutto ha sempre vissuto rigorosamente negli schemi. Il padre e la madre tennero lui e la sorella a debita distanza da qualunque possibile fonte d'informazioni. Se solo avessero saputo che io ero una di queste non m'avrebbero dato piú luogo di casa, glielo assicuro.

– E lei come faceva ad avere queste notizie?

Bilotta agitò la mano come per dire che ne avrebbe avute di cose da raccontare.

– Io, da ragazzo, tanto tranquillo non ero. Non arrivavo ai livelli di Enzo e degli amici suoi, certo, ma le mie idee politiche s'avvicinavano piú alle loro che a quelle di mio padre. Per quieto vivere evitavo di esternarle, e tenevo i piedi in due staffe: un poco frequentavo gli amici di famiglia, un poco mi buttavo verso incontri che reputavo piú stimolanti. Mia moglie pure faceva la stessa cosa. Cosí ci conoscemmo.

Vanina non sapeva come arginarlo. Se non gli metteva dei paletti, quello era capace di contarle tutta la sua giovinezza.

– E tra le nuove amicizie c'erano anche persone che conoscevano Enzo La Barbera?

– Qualcuna. Una volta andai anch'io alla comune, per curiosità. Ci passai una serata con due amici. Chitarra, fuoco acceso, fumo non meglio identificato. Devo ammettere però che non era cosa per me. Va bene le idee progressiste, va bene la ribellione, ma io in quel contesto non avrei resistito due giorni.

– Girava molta droga?

– Eh, avoglia! Di tutto c'era, dall'hashish all'Lsd. Mi ricordo che c'era una ragazza bellissima, che a Enzo La Barbera secondo me doveva piacere assai a giudicare da come la guardava. Camminava male e aveva i segni di un trauma frontale. Le chiesi che le era capitato, lei rispose candidamente che due anni prima s'era fracassata a terra credendo di volare, sotto l'effetto dell'Lsd. E altrettanto candidamente si mise poi a fumare da una specie di narghilè che uno aveva portato dal Marocco. Credo sia stato questo a colpirmi. I sacchi a pelo, la sporcizia, la gente che andava in giro nuda, le ammucchiate… era tutto molto trasgressivo ed eccitante, ma non mi turbava piú di tanto. Fu la sensazione che provai di fronte a quella ragazza che, devo ammettere, mi fece un poco paura. Pensai che quell'assenza di regole poteva sconfinare con estrema facilità in un'assenza di limiti.

– Ed Enzo La Barbera come lo vedeva lí dentro?

– Mah, lui era arrivato da poco, quando ci capitai io. Mi parve ben integrato. Però era uno che i limiti li aveva ben chiari in testa. Era un'utopista, forse già un po' fuori tempo. I libri, la filosofia, la vita interiore. Non era tipo da sostanze allucinogene, Enzo. Al massimo poteva fumare qualcosa, ma niente di piú. Comunque fu la prima e ultima volta che andai in quel posto, però so che dopo le cose peggiorarono, perché iniziò a circolare molta piú eroina. E fu proprio l'eroina a decretarne la fine.

– Sí, lo sappiamo, – disse Vanina. Riportò il discorso su ciò che le interessava sapere: – Senta, professore, tra i suoi ricordi di quella sera, per caso, c'è anche una ragazza che si chiamava Valeria? Valeria Lascari.

Il professore si fece attento.

– Valeria Lascari me la ricordo eccome. Da quella sera, ma non solo.

– Può essere piú preciso?

– Temo di sconfinare nel segreto professionale...

– Professore, stiamo indagando su un omicidio, in certi casi il segreto professionale si può violare.

– Ha ragione. Anche se non so cosa possa entrarci con la morte di Enzo –. Si fermò, come per raccogliere le idee. E cominciò: – Cinque o sei anni dopo quella sera – la comune credo non esistesse piú da tempo – durante una lezione pratica al pronto soccorso del Vittorio Emanuele, arrivò 'sta ragazza in fin di vita. Io mi ricordavo di averla già vista, perciò mi misi in prima fila per assistere. Era in overdose da eroina ed era anche malconcia, come se qualcuno l'avesse pestata. La ripigliarono per i capelli. Nei giorni successivi rimase ricoverata lí. Mi colpiva perché era sempre sola, non veniva a trovarla mai nessuno. Mi faceva pena, ogni tanto passavo a sentire come stava –. Si rammentò qualcosa: – Una volta, se può interessarle, incontrai nel cortile dell'ospedale Enzo La Barbera. Mi disse che era venuto a far visita a un'amica. Non ci misi molto a capire che era lei. Lui stava per laurearsi in Filosofia. Gli chiesi se avesse ancora rapporti con la famiglia, anche se mi avevano riferito che i La Barbera non lo nominavano neanche piú. Mi rispose che l'unico mezzo legame parentale rimastogli era quello con suo zio.

– Secondo lei aveva una storia con Valeria Lascari?

– Ma chi, Enzo? No, no. Quella mischina era sola, me lo confermò lei stessa.

– Perciò la Lascari era un'eroinomane.

– Sí. Ma può darsi che ne sia uscita. Dall'ospedale fu trasferita direttamente in una comunità di recupero. Me lo raccontò la collega che l'aveva seguita.

– Dopo non l'ha piú vista?

– No, mai piú.

– Ed Enzo?

– Anni fa capitava che ci incontrassimo spesso: è stato il professore di filosofia di mio figlio. Un ottimo insegnante, mi creda.

Vanina spiò Patanè, che aveva tirato fuori il suo bloc-notes a quadretti e stava scrivendo chissà cosa.

Tornò da Bilotta.

– E invece di un certo Walter Navarria sa nulla? Anche lui è un ex membro della comune.

Il professore rifletté.

– L'unico Walter Navarria che mi viene in mente è l'architetto che arredò l'appartamento di mia sorella. Una cosa che manco si può taliare, ma questo resta tra di noi.

– E lo conosce bene?

– Bene no. Operai sua moglie, qualche anno fa. Pure lei architetta, a mio parere molto piú capace… Non immaginavo che anche Navarria fosse stato nella comune.

– Per un po' di tempo sicuramente.

– Eh, ma si figuri, in quel posto passava e spassava mezzo mondo. Uno arrivava col sacco a pelo e s'accomodava lí quanto voleva. Capitavano pure stranieri. Lo so perché una collega di mia moglie aveva conosciuto una specie di cantante di strada che appena arrivato a Catania s'era fermato lí. Uno strammato peggio di lei.

Vanina non aveva altro da chiedergli.

– Professore, la ringrazio molto per il tempo che ha perso con me. La sua memoria di ferro mi è stata di grande utilità.

L'uomo si alzò appresso a lei. Salutò Patanè con una stretta di mano.

Prima che la Guarrasi lo affidasse all'agente Spada perché lo accompagnasse, Bilotta le si rivolse quasi esitante: – Dottoressa, posso farle una domanda?

– Certo.

– La storia di quella comunità risale a piú di trentacinque anni fa, un mondo oserei dire finito, da tantissimo tempo. Che c'entra con l'assassinio di Enzo La Barbera?

– Vorrei saperlo anch'io, professore. E spero di scoprirlo.

– Non ne dubito. Piuttosto, le dico una curiosità: lo sa oggi cosa è diventato quel casolare? Un agriturismo dove si mangia benissimo.

Vanina scambiò un'occhiata d'intesa con Patanè.

– Lo sospettavo, – rispose, – ma lei mi ha dato la conferma.

Appena Bilotta sparí con l'agente Spada, Vanina chiamò Nunnari. Meglio non disturbare la Bonazzoli che magari stava guidando.

– Nunnari, dove siete?

– Campagna campagna, capo.

– Cioè?

– Cioè la proprietaria dell'agriturismo ci sta mostrando tutto il percorso che seguirono secondo lei le due persone che s'infilarono nella proprietà di notte. Morto sono, i chilometri ci sta facendo fare! Bonazzoli invece... lo sa com'è lei, pare che non mosse un passo per quanto è riposata!

– Smettila di lamentarti e cammina, che ti fa bene. Passami la Bonazzoli un momento.

Lo sentí ansimare. Sicuramente aveva accelerato per trottare appresso alla collega.

– Dimmi, Vanina, – rispose Marta.

– Senti, già che sei con la proprietaria, fatti raccontare per filo e per segno la storia dell'agriturismo: se il terreno era di proprietà loro oppure no, se l'hanno ereditato o comprato e quando. Insomma tutto quello che riesci a scoprire.

– Ok. I filmati li abbiamo già acquisiti.

– Va bene, vi aspettiamo qua –. Evitò di aggiungere porca miseria.

Patanè era chino sul bloc-notes.

– Commissario, ma che scrive da mezz'ora?

– Eh?... Nenti, per adesso. Cose che paiono scollegate. Comunque che l'agriturismo fosse nello stesso posto dov'era stata la comune l'avevamo capito macari prima che ce lo dicesse il professore.

– Ovvio.

Vanina richiamò Spada, gli chiese se ci fosse qualcosa di utile nelle intercettazioni di Navarria, ma la risposta fu negativa.

Il commissario propose un pezzo di cioccolata. Si fecero fuori l'altra mezza tavoletta e si fumarono una Gauloises in santa pace.

– Certo che fussi Nunnari mi sentirei un poco preso per i fondelli.

– Perché?

– Ca comu pirchí? A 'ddu puvirazzo gli dice che camminare fa bene, e poi a lei per convincerla a moviri un passo ci vogliono tutti i santi del paradiso.

– Che c'entra, lui è sovrappeso. Io al massimo devo perdere qualche chilo.

– Lei non deve perdere manco un grammo, ca già in due settimane dimagrí assai. Non mi diventasse come la Bonazzoli.

– Perché, la Bonazzoli non le piace? – lo sfotté.

– Che ci trase, certo che mi piace. Vulissi virriri! È una carusa bellissima. Però io a lei accussí magra non ce la vedo. E secunnu mia manco il dottore Malfitano.

Due amiconi erano diventati, il commissario e Paolo.

Patanè tornò sul bloc-notes.

– Comunque a mia nuddu mi leva dalla testa ca tutta la faccenda di La Barbera è legata a 'sta comune hippie unni s'andò a infilare, iddu sulu sapi pirchí.

A Vanina venne da ridere.

– Mi pare di capire che lei non è tipo da sacco a pelo, chitarra e vita sregolata.

– Pirchí, lei che è tipo da sacco a pelo e chitarra?

– Che ne sa, un tempo avrei anche potuto esserlo.

– Ma piddaveru dice? – si stupí Patanè.

Vanina sorrise invece di rispondere. Il commissario lo prese per un no, parve sollevato.

E probabilmente era un no. In fondo, il massimo della sua ribellione era stato un paio di notti passate nel liceo occupato, per questioni che di idealistico non avevano quasi piú nulla. Un eskimo e un paio di jeans comprati ai Lattarini, un fazzoletto al collo stile kefiah, tanto per contraddire la signora Calderaro e le sue conquistate boutique di via Libertà. Vanina allora era convinta di aver capito tutto di sua madre: Federico, la bella vita, una neonata infiocchettata che pareva una bambola. E a piangere suo padre chi ci restava, eh? Solo lei. Come aveva potuto essere cosí cretina da crederci davvero?

– Dottoressa, mi sentí?

La voce di Patanè la risvegliò da quel groviglio di pensieri e rimorsi.

– Che diceva, commissario?

– A raggiunarici bonu, mi viene da pensare che per essersi introdotta di notte e notte in una proprietà privata, la Lascari doveva cercare qualche cosa di molto importante.

– Già. Il punto è: l'avrà trovato?

– Chistu nun si sapi.

Marta e Nunnari tornarono appena in tempo perché il commissario potesse ascoltare il resoconto. Quanto ai filmati, non ci teneva a vederli, tanto lui dubbi non ne aveva. A introdursi nell'agriturismo, con i capiddi nivuri ca parevano una coffa, poteva essere stata solo la Lascari.

– Dunque, la titolare mi ha detto che loro hanno acquistato casolare e terreno a metà degli anni Novanta. Il vecchio proprietario, come ci era già noto, viveva fuori Catania e non sapeva che farsene. Quando avevano concluso l'affare, lui aveva raccontato che piú di dieci anni prima era stato occupato da una comunità di persone. Non aveva specificato di che comunità si trattasse, però la signora aveva dato per scontato che fosse qualcosa collegato con i tossicodipendenti. Ricorda benissimo le siringhe che avevano trovato nelle ex stalle. Il terreno era incolto, ma gli alberi di agrumi e gli ulivi c'erano. Questo è quanto.

– E nel punto che secondo lei avrebbero raggiunto questi due che sono penetrati nella proprietà cosa c'è?

– Niente.

– Come niente?

– Niente, Vanina. Campagna. Erba, un ulivo. Nulla piú di questo.

– Orme ce n'erano?

– Sí. Molto confuse.

Vanina ci pensò su un momento, reclutò Fragapane e gli disse di chiamare Pappalardo.

Patanè se n'era andato da dieci minuti e Vanina era nella stanza dei carusi con Marta e Nunnari che stava caricando il filmato.

Spanò e Fragapane erano appena rientrati dal carcere di piazza Lanza, e si stavano informando sulle novità. Lo Faro era appena comparso, con un bicchierino di caffè in mano, ormai perfettamente sincronizzato col fuso orario di Honolulu.

Il telefono di Vanina conteneva sei messaggi WhatsApp. Due erano di Paolo, uno di sua madre, uno di Giuli e quello successivo – ironia della sorte – di Adriano Calí. In che situazione difficile l'aveva messa quella *fuodde* della sua amica. Adriano era una persona troppo importante per lei. Rassicurò Paolo che andava tutto bene, e si sforzò di scrivere a sua madre qualcosa di meno criptico del solito. Lasciò perdere Giuli, ma rispose a Adriano che proponeva uno dei loro soliti cineforum d'antan con pizza, ovviamente in casa di Vanina, per l'indomani sera. Accettò subito e gli comunicò il film che aveva già scelto: *Amici miei*. Una serata rilassante con Adriano ci voleva come il pane.

Aveva appena infilato il telefono in tasca quando lo sentí squillare. Manfredi Monterreale. Quanti giorni erano che non lo sentiva? Settimane, forse. Se ne andò nella sua stanza e rispose.

– Vicequestore, buonasera! – l'accolse la voce nel microfono.

– Dottor Monterreale, che piacere.

– Mi dicevo giusto stamattina: ma la mia amica palermitana come a mmia che fine fece? Non è che senza dire niente a nessuno se ne tornò a Palermo e tanti saluti a tutti?

– E che, cosí?

– Perché, tu non saresti capace?

Vero era.

Come facesse Manfredi Monterreale a metterla di buonumore con due battute, a un paio di mesi circa dal loro primo incontro, restava ancora un mistero di difficile risoluzione. Di fatto, però, cosí era. Scherzava, rideva, cucinava da Dio, sbriciolava i problemi come se tutto fosse sempre facile. Che ci vuole, era il suo mantra.

– Mi stavo interrogando su che fine avessi fatto, quando indovina in chi mi sono imbattuto per caso, al bar del policlinico?

– Federico Calderaro.

– Il mitico prof in persona. Ma che fece un patto col diavolo? Non invecchia mai. Dopo quattro ore di lezione agli specializzandi in sala operatoria era fresco che pareva una rosa.

– E lui? T'ha riconosciuto?

– Stai scherzando? Certo che m'ha riconosciuto. Ti pare che ero uno studente qualunque, io? Calderaro mi diede trenta e lode e mi voleva pure convincere a scegliere cardiochirurgia. Per un poco frequentai il suo reparto, ma poi gli dissi che non era cosa per me. Volevo diventare un pediatra.

– E non ci rimase male? Non urtasti la sua suscettibilità?

– Di Calderaro? E allora non lo conosci per niente, figliastra ingrata. Calderaro è una persona seria, che credi. Non solo non ci rimase male, ma per di piú mi raccomandò al professore di pediatria.

Va bene. Era chiaro che della sua pseudo-famiglia, in tutti quegli anni, non aveva capito una beneamata minchia.

– E che ti contò Federico?

– Che era stato a trovare sua figlia. Immagino si riferisse a te.

– Sí, è stato da me.

– Gli ho detto che siamo amici, credo gli abbia fatto piacere. Mentre parlavamo s'è unito quel simpaticone di Ciccio Bilotta e ha cominciato a raccontare che doveva sbrigarsi perché il vicequestore Guarrasi lo aspettava. Una pasqua pareva. Doveva venire alla Mobile a darti non ho capito bene quale informazione. Cose passate, diceva. Insomma due persone nel giro di dieci minuti che mi parlavano di te, lo presi come un segno. E siccome sono giorni che non ho tue notizie, pensai che ad aspettare a te capace che finivo mummificato sul telefono.

– Esagerato.

Manfredi scherzava, ma sapeva benissimo perché dopo l'ultima cena insieme Vanina non l'aveva piú chiamato. Cosí come sapeva che, nonostante un paio di piacevoli digressioni, l'unica opzione possibile per il loro rapporto era l'amicizia. Quello che lui non sapeva, però, era il vero motivo per cui alla sua telefonata di una settimana prima, in cui le proponeva una gita di mezza giornata in barca a vela, Vanina aveva risposto in modo sibillino. Monterreale ignorava che lei fosse sotto scorta. Tempo un minuto, l'avrebbe invitata di nuovo a uscire insieme. Tanto ci pensò e ci ripensò, mentre lui continuava a chiacchierare, che all'improvviso la sua inconsapevolezza, invece che un limite, le parve una risorsa.

Aspettò che lui finisse di raccontarle quello che gli era capitato in reparto, poi parlò.

Tornò nella stanza dei carusi e trovò la squadra al completo che formava un capannello intorno alla scrivania di Nunnari.

– Allarga, allarga, – faceva Spanò, occhiali sul naso, appiccicato allo schermo del computer.

– Allora, che si vede? – chiese Vanina.

S'alzarono tutti di colpo.

– Picca e nenti, dottoressa, – rispose Spanò. – Una cosa però è sicura: una delle due persone che sautarono dentro la proprietà è la Lascari. Chiddu ca fici una volta là dentro non è dato capirlo. Anche perché l'unica telecamera che poteva riprenderla era lontana assai. È visibile la direzione che idda e l'altra persona, che sicunnu mia è fimmina macari, hanno pigliato. Ma finisce nello scuro totale.

Vanina si sedette sulla scrivania di Nunnari, girò il monitor e visionò l'immagine. Non si vedeva quasi nulla. Quella in cui le due figure saltavano il muretto invece era chiara, e non lasciava spazio a dubbi. Era d'accordo che l'altra persona fosse una donna. L'avevano ipotizzato anche con Patanè. La Lascari aveva chiesto a Mattia di accompagnarla a casa della sua amica apposta per poter fare quello che aveva fatto. La questione, ancora insoluta, era perché l'avesse fatto.

– Fragapane, lo chiamò Pappalardo per il sopralluogo?

– Sí, dottoressa, ci sta andando subito perché se per caso piove si cancellano tutte le tracce. Ah, mi disse di riferirle che alcune delle impronte digitali sulla bottiglia e sul tavolino del pub corrispondono a quelle della Lascari, e che un'impronta uguale, mezza nascosta, c'era macari sulla maniglia. E poi un'altra cosa importante: sulla maniglia, sempre un poco nascosta, c'era una traccia di sangue. Domani mattina la manda a Palermo per farla analizzare.

'Sto fatto che per le analisi del Dna ogni volta dovevano scattiare fino a Palermo era una gran camurría.

– Va bene, picciotti, rompete le righe. Ci vediamo domani –. Si girò verso l'altro lato: – Lo Faro, avverti la Ristuccia, tra cinque minuti in macchina.

Bettina era in gita con il gruppo delle vedove, che da qualche settimana a quella parte s'era arricchito di una new entry, stavolta di sesso maschile e munita di una risorsa ineffabile: una Ford Galaxy sette posti. Da quel momento qualsiasi luogo era diventato raggiungibile. Una volta erano i templi di Agrigento, un'altra volta Cefalú. Quel giorno, per la felicità di Bettina che nella città natale non ci tornava da anni, la scelta era caduta su Ragusa.

La vicina le aveva lasciato le chiavi di casa sua, per ogni evenienza.

Lo Faro perlustrò il perimetro del giardino e si andò a piazzare nella solita veranda. Vanina s'infilò sotto la doccia e ci rimase un quarto d'ora. Si asciugò i capelli, poi si rivestí di tutto punto, fondina e pistola comprese, ovvio. Patanè e Federico avevano ragione: era dimagrita. I pantaloni le andavano larghi, cosí come la maglia asimmetrica dello stilista giapponese, comprata un mese prima dalla sua spacciatrice preferita di figate apparentemente no logo ma in realtà costosissime. Rispose al messaggio di Giuli, che voleva vederla. Le scrisse che era in piena indagine e che l'avrebbe chiamata l'indomani.

All'orario stabilito s'infilò il giubbotto e uscí in giardino.

– Che è successo, dottoressa? – domandò Lo Faro, fulmineo.

– Niente. A casa di Bettina sto andando. Perché, manco questo posso fare?

– Ma… la signora Bettina non c'è.

– Lo Faro, non essere lapalissiano, certo che non c'è. Mi diede le chiavi apposta. La mia televisione non prende un canale e la sua sí.

Lo lasciò piú perplesso di prima. Si nascose dietro la persiana e scommise su quello che avrebbe fatto. Lo vide tirare fuori il telefono e smanettare sillabando a bassa voce. La-pa-li-ssia-no. Soffocò una risata. Povero Lo Faro, che tiro che gli stava giocando. Ma era una questione di sopravvivenza. Attraversò tutta la casa fino all'ingresso sul retro, che dava su una stradina percorribile a stento con una minicar e da cui non passava mai nessuno. Si allontanò risalendo lungo la stradina, totalmente al di fuori della vista della Ristuccia. Sentí vibrare il telefono, controllò il display e sorrise.

Manfredi Monterreale le veniva incontro a motore spento, un casco in testa e l'altro, integrale come aveva richiesto lei, appeso al braccio. Vanina lo afferrò e se lo infilò. Piú nascosta di cosí non poteva essere. Salí sulla moto.

Manfredi partí. Uscí dal paese, prese una strada isolata e al primo slargo accostò e si fermò. Alzò la visiera e si girò verso Vanina.

– Io non t'ho domandato niente, ma ora tu mi conti che teatro è questo. Non ci dobbiamo far vedere, dobbiamo allontanarci di corsa da Santo Stefano… Che abbiamo da nascondere, non ho capito?

Aveva ragione. Lei l'aveva cooptato dettando regole assurde senza spiegargli nemmeno il perché di quei sotterfugi.

Si sfilò il casco e scese dalla moto. Si andò a sedere sul gradino di pietra lavica di una vecchia casupola mezza sgarrupata al bordo della strada.

– Scusami, Manfredi.

Monterreale s'ammansí. Scese dalla moto anche lui e le si sedette accanto.

– Amuní, dimmi che è successo –. Batté la spalla contro la sua.

Vanina prese un respiro e gli raccontò tutto.

Lui la lasciò parlare senza interromperla, ma gli occhi azzurri s'incupirono.

– Perciò ora sono complice di una minchiata, – sintetizzò. – Vedi che bella figura ci faccio, se qualcuno lo viene a sapere.

– È vero, – ammise Vanina. – Anzi, se non te la senti o se temi di essere in pericolo insieme a me, non ti preoccupare. Mi riporti nel vicolo e io rientro in casa di Bettina.

Manfredi la guardò contrariato.

– Perciò secondo te io mi scanterei a starti accanto solo perché un pezzo di merda di mafioso ti sta minacciando? Per questo sparisti per due settimane?

– Be', che ci sarebbe di strano? Non sono la piú sicura delle compagnie.

– Niente capisti allora, Vanina –. Si alzò e tornò verso la moto, si rinfilò il casco.

Vanina si sentí in colpa due volte. S'era già pentita di averlo messo in mezzo e ora si pentí di quello che gli aveva detto.

– Là hai intenzione di restare? – la richiamò, già in sella alla sua Bmw bianca d'epoca.

Vanina si nascose di nuovo sotto il casco e montò dietro.

Manfredi si girò a guardarla, scosse la testa rassegnato.

– Tutta 'sta pantomima per sfuggire a dei poveri cristi che fanno solo il mestiere loro, – le sorrise. – Vabbe', dove ce li dobbiamo andare a mangiare 'sti panini che mi facesti preparare?

Vanina non esitò un secondo.

– Al porto di Catania.

Non era mai stata sul molo di Levante. Due chilometri di banchina con vista spettacolare su Catania e sulla sua *muntagna*.

– Il momento migliore qua è al tramonto, – disse Manfredi. – Ogni tanto ci vengo a correre.

– Perché, tu corri?

– Due volte alla settimana. Il massimo che riesco a fare. Vuoi unirti?

– Chi, io? Ma non babbiamo con le cose serie, va'.

– 'Nsamaddio dovessi fare qualcosa di utile per la salute, – la sfotté il medico.

– Chi camurría! – sbuffò Vanina. – Ma poi vedi che faccio bene? Te l'immagini se in tutti questi anni mi fossi triturata le palle a fare attività fisica e a rinunciare alle sigarette per garantirmi una vita piú lunga, per poi rischiare di crepare a nemmeno quarant'anni ammazzata dalla mafia?

Manfredi la guardò ridere sotto i baffi, sconcertato.

– Ma quanto puoi essere scimunita Vanina?

La panchina che avevano occupato offriva un grandangolo che andava dalla cupola del duomo fino alla sommità del vulcano, a quell'ora visibile solo per la piccola lingua rossa che spiccava in alto.

– Ancora sta eruttando? – s'informò Vanina.

– Lo sai come fa: ogni tanto sputa un poco di lava. Ma non è niente di eclatante. Te lo ricordi che combinò a settembre?

Eccome se se lo ricordava. Una pioggia di sabbia nera cosí abbondante che per liberare le grondaie Bettina aveva dovuto reclutare una squadra di operai. Proprio in quei giorni lei aveva risolto uno dei casi piú singolari della sua carriera. Manfredi l'aveva incontrato solo qualche tempo dopo.

– Meglio, cosí sfoga, – considerò Vanina.

– Ma vedi tu come parla questa. Una catanese pare, – bofonchiò il medico. Guai per due palermitani a sembrare a proprio agio in territorio catanese. Pure se nella realtà era cosí – e la cosa valeva sia per lui sia per Vanina – il sazio di sentirglielo ammettere non dovevano concederlo mai a nessuno.

Manfredi aveva dato alla sua fantasia di chef il massimo dello sfogo che quattro panini potessero consentire, e aveva creato dei capolavori gourmet ognuno diverso dall'altro, in cui ciascun ingrediente era al proprio posto: dalla melanzana al pomodoro secco, dal pecorino al capocollo, dalla zucca in agrodolce alle frittatine di ricotta. Per tenere le bevande al fresco aveva infilato nel baule della moto perfino una borsa termica.

Diedero fondo a tutto in dieci minuti e si misero comodi a centellinarsi la birra. Vanina guardò l'etichetta. Era la stessa che avevano trovato sul tavolino del pub dov'era stato seduto Vincenzo La Barbera. Il che le ricordò il motivo per cui gli aveva chiesto di andare al porto, che niente aveva a che vedere col romanticismo di quel molo.

– La sai la storia di questa birra? – disse Manfredi.

– Piú o meno. So che è prodotta a Messina, in uno stabilimento rilevato prima che chiudesse dagli operai che ci lavoravano. Ma è la prima volta che la bevo.

– E allora come fai a conoscerne la storia?

– Il morto ammazzato su cui sto indagando la raccontò al ragazzo che ha trovato il suo cadavere –. Si alzò, si girò verso la zona del porto vecchio. – Lo sai che viveva qua dentro?

– Chi, il morto?

– Sí, in una barca a vela.

Alla parola vela Manfredi drizzò le antenne.

– Ma vero dici? E dove di preciso?

Vanina indicò il pontile dei pescherecci.

Manfredi guardò in quella direzione. Scorse subito l'albero solitario in mezzo alle barche da pesca.

– Per questo volevi venire al porto? – chiese.

– Anche, – ammise. Tanto oramai Manfredi c'era abituato. L'unica volta che erano andati a Taormina insieme, una ventina di giorni prima, era finito ad aspettarla mentre interrogava due persone in un albergo insieme a un maresciallo dei carabinieri della stazione locale. Un caso pazzesco, una specie di intrigo internazionale per cui era dovuto venire giú da Roma anche un suo amico dirigente dello Scip, il Servizio per la cooperazione internazionale di polizia.

Anche se stavolta non sapeva nemmeno lei bene a cosa potesse servirle quel sopralluogo, oltre che a mostrare a Manfredi la barca di La Barbera e raccogliere le sue impressioni di velista.

– Amuní, – disse il medico, – tanto qua tra poco si riempie di coppiette. E poi non è manco tanto sicuro per te.

Vanina si guardò intorno. Erano gli unici non infrattati nei dintorni.

– Monterreale, questi sono impegnati a sparare colpi di tutt'altro genere. Di me se ne stanno altamente fregando.

Manfredi dovette concordare.

Ripresero la moto e raggiunsero il pontile dov'era ormeggiata la barca di La Barbera. La Diane non c'era piú, segno che la Fisichella se l'era portata via. Le aveva mandato l'agente Spada perché la ispezionasse prima di darle l'ok.

– Un Grand Soleil 39, – fece Manfredi, appena vide la barca. – Cantieri del Pardo, – precisò. S'avvicinò, interessato. – Una bellissima barca. Sarà piú o meno degli anni Ottanta –. Si girò verso Vanina. – E il tuo morto ammazzato qua dentro viveva?

– Sí, qua.

Manfredi se la studiò bene.

– Vedi la poppa com'è stretta? Il timone al centro? Le barche a vela prima avevano molto meno spazio vivibile rispetto a oggi.

Alla barca non erano stati apposti sigilli, data l'estraneità assoluta al delitto. Peccato però che le chiavi non si fossero ancora ritrovate. D'un tratto si ricordò come aveva avuto le chiavi della Diane la Fisichella e le venne un'idea. Partí verso il peschereccio ormeggiato accanto. Manfredi le andò subito dietro.

– Che fai? – chiese.

Con un cenno Vanina gli rispose di aspettare e vedere.

Sul peschereccio c'era una luce accesa, ma sembrava non ci fosse nessuno. Sembrava.

– Chi vuliti?

L'uomo emerse dal buio della prua e venne verso di loro. Giubbotto cerato, berretto di lana, stivali di gomma. Anni di vento e di sole dipinti sulla faccia scorbutica.

– Lei è il proprietario? – chiese Vanina.

– Sissignora, in persona.

– Sono il vicequestore Guarrasi, della squadra Mobile.

– Ah, la polizia, – fece l'uomo, rincuorato al punto da accennare un sorriso.

– Perché, chi temeva che fossi? – disse Vanina.

– Ma nenti... – L'uomo tergiversò. Capí che la sbirra stava aspettando una risposta e cedette: – M'ha scusare, è che doppu chiddu ca ci succiriu a Enzo, bonarma, ogni volta che qualcheduno s'avvicina alla barca so' mi pigghia lo scanto.

– Perché, qualcun altro s'avvicinò alla barca in questi giorni?

– Sí, ma era tutto a posto. 'Na vota fu la signora, la zita di Enzo, che era venuta a taliarsela per malinconia. Meno male ca parrannu parrannu mi disse ca cercava le chiavi della macchina di Enzo, accussí ci resi a idda e mi levai la responsabilità.

– E non è che per caso ha anche quelle della barca?

– Sissignora, macari chidde. Che fa, gliele pozzu dare a lei?

Vanina lottò per non spazientirsi.

– Sí, le dia pure a me. Ma scusi, signor...? – Non gli aveva chiesto come si chiamava.

– Masuzza Agatino.

A ogni indagine aveva a che fare almeno con un paio di Agatini e Agatine.

– Signor Masuzza, come mai non diede anche quelle alla signora Fisichella?

– Pirchí idda non me le domandò.

Ovvio.

– E non le venne per testa che ci potevano servire a noi le chiavi? L'altra volta abbiamo dovuto forzare la serratura.

– Ah, allura vuautri fuste!

– Perché, se n'è accorto?

– Ca certu ca mi n'addunai e mi scantai, macari.

– Quindi lei ultimamente è entrato nella barca?

– Aieri ci trasii. Vitti una pirsuna che taliava la barca. M'avvicinai e ci spiai che cosa voleva. Mi disse che era il fratello di Enzo e che aveva bisogno di acchianare nella barca ma non aveva le chiavi. Ci risposi che lo potevo fare trasire solo io e perciò dovetti acchianare macari iu. 'A virità, dottoressa: mi fici un poco 'mprissioni. Era tutto come l'aveva lassatu Enzo, sulu ca iddu nun c'era chhiú –. Gli s'incrinò la voce.

– Lei era molto amico di Enzo La Barbera?

– Assai.

– E perché al fratello ha detto che poteva accompagnarlo solo lei?

– Pirchí Enzo alla barca so' ci tineva, e so' frati per come salí a bordo mi parse un poco principiante. Capace che faceva danno.

– Perciò siete entrati assieme?

– Sí, ma stesimu cincu minuti precisi. Poi al signor La Barbera ci vinni subbito 'u mal di mari e risalimmo.

– Ma alla fine che voleva?

– Nenti, si pigliò una fotografia ca ci sirveva per la tomba. Nun si capacitava come faceva so' frati a vivere accussí. Certu, iddu sicuramente non era cosa di stare supra 'na barca.

Effettivamente neanche Vanina ce lo vedeva.

L'uomo le diede le chiavi.

Vanina agganciò la cima, come aveva fatto Spanò la volta prima. Manfredi le venne in aiuto.

– Ma sicuro che possiamo?

– Sei assieme a una sbirra, non te lo scordare.

– Anche volendo non potrei, – fece Manfredi, indicando con gli occhi la fondina che era comparsa sotto la giacca di Vanina mentre armeggiava con le cime.

Salirono a bordo.

– Però 'sta barca di un po' di manutenzione ne avrebbe bisogno. Questo è tutto teak.

– Non credo che il proprietario avesse grandi disponibilità economiche.

Vanina accese la torcia dell'iPhone. Vide che c'era un messaggio di Paolo. Si sentí in imbarazzo, come sempre quand'era insieme a Manfredi e Paolo si palesava in qualche modo. Si voltò dall'altra parte per rispondergli.

Monterreale finse di non farci caso, ma provò la solita stretta allo stomaco. Contro Malfitano non aveva armi. Poteva solo sperare, senza commettere l'errore di illudersi. In fondo, che Vanina provasse attrazione per lui era evidente, com'era evidente che non aveva intenzione di cedervi di nuovo. E del resto non era nemmeno quello che lui voleva.

Vanina tornò indietro.

– Scusami, – disse. Manfredi fece luce e lei inserí la chiave. Videro i segni dello scassinamento di Spanò.

Scesero sottocoperta e illuminarono la dinette.

La reazione di Manfredi fu immediata.

– Minchia che casino che c'è qua!

Vanina rimase senza parole. Non c'era piú un solo libro, una sola mensola, una sola valigia che fosse al proprio posto, o quantomeno dove l'aveva vista la volta precedente.

Tornò su di corsa.

– Signor Masuzza, – chiamò.

Quello spuntò subito.

– Dica.

– Può venire qui un momento.

L'uomo saltò direttamente dalla sua barca.

– Vada sottocoperta.

– Certo.

Scese giú e lei lo seguí.

Lo osservò mentre si guardava intorno, dapprima perplesso, poi spaventato.

– Madre santa, qualcuno trasí.

13.

Rientrare in casa fu ancora piú semplice che uscirne. Vicolo, ingresso di servizio di Bettina, portafinestra, giardino.

Lo Faro comparve subito.

– Dottoressa, ma che fece, s'addormentò?

– Eh sí, m'addormentai. Tutto a posto qui?

– Sí, tutto a posto.

– Vabbe', ora me ne vado a letto. Ci vediamo domani mattina.

La seguí fino alla porta.

– Buonanotte, dottoressa, – e si andò a piazzare di nuovo in veranda.

Vanina rimase a guardarlo da dietro i vetri, ebbe un moto di tenerezza. Chissà quanto freddo prendeva, povero figlio. Poi quella sera la temperatura s'era abbassata, e c'era anche piú umido del solito. Durante il viaggio di ritorno in moto, se Manfredi non le avesse dato una sciarpa e una cerata in piú che teneva nel baule per le emergenze, avrebbe rischiato l'assideramento.

All'improvviso le venne in mente che da qualche parte doveva esserci una stufa elettrica che non usava mai. Rovistò nel ripostiglio e la trovò.

Poi andò ad aprire la vetrata.

– Lo Faro.

– Mi dica.

Gli passò la stufa.

– Dovrebbe funzionare. Attaccala a quella presa.

Il ragazzo rimase a bocca aperta.

– Grazie, dottoressa!

– E tienitela vicina, che c'è freddo.

Rientrò. Si liberò da giubbotto e fondina, si spogliò e s'infilò pigiama e cardigan. Scaldò una tazza di latte e ci inzuppò gli ultimi biscotti alla nutella di Bettina. Infine si piazzò sul divano e accese, nell'ordine, la televisione e una sigaretta. Era arrabbiata con sé stessa. Che deficiente era stata a non far mettere sotto sequestro la barca di La Barbera. E ancor piú a fare sopralluoghi mentre doveva restarsene in incognito.

Girò piú volte tra i canali alla ricerca di qualcosa che le andasse bene. Finí su un film del 2010 – per i suoi gusti anche troppo recente – che conosceva perché era parte della sua collezione di pellicole ambientate in Sicilia. Non l'aveva mai visto, però. *La bella società*, si chiamava. Ci capí poco perché ormai era alle scene finali, ma qualcosa la colpí. Forse il personaggio interpretato da Giancarlo Giannini, che si chiamava Guarrasi? O il fatto che era ambientato negli anni Settanta-Ottanta, gli stessi della giovinezza di Enzo La Barbera? Si ripromise di rivederlo con calma. Cambiò ancora e capitò sulla replica di un film che una volta Giuli l'aveva convinta a vedere insieme, al posto di quelli «giurassici» che proponeva sempre lei. Una commedia romantica di cui Vanina non ricordava nemmeno la trama, ma che aveva un grande valore aggiunto: era ambientata a New York. Si rannicchiò sotto il plaid e si godette lo scenario.

Tra il sonno arretrato della notte precedente e il freddo preso in moto, la stanchezza le si abbatté addosso di colpo senza che se ne rendesse conto. Si addormentò lí.

Ogni volta che s'azzardava a chiamare Patanè a capo di mattina, finiva sempre a parlare con Angelina. Se solo quel santo cristiano avesse preso l'abitudine di accendere il cellulare anche quand'era in casa, Vanina non avrebbe avuto bisogno di disturbare al telefono fisso. Ma che pretendeva? Già era assai che avesse imparato a usare il telefonino e a mandare perfino gli sms.

– Pronto, chi parla?

– Signora Angelina, buongiorno, sono Vanina Guarrasi. C'è il commissario?

In genere a questo punto la risposta variava da «E unni avissi a essiri a quest'ora?» a «Vediamo se non dorme». E invece.

– Buongiorno. Aspittasse che glielo chiamo –. Voce neutra.

Vanina non s'era ancora ripresa dallo stupore, quando Patanè arrivò alla cornetta.

– Dottoressa, buongiorno.

Non si trattenne: – Commissario, ma che le successe a Angelina?

– Nenti di nuovo, pirchí?

– M'è sembrata... Vabbe', cose sue saranno.

– Ah, ho capito! Ca nenti, dopo l'episodio a Santo Stefano s'appi a rendiri conto che faceva ridere i polli e si desi 'na calmata.

Povera Angelina, s'era inibita.

– Senta, commissario, le devo raccontare una cosa. Ma ho bisogno di una promessa: che non mi sorbirò nessuna ramanzina da parte sua.

Patanè sospirò.

– 'U sapeva ca prima o poi sarebbe successo. Avanti, mi cuntasse: unni si nn'iu senza scorta?

Il commissario Patanè fece piú in fretta che poteva. Sgasando con la Panda arrivò a Santo Stefano che non erano manco le otto. Salutò l'agente Ristuccia e suonò al citofono. Sulla porta di casa della Guarrasi incrociò Alfio del *Bar Santo Stefano*, che aveva appena consegnato la colazione. L'uomo guardò incuriosito l'anziano signore che entrava in casa del vicequestore. Vanina sperò che non le chiedesse se era suo nonno. Per fortuna non accadde.

Patanè si fece fuori una raviola di ricotta e un caffè, che era uscito di corsa e tempo di mangiare qualcosa non ne aveva avuto, e montò «in servizio».

La Guarrasi gli raccontò quello che non aveva potuto spiegargli per telefono.

– Sicunnu mia non ha scelta: deve confessare, – sentenziò il commissario.

– Lo so.

Aveva avuto l'intera notte per rassegnarsi all'idea di dover ammettere la minchiata, per dirla alla Manfredi. Lui per primo gliel'aveva consigliato quando l'aveva lasciata nel vicolo. Ognuno è responsabile delle proprie azioni.

– Possibilmente senza specificare con chi si trovava. Lo sa com'è: meglio evitare curtigghi inutili. Tanto dirlo non serve né alle indagini, né alla sua immagine. Anzi.

Patanè era contrariato, e non lo nascondeva.

– Ma io mi domando e dico: comu ci vinni pi testa di armare tutto 'sto mutuperio solo per farisi 'na passeggiata in motocicletta con il dottore Monterreale? E iddu macari ca si prestò alla cosa!

– Manfredi non sapeva che fossi sotto scorta. L'ha scoperto solo dopo. Lí per lí s'era limitato a eseguire quello che gli avevo chiesto io, senza fare domande. Poi volle conto e ragione, ovvio, ma intanto…

– Intanto, come uno scimunito, si fici lulliare. Quannu 'na fimmina si mette in testa una cosa, non ci sono santi. Specie se poi decide di sfruttare a uno che è 'nnammuratu perso di lei e di no non glielo direbbe mai –. Era un'accusa bella e buona.

– Ah, perciò cosí la pensa? Che ho sfruttato i sentimenti di Manfredi?

– Pirchí, chi fici?

– Ho chiesto aiuto a un amico.

– Eh no, pirchí quannu uno domanda aiuto a 'n amico, per prima cosa gli spiega 'u pirchí e 'u percome di quello che gli sta chiedendo, e lo mette nella condizione di scegliere con consapevolezza. Accussí invece è sfruttamento. Soprattutto visto e considerato che 'ddu povero mischino rischiava macari la pelle.

Aveva ragione, e Vanina lo sapeva benissimo, anche se in quel momento non aveva voglia di ammetterlo.

– Insomma, lei che mi consiglia di fare con la squadra?

Mai le era capitato di sentirsi cosí in difetto nei confronti dei suoi uomini.

– Li riunisca tutti e gli conti la storia per filo e per segno, come la contò a me.

Vanina incassò il consiglio. Era quello che aveva pensato di fare, ma aveva bisogno del conforto del commissario.

– Va be', forza e coraggio. Andiamocene in ufficio –. Lo guardò. – Che fa, viene con me?

Patanè rise, di un riso che aveva dell'amorevole.

– Ma sicunnu lei io la lascio sola?

Mentre uscivano il commissario rallentò.

– Dottoressa.

Vanina tornò indietro, capí che doveva dirle qualcosa.

– Debbo essere sincero fino in fondo. Forse sono stato troppo brusco quannu l'accusai di avere sfruttato il dottore

Monterreale, ma la volevo fare riflettere. E non solo sulla faccenda in sé e per sé. Il dottore è 'na brava pirsuna e pur di stare appresso a lei s'adatta a fare l'amico, ma appena due sere fa qua c'era il dottore Malfitano. E iddu di certo non era qui in veste di amico. Perciò ci pinsasse bbonu quannu le vengono le alzate d'ingegno come quella di ieri, che certe cose poi non sempre sono facili da spiegare. Facissi attenzione, dottoressa, che la corda non si può tirare troppu assai.

Vanina capí tutto quello che c'era da capire.

Il Grande Capo era capitato nell'ufficio di Vanina, in cerca di novità sul caso, giusto giusto quando lei s'era appena decisa a riferire alla squadra quanto era accaduto la sera prima al porto, con la sola omissione del nome di Manfredi. Lo Faro, che la Guarrasi aveva voluto fosse presente, era sbiancato di colpo. In un attimo aveva visto i suoi sogni d'avanzamento sfumargli davanti. S'era immaginato catapultato in archivio, o parcheggiato all'ufficio passaporti. Non osava guardare Macchia, che come minimo l'avrebbe lavato dalla testa ai piedi per non aver saputo eseguire il lavoro che gli aveva affidato. Ma il dirigente non l'aveva calcolato, impegnato com'era a fissare la Guarrasi, mentre procedeva verso la sua scrivania con un'incredulità sempre piú simile alla collera fino a battere la mano sul tavolo con rabbia. Li aveva mandati fuori tutti, compreso Patanè.

E ora Vanina era lí, a sciropparsi in pieno la piú grande ramanzina subita nella sua carriera di poliziotta. Aveva tentato invano di difendersi, ma s'era resa conto lei stessa di quanto deboli fossero i suoi argomenti.

Macchia era furente. Mai, in un anno e mezzo di collaborazione, aveva dovuto strigliare la Guarrasi, e mai avrebbe immaginato di doverlo fare.

– Guarra', vedi di non fare la fessa perché non ne sei capace. Quello che hai fatto non solo è da idioti, ma è pure irrispettoso nei confronti dei tuoi collaboratori e degli agenti di scorta, che si stanno facendo in quattro per tutelarti meglio che possono –. Si buttò con tutto il suo peso sulla poltrona di Vanina, che per parlare meglio ai suoi era rimasta in piedi. Il *cric* che si udí le fece temere che stesse finendo per terra.

– Tito, ti chiedo scusa, come ho già chiesto scusa ai ragazzi. So di aver messo a repentaglio anche la loro sicurezza. Non ho giustificazioni.

Macchia si rigirò il sigaro spento tra le labbra.

– Vani', ma tu credi veramente che io non abbia capito come la pensi?

Sí, lo credeva.

– Perché, come la penso?

Il dirigente si spazientí di nuovo, si alzò in piedi e le si avvicinò, sovrastandola con la sua mole. Il suo semi-sosia Bud Spencer a quel punto l'avrebbe presa a cazzotti, l'altro mezzo sosia Kabir Bedi avrebbe sfoderato la scimitarra da Tigre di Mompracem. Tito non fece né l'una né l'altra cosa. Afferrò un accendino che vagava sulla scrivania e si accese il sigaro. Poi recuperò il tono di prima.

– Secondo te non me lo chiedo pure io come sia possibile che il clan di Fratta abbia minacciato proprio te, che dalla squadra deputata a dargli la caccia te ne sei uscita da tempo? Il dato di fatto però è che t'è arrivata una minaccia esplicita, dritta dritta da cosa nostra palermitana. Per quanto mi riguarda questo basta e avanza per assegnarti una protezione, come basta e avanza pure ai colleghi di Palermo. E per primo a Malfitano, che dirige le indagini.

Quella tirata in ballo di Paolo era un colpo basso. Quasi a ricordarle, casomai ce ne fosse stato bisogno, che in quanto titolare dell'inchiesta rischiava che venisse a conoscenza delle sue bravate.

Macchia andò alla porta, la aprí e richiamò Patanè, che se ne stava appoggiato al muro, teso come se invece che fuori da un ufficio della Mobile si trovasse dietro le porte di una sala operatoria. Allora, dottore, che mi dice? La mia amica si salva?

Il commissario si fiondò accanto alla Guarrasi, mentre Macchia si piazzò sul divano accanto al balcone aperto.

– Vabbuò, Guarra', ora dimmi che trovasti nella barca di La Barbera.

Vanina alzò il pacchetto delle sigarette, come a chiedere il permesso. Macchia annuí con gli occhi.

– Un casino c'era, Tito. Pareva che ci fosse passato uno tsunami.

– Qualcuno che cercava qualcosa? – ipotizzò il dirigente.

– Probabile. Ma chi? La Lascari, sempre l'altroieri notte? Considera che il pescatore, Masuzza, c'era entrato appena il giorno prima insieme al fratello di La Barbera, e aveva trovato tutto come l'aveva lasciato. Poi quella notte è uscito in mare ed è tornato la mattina dopo. Perciò l'unico momento in cui la barca è stata del tutto incustodita corrisponde proprio a quella notte.

Macchia si grattò la barba.

– La Scientifica l'abbiamo mandata?

– Sí, ho chiamato Pappalardo, disse che ci sarebbe andato subito –. Guardò l'ora: le nove e mezzo. – A occhio e croce sarà lí da un pezzo. Ho detto a Fragapane di raggiungerlo.

– Fragapane? Uno un po' piú lento lo potevi trovare?

– Vedi che Fragapane è pignolo, ma pignolo assai, e con Pappalardo s'intendono alla perfezione.

Tito restò dubbioso. – Sarà.

– Ah, – riprese Vanina, – quasi dimenticavo: il sopralluogo della Scientifica all'agriturismo non portò a niente. A parte un paio di orme, non c'era nulla.

– Interroghiamo di nuovo la Lascari e tentiamo di farci dire cosa stava cercando. Abbiamo un filmato che la incastra.

– Non credo che concluderemmo niente. La Lascari non parla, anzi se ti devo dire come la penso, probabilmente non può parlare. Anche Terrasini quando l'ha interrogata ha avuto la stessa impressione. Io aspetterei di avere qualcosa di piú incisivo in mano, in modo da farla confessare –. Si fermò, rifletté. – Sempre ammesso che si ricordi qualche cosa.

– Vani', ma tu della colpevolezza di questa Lascari ne sei convinta?

Vanina si strinse nelle spalle. – Mah, che ti devo dire, Tito? Non del tutto. O meglio, è lo stato in cui ipotizziamo che l'abbia ammazzato a non convincermi.

– Ovvero?

– Ovvero in preda ai fumi di qualche sostanza stupefacente che le ha fatto perdere il controllo. Il figlio dice che le capita spesso di tornare a casa strafatta e incapace di intendere e di volere.

– E la cosa non ti quadra?

– Scusa, Tito, ragioniamo: poniamo che Valeria Lascari abbia ucciso La Barbera senza neanche rendersene conto. Che i due avessero delle discussioni ormai è assodato, anche se il motivo resta un mistero e appena la incalziamo su questo argomento la Lascari si chiude a riccio. Ora: il coltello con cui il professore La Barbera è stato ucciso si trovava alla Pescheria, perciò la donna dovrebbe essere uscita dal pub, aver vagato in cerca di qualcosa con cui fare fuori Enzo e, arrivata alla Pescheria, avrebbe dovuto trovarsi davanti il coltello che Bellia aveva perso. A quel punto la cosa dovrebbe essere andata piú o meno cosí: la Lascari prende il coltello, torna al pub, aspetta che l'uomo con cui nel frattempo La Barbera s'è intrattenuto – e di cui tra parentesi non sappiamo ancora nulla – se ne vada, scende di nuovo giú, ammazza il professore e scappa dalla scala di servizio. Poi, sempre in preda agli effetti della droga, invece di gettare il coltello dove le capita, torna in Pescheria e lucidamente lo deposita nel punto in cui l'ha trovato.

Patanè scuoteva lentamente la testa, meditabondo.

– Guarra', dimmi come la pensi che facciamo prima, – la imbeccò Tito.

Vanina riprese il ragionamento.

– Ci sono tre cose che mi lasciano perplessa. La prima l'ho appena detta: non mi pare plausibile che una persona non presente a sé stessa sia in grado di rimettere l'arma del delitto al suo posto. Se proprio devo dirla tutta, mi pare ancora meno plausibile che una in quelle condizioni si vada a procurare un'arma. Un tossico che accoltella una persona l'arma ce l'ha in tasca, se la trova tra le mani senza manco rendersene conto. Di solito quelli cosí sono talmente sbandati che lasciano tracce ovunque, incastrarli è facile. E qui arriviamo al secondo motivo di perplessità: se la Lascari avesse ammazzato La Barbera in un impeto di rabbia o di gelosia – il che mi pare altamente improbabile, ma non poniamo limiti – quindi senza nessuna premeditazione, che senso avrebbe quello che ha fatto in seguito?

Tito annuí. – Ho capito che vuoi dire: il fatto che si sia introdotta di notte nella proprietà dove un tempo era la comune indica che lí dovesse esserci qualcosa in qualche modo legato a La Barbera e alla sua morte.

– La Barbera stesso c'era andato, tempo fa. Di giorno, ovviamente, da avventore qualunque. Pure il giro turistico della proprietà si fece. Senza contare che la mattina successiva, quando noi l'abbiamo bloccata, la Lascari aveva voluto vedere per forza Walter Navarria: giusto giusto un altro ex abitante della comune.

– Sul quale noi però non abbiamo indizi di colpevolezza, giusto?

– No, a parte questa conversazione con la Lascari e la testimonianza di un ragazzo che dice di averlo visto discutere col professore con fare minaccioso. Ma la sera dell'omicidio Navarria non si mosse da casa, lo confermano le localizzazioni telefoniche e le telecamere di sicurezza della sua abitazione.

Tito si alzò dal divano, s'avviò verso la porta.

– Vediamo se esce fuori qualche cosa dal sopralluogo sulla barca. Tienimi informato sulle tue ipotesi –. Si mise a ridere. – Certo che con Terrasini al comando sei a posto: non vi fermerete finché non avrete spaccato il capello in quattro. Un'accoppiata micidiale. Ci pensi a quest'ora Vassalli che avrebbe fatto?

– Al cospetto di una famiglia come quella dei La Barbera? Sarebbe stato già sul punto di chiedere al Gip la convalida dell'arresto per la Lascari, nel timore che qualcuno della famiglia si risentisse per le nostre lungaggini.

Anche Patanè sghignazzò.

– Vabbuò, a piú tardi. Buona giornata, commissario, – disse Macchia. Prima di andarsene guardò negli occhi Vanina. – E vedi di non combinare altre *minchiate*. Se non puoi fare a meno di muoverti dillo, che tra la scorta e la squadra ti organizziamo una protezione adeguata, tutto chiaro?

– Tutto chiaro, capo.

L'intercettazione di Navarria fino a quel momento non aveva dato informazioni. Nunnari se ne stava davanti al computer, perso appresso ai pensieri che lo portavano invariabilmente nello stesso punto. Sbirciò la Bonazzoli finché la ragazza non alzò gli occhi. Mimmo tornò subito a fissare il monitor, sperando che la collega non si fosse accorta delle sue occhiate. Doveva stare piú attento.

A forza di ascoltare le conversazioni dell'architetto, il sovrintendente s'era fatto una cultura in materia d'arredamento, impianti di domotica, pitture speciali per pareti e ogni tipo di parquet che ben s'adattasse a case che, pur nella loro diversità, non scendevano mai un centimetro piú in basso dell'attico mansardato in piazza Europa. Case per nababbi, stava riflettendo il sovrintendente, quando Navarria ricevette una telefonata. Rassegnato, si mise in ascolto. Alla seconda battuta drizzò le orecchie, alla terza si concentrò, alla quarta iniziò a iperventilare finché non riuscí a risalire al numero da cui la chiamata era partita. Spostò la cuffia da un orecchio.

– Marta, vai a chiamare la Guarrasi!

– Walter, amico mio come stai?

– Oh, Sandrino, potrebbe andare meglio. E tu?

– Non mi lamento. Senti, ma l'hai letto quello che c'è scritto sul giornale? Arrestarono a Valeria Lascari per l'omicidio di Enzo La Barbera.

– Per favore, non me ne parlare, che già di questa storia ne ho fin sopra i capelli.

– Perché? Che c'entri tu?

– Io? Niente! Intanto però da tre giorni persi la pace. Tutto per colpa di quattro telefonate che risultavano dal telefono di Enzo, e un paio di discussioni che avevo avuto con lui.

– Ma che, ti convocarono?

– Conto e ragione volevano. Pure l'alibi per la sera dell'omicidio mi cercarono.

– E tu ce l'avevi?

– Io dissi la verità: che ero a casa da solo. Sara e i ragazzi sono tornati ieri sera.

– E che minchia di alibi è, Walter?

– Oh, io questo avevo fatto. Per fortuna che avevo i filmati delle telecamere di sicurezza di casa.

– Vabbe', ma perciò che problema c'è?

– C'è che quella testa di cazzo di Valeria la mattina in cui l'arrestarono era venuta a cercare proprio a me. Ho pure dovuto incontrarla, che chissà cosa mi doveva raccontare.

– E che ti contò?

– Mi tirò fuori la questione della comune, la stessa con cui ci aveva scassato la minchia Enzo.

– Di nuovo co' 'ste storie vecchie di trentacinque anni?

– Di nuovo. Pare che si misero d'accordo. Pure la vicequestora che mi interrogò cercava notizie vecchie di trentacinque anni. Meno male che Enzo ti venne a cercare al lavoro, invece di telefonarti, se no capace che la polizia avrebbe convocato anche te.

– E tu che le dicesti?

– Che non ne volevo parlare, Sandro. Che poi è la verità. Io a quegli anni sono sopravvissuto a stento, e me li voglio dimenticare. Ci manca solo che i miei figli scoprano che mi facevo di eroina.

– Silenzio, Navarria. 'Ste cose non le devi raccontare piú manco a te stesso.

– Hai ragione, Sandro.

– Accúra, Walter, che la Guarrasi è una tosta. E lo sappiamo che Valeria è squilibrata assai. Quella è capace di raccontare tutte cose e finisce che ci sputtaniamo anche noi.

– Tu dici? Ma non conviene manco a lei parlare.

– Non ha niente da perdere. Tale era e tale rimase. Se poi è vero che l'ammazzò lei, a Enzo, figurati che gliene può fregare di 'ste cose. Noi invece ci rimettiamo la faccia.

Silenzio.

– Senti, Sandro, vediamoci. Oggi stesso, tra poco.

– Va bene. Ti scrivo quando mi libero.

Vanina riascoltò la conversazione due volte.

– Marta e Nunnari, prendete la moto e mettetevi appresso a Navarria. Non lo mollate manco mezzo secondo.

I due poliziotti scattarono in piedi.

Marta recuperò il giubbotto, tirò fuori due caschi da un armadietto e uscí, piú glaciale del vento freddo che quella mattina pareva venire dritto dritto dall'Etna. Nunnari si congedò senza battute di tacchi né saluti militari e le andò dietro.

– Nenti, stamatina i carusi sono accussí, – commentò Patanè.

– Dottoressa, un poco se lo doveva aspettare, – si permise Spanò.

Vanina allargò le braccia, scese dalla scrivania di Nunnari dove s'era seduta.

– Va bene, ho capito: devo espiare. Se vuole unirsi anche lei alla protesta faccia pure, Spanò, non si ponga problemi.

– E che sono un caruso io? – scherzò l'ispettore. – I giovani sono sempre cchiú integralisti degli anziani. Con l'età ci si accorge che tutti facciamo degli sbagli, e bisogna saper capire quando si tratta di errori commessi senza dolo.

– A comu parri sembra che hai l'età mia! – lo sfotté Patanè.

Spanò e Vanina risero.

– E poi proprio io, dottoressa, non avrei nessun diritto di parlare.

– Chistu è sicuro! – confermò il commissario.

L'agente Spada, subito richiamato, si piazzò all'intercettazione e i tre se ne tornarono nell'ufficio accanto.

Vanina lesse il foglietto che le aveva lasciato Nunnari: nome, cognome e numero telefonico della persona da cui Navarria aveva ricevuto la chiamata. Lo passò a Spanò.

– Cerchiamo di scoprire chi è 'sto Alessandro Baglio –. Scartabellò sulla scrivania. – Dov'è il fascicolo vecchio? Commissario, lei lo vede?

Patanè l'aiutò.

– E unni finí? – borbottò. Mentre cercava gli capitarono tra le mani i racconti di La Barbera. – Che cosa sono? – chiese.

Vanina gli spiegò che Nunnari li aveva trovati nel computer del professore e specificò anche il motivo per cui se li era fatti stampare. Poi l'indagine aveva preso il sopravvento e lei non aveva ancora avuto il tempo di leggerli.

Santiarono altri cinque minuti appresso al fascicolo che era sparito.

– Dottoressa, ma quale fascicolo, quello che il commissario pigliò in archivio? – chiese Spanò.

Vanina e Patanè alzarono gli occhi dal tavolo. La risposta non necessitava di parole.

– Io ce l'ho. Scusasse, dottoressa.

– Minchia, Spanò, ma non se n'è accorto che lo cerchiamo da dieci minuti? Dove se l'è portato?

– Nella stanza mia e di Fragapane. Me lo stavo studiando.

Vanina lo spedí a prenderlo. Spanò rientrò dopo un minuto. Prima che tornasse nella sua stanza, in cerca di informazioni su Baglio, Vanina lo trattenne.

– Ispettore, ma l'amica della Lascari, quella che l'ha ospitata, l'abbiamo contattata?

– Certo. Che scimunito, me l'ero scordato. Io stesso la chiamai, appena il caruso, Mattia, mi diede il numero.

– E come le è sembrata?

– A virità? Sciroccata assai macari lei.

– A parte questo?

– Dichiara di essere all'oscuro del motivo per cui l'amica sua si voleva nascondere.

– Ovvio. Ma comunque la convocò?

– Sí, come disse di fare lei. Viene oggi pomeriggio alle sedici e trenta.

Spanò se ne andò nella stanza dei veterani.

Vanina aprí il fascicolo e sfogliò le pagine fino al verbale dello sgombero della comune. Lesse tutti i nomi, sia di quelli trovati in possesso di stupefacenti per uso personale – tra cui la Lascari e Navarria – sia di quelli come La Barbera che non ne detenevano nemmeno una dose. Non compariva nessun Alessandro Baglio.

Patanè inforcò gli occhialini e rilesse, per sicurezza.

– Nenti, – confermò.

Vanina s'appoggiò alla spalliera.

– Mah, vediamo che informazioni trova Spanò.

S'accese una sigaretta. Patanè stavolta la rifiutò: va bene la relatività del rischio all'età sua, ma sempre cum grano salis.

– Forse ha ragione Tito, – disse Vanina, – dobbiamo torchiare la Lascari e farci raccontare che cosa cercava all'agriturismo, e soprattutto perché il professore La Barbera di punto in bianco aveva tirato fuori l'argomento della comune. Dalla telefonata si evince che il professore aveva contattato anche questo Baglio.

– Stando a quanto dicono 'sti due, la signora è labile assai e basterebbe picca e nenti per farla parlare, ma non mi pare che quando è stata interrogata abbia detto granché, – commentò Patanè.

– Che la Lascari non sia il massimo dell'equilibrio mentale è assodato. Terrasini ritiene che sarà necessaria una perizia psichiatrica. Ma di sicuro, finché non parlerà lei, passi avanti non ne faremo.

Bussarono alla porta.

– Avanti.

Un assistente in servizio alla sezione Reati contro il patrimonio entrò.

– Scusi, dottoressa, giú c'è una persona che vorrebbe parlare con lei. È l'avvocato Vincenzo Greco.

Patanè e Vanina sobbalzarono. Chi? Si chiesero entrambi dove fosse Spanò.

– Fallo salire, – disse il vicequestore.

– E ora chistu chi voli? – si preoccupò Patanè.

– Non lo so. Speriamo solo che non abbia cambiato idea.

Se la ricordavano bene entrambi quella sera di un paio di settimane prima in cui Carmelo Spanò s'era fatto pizzicare appulicato sopra un palo della luce con un binocolo in mano, a piantonare la villetta in cui la sua ex moglie Maria Rosaria viveva col nuovo compagno, l'avvocato Enzo Greco. Il tutto nella speranza di cogliere in castagna l'usurpatore in compagnia di una donna che nella fantasia di Spanò doveva essere un'amante, ma che nella realtà s'era rivelata la sorella.

Una denuncia per stalking avrebbe rischiato, se la Guarrasi e Patanè non fossero intervenuti in suo soccorso e la dirigente non avesse convinto Greco a evitare la denuncia.

L'uomo entrò nella stanza accompagnato dall'assistente, che poi se ne andò.

Viso aperto, stretta di mano vigorosa. Cinquant'anni o poco piú, bell'aspetto, elegante senza essere troppo leccato. Con tutta la buona volontà e l'affetto per Spanò, Vanina non riusciva a farselo risultare antipatico.

Lo fece accomodare.

– Dottoressa, mi scuserà se mi sono permesso di venire a disturbarla, ma di certe cose è meglio parlare di persona.

Qua siamo, pensò Patanè.

Piú o meno lo stesso fu il pensiero di Vanina.

– Mi dica, avvocato.

Greco li spiazzò. – Vede, io sono qui per chiederle aiuto, in via del tutto amichevole, per una faccenda personale che riguarda mia figlia e che mi preoccupa molto.

Vanina dissimulò la sorpresa.

– Sua figlia?

– Sí, mia figlia Emanuela. Ho scoperto che qualche giorno fa è stata qui.

Una ragazzina bionda con un montgomery e la borsetta a tracolla fece capolino nella memoria di Vanina.

– Emanuela Greco, certo, me la ricordo. Non avevo idea che fosse sua figlia.

– E come avrebbe potuto? Però capirà il colpo che m'è preso quando ho saputo che era stata negli uffici della squadra Mobile.

– Be', in effetti non è esattamente un luogo di ritrovo, – sdrammatizzò Vanina.

– Esatto. Ecco, dottoressa, avrei davvero bisogno di capire perché Emanuela è stata qui.

Vanina valutò la cosa. Greco era una persona seria, non avrebbe mai avanzato una richiesta simile se non fosse stato davvero angosciato. E poi sua figlia era minorenne.

– Niente di preoccupante, stia tranquillo, avvocato. Emanuela è venuta qui insieme a un gruppo di ragazzi che hanno voluto riferirmi quello che sapevano su un caso di cui mi sto occupando.

Greco rimase in apnea.

– L'omicidio del professore di filosofia? – chiese.

– Sí.

– Ma… che c'entra mia figlia?

– Assolutamente nulla, avvocato. I ragazzi mi hanno raccontato alcuni fatti che conoscevano sul professore La Barbera, e devo anche dirle che le loro informazioni mi sono state utili.

Greco tirò un sospiro di sollievo.

– Meno male. Allora non è coinvolta in qualcosa di poco pulito.

– No, si figuri! E poi scusi, avvocato, sua figlia non è minorenne? Se fosse stata coinvolta in qualcosa di illecito l'avremmo convocata in sua presenza, lo sa benissimo.

– Ha diciotto anni, compiuti un mese fa, – rispose l'avvocato. Dalla faccia che aveva, Vanina scommise che avrebbe aggiunto volentieri «purtroppo».

– Invece si è trattato di un gesto molto responsabile, – precisò.

Greco fece una smorfia. – Posso immaginare chi ci fosse in mezzo a questi «amici» con cui è venuta.

Il vicequestore finse di non capire.

– Thomas Ruscica, – specificò Greco, scandendo il nome come per sottolineare l'assurdità di quell'accoppiata, – del resto, chi altri avrebbe potuto trascinarla in una situazione simile?

– Guardi che il ragazzo si è limitato a riportare alcuni episodi cui aveva assistito. Tutto qui.

– Certo, nulla di illecito. Il problema è come facesse lui a sapere certe cose.

– Le assicuro che si trattava di testimonianze casuali, che i ragazzi hanno ritenuto fossero utili.

Greco sospirò sconfortato. – Dottoressa, posso essere franco con lei? – Guardò anche Patanè, come per un'ulteriore conferma.

– Deve, avvocato, – rispose Vanina. Patanè annuí.

– Questo ragazzo proviene da una famiglia che non si può certo definire di specchiata onestà. Ha un fratello in carcere e una zia che fa un mestiere… sí, insomma, quel mestiere. Lui stesso ha avuto problemi di tossicodipendenza. Non so come sia potuto succedere che mia figlia si sia messa con uno come lui, né dove lo abbia conosciuto, ma da quel giorno ho perso la serenità. So benissimo che il professore La Barbera era impegnato con ragazzi che hanno problemi di droga e presumo che piú o meno tutti quelli che sono venuti qui da lei l'avessero conosciuto in quel contesto. E io non riesco a pensare che mia figlia sia finita in un giro cosí… pericoloso.

Vanina si appoggiò alla scrivania.

– Avvocato, sarò franca pure io. Non ho figli, ma posso immaginare ugualmente la sua preoccupazione. Non so nulla delle famiglie di quei ragazzi, e non so nemmeno come sua figlia abbia conosciuto uno di loro, però mi fido del mio fiuto poliziesco. Thomas Ruscica, come i suoi amici, probabilmente vive in un contesto difficile. San Cristoforo non è corso Italia, questo è evidente. A maggior ragione però le dico che venendo qui ha dimostrato un coraggio e una voglia di cambiare le cose che meritano un atto di fiducia nei suoi confronti. E anche nei confronti di sua figlia.

Greco l'ascoltò in silenzio. Stava per dire qualcosa quando Spanò entrò nella stanza.

L'ispettore rimase pietrificato sulla porta. Non sapeva che fare. Nell'ufficio di Vanina calò il gelo.

Fu proprio Greco a sbloccare la situazione. Si alzò.

– Entri pure. Tanto io sto andando via.

Spanò avanzò, rigido che pareva gli fosse venuto il colpo della strega. Sempre rigido fece un cenno di saluto che Greco ricambiò con distacco.

Vanina accompagnò l'avvocato fino alle scale. Prima di lasciarlo con un agente, gli passò un foglietto con l'indirizzo e il recapito di don Rosario Limoli.

– Lui saprà aiutarla piú di me. Ci parli.

L'avvocato lesse il biglietto, lo piegò, lo mise nel taschino. Le strinse la mano.

– Mi scusi ancora, dottoressa Guarrasi. E grazie.

– Di nulla, avvocato. Piuttosto, grazie a lei.

Greco la guardò interrogativo, poi capí. Annuí soltanto.

Spanò non disse una parola. Di sicuro Patanè aveva già provveduto a tranquillizzarlo sul motivo di quella visita inattesa.

Vanina evitò di prendere l'argomento.

– Allora che trovò, ispettore?

– Nel sistema Sdi poco e niente. Nessun precedente penale. Una denuncia di un vicino di casa per schiamazzi notturni, risalente a un anno fa. Una sanzione pecuniaria da parte dell'Agenzia delle entrate di tre anni fa. Mi collegai al servizio anagrafe e cercai pure qualche cosa su internet. Baglio Alessandro, cinquantotto anni, medico chirurgo specialista in psichiatria. Esercita in uno studio privato e in due case di cura. Residente a Catania. Stato civile: divorziato. E questo è quanto.

Vanina rifletté su chi chiamare per avere qualche notizia in piú.

Iniziò con Vera Fisichella, le chiese se avesse mai sentito La Barbera parlare di Alessandro Baglio.

La risposta fu netta: – No, mai –. Poi proseguí: – Io invece lo conosco vagamente. È uno psichiatra. Un personaggio inquietante, se devo dirla tutta.

– Perché inquietante?

La Fisichella ci pensò su.

– Ti guarda come se volesse trapanarti il cervello.

Il professor Francesco Bilotta doveva aver registrato il suo numero.

– Dottoressa Guarrasi!

– Buongiorno, professore, mi scusi se la tedio ancora ma ho bisogno di chiederle un'altra informazione.

– Tutte quelle che vuole, finché la memoria mi accompagna e la sala operatoria è occupata.

– Lei conosce un certo Alessandro Baglio?

– Alessandro Baglio... no, non mi dice niente. Però magari se mi dà qualche indicazione in piú...

– All'università, per esempio? Ha cinquantotto anni come lei, ed è laureato in Medicina.

– Eh sí! Dottoressa, ai tempi miei eravamo assai! Numero chiuso non ce n'era, obbligo di frequenza manco. Non è che ci conoscevamo tutti.

– E alla comune?

– Quell'unica volta che ci andai non ricordo di aver incontrato colleghi di facoltà. E guardi che l'avrei notato, perché mi sarebbe parso strano. Quelli di Medicina non erano quasi mai dei contestatori rivoluzionari. Però chi lo sa, magari c'era qualcun altro come me: uno pseudo-comunista annacquato che andava appresso ai figli dei fiori ma senza troppo impegno, – rise di sé stesso. – Un babbione, va'!

Fragapane rientrò dal porto che era mezzogiorno e mezzo. Patanè era appena andato a prendere il nipotino Andrea a scuola per poi farlo pranzare a casa dalla nonna Angelina. S'era voluto portare i racconti di La Barbera. Per farsi calare il sonno la sera gli parevano perfetti.

Il vicesovrintendente si abbandonò su una sedia.

– Sant'Aituzza bedda, stanco morto sono, – comunicò per prima cosa.

Vanina pazientò, gli lasciò bere l'acqua che aveva appena preso al distributore del piano terra.

– Di nuovo s'aggrippò, gli dovetti dare un ammuttune forte per fare uscire la bottiglietta! – fu la seconda, vitale notizia.

Alla terza bevuta, davanti alla Guarrasi che fremeva, Fragapane iniziò a parlare.

– Dottoressa, pi voltari e rivoltari 'dda barca ci vollero

tre ore. E col vento ca c'è non sa il mal di mare, 'nfilati dda rintra. Però qualchi cosuzza la trovammo. Intanto, per cominciare, chiunque trasí dovette farsi male da qualche parte, pirchí nel cestino dell'immondizia, in un sacchetto bello inserrato, c'era un munzeddu di fazzoletti di carta tutti lordi di sangu. Cerca cerca, Pappalardo trovò macari il punto esatto: una specie di spuntone dove si attaccano le curdedde, che se uno mentre acchiana sulla barca non ci sta attento e inciampa ci va a finire sopra di faccia.

– Quindi non può essere la Lascari. Non mi pareva ferita, – concluse Spanò.

– Pappalardo per sí e per no sta raccogliendo un campione dalla signora e oggi stesso manda tutte cose a Palermo, – precisò Fragapane. – Ah, dottoressa: dice che il risultato del sangue trovato sulla maniglia ancora non arrivò. Forse stasera, se no si ni parra domani. Pare che sono un poco sovraccarichi.

– Ora provo a chiamarli io, – disse Vanina. 'Sto fatto che per esaminare il Dna bisognava mandare i campioni a centonovanta chilometri di distanza era una gran camurría. Per discrezione lei evitava sempre di mettersi in mezzo, ma qualche amicizia alla Scientifica di Palermo ce l'aveva ancora. Stavolta era necessario.

– Ma almeno si capí che cosa cercavano nella barca di La Barbera? – chiese.

– Sicunnu mia, e macari sicunnu Pappalardo, cercavano carte.

– Carte di che genere?

– Non lo so, però i pochi documenti ca c'erano, le lettere, erano tutti tirati fora dalle buste e ghittati all'aria. I libri spaginati.

Vanina ragionò. L'unica certezza in quel momento era che piú persone stavano cercando qualcosa. Ma in luoghi talmente diversi che si poteva ipotizzare stessero andando alla cieca, o che non cercassero neppure la stessa cosa.

Fragapane se ne tornò nella stanza dei veterani e Spanò tentò di recuperare altre notizie su Baglio. Trovò solo quelle relative alla professione, tra cui un curriculum vitae.

– Quando si laureò? – chiese Vanina.

– 1985.

– A ventisette anni, perciò. Un poco in ritardo.

Spanò scrollò le spalle, rassegnato. – Niente, dottoressa, penso che mi toccherà indagare sul territorio, – ovvero tra parenti e amici.

Vanina concordò.

– Il commissario Patanè mi assicurò che avrebbe chiesto informazioni all'amica sua, Silvia.

– Che però su Navarria e sulla Lascari non fu d'aiuto. Manco li conosceva, – obiettò Spanò.

– Ma lui ci prova lo stesso. Meglio una domanda in piú che una in meno, dice.

L'ispettore sorrise. – Non cangiò, il commissario. Lei lo sa, dottoressa, qual era il suo motto?

E come poteva non saperlo. Patanè gliel'aveva ripetuto almeno dieci volte da quando lo conosceva.

– Cu avi lingua passa 'u mari.

All'una e un quarto Marta si fece viva.

– Vanina, abbiamo seguito Navarria in un bar sul lungomare. Ha appena incontrato un tizio e si sono seduti a un tavolo.

– Riesci a capire quello che si dicono?

– No, sono troppo lontani. Posso fotografarli senza che se ne accorgano, però.

– E fotografali, vediamo che faccia ha 'sto Baglio.

Dopo due minuti le arrivò l'immagine. Il viso dell'uomo era distinguibile. Una faccia strana, aveva ragione la Fisichella.

– Dottoressa, mi venne un'idea per non costringerla a mangiare qua, – fece Spanò, rientrando nella stanza. Quel giorno farle da scorta toccava a lui. E meno male, dato il malcontento che s'era creato tra i carusi. Comprensibile, ma pur sempre camurriuso.

– Ogni tanto una buona notizia. E che mi propone?

– La mensa di servizio. Ne parrai macari col dottore Macchia, è d'accordo. Là si trase con tutta la macchina, e pericolo non ce ne può essere. Almeno cosí sfantasía un poco, che dice?

– La mensa in corso Italia?

– Una ce n'è.

In un anno e mezzo c'era andata sí e no due volte, e non perché si mangiasse male, anzi. A pranzo Vanina preferiva *sfantasiare* veramente. Senza dire poi che spostarsi ogni giorno in macchina e arrivare in corso Italia per mangiare un boccone non era cosa sua. Ecco perché da quando era arrivata lei la trattoria di Nino era diventata una sorta di succursale della Mobile. Casereccia, e vivace.

Ma come sempre tutto è relativo. Se l'alternativa è muoversi dentro un perimetro stretto tra le quattro mura di un ufficio e quelle di casa, anche la mensa di servizio pare un'attrattiva.

– Amuní.

Dalla mensa Vanina volle andare dritta in procura. Già che c'era, tanto valeva approfittarne e parlare col pm di persona.

Lo trovò davanti alla porta del suo ufficio, appena rientrato dal pranzo, che conversava con Eliana Recupero. Una conversazione seria, che s'interruppe all'arrivo del vicequestore.

Terrasini aprí la porta, lasciando entrare tutti.

– Io vi saluto, – fece la Recupero.

– No, Eliana, fermati. L'inchiesta è pure tua, no?

– Veramente la mia parte dell'indagine si concluse in mezza giornata. Che non fossero stati gli Zinna ad ammazzare il La Barbera era probabile, e infatti fu subito evidente.

– Sempre tua rimane, – insisté lui. – Allora, dottoressa Guarrasi, mi porta novità?

Vanina gli raccontò della telefonata intercettata.

– Perciò tutti gli elementi che abbiamo conducono sempre allo stesso punto: la comune dove ha vissuto La Barbera, – concluse Terrasini.

– Quello che sappiamo per certo è che di punto in bianco il professore s'era messo a cercare una serie di persone in qualche modo legate alla comune. Persone che, nella maggior parte dei casi, non avevano nessuna voglia di rivangare il passato. La mia sensazione, però è solo una sensazione, è che La Barbera abbia smosso acque che dovevano restare calme. Ci ragionai stamattina, ripensando a quello che mi avevano raccontato i ragazzi di don Rosario. Se lo ricorda, dottore, cos'avevano sentito dire da Navarria al professore, davanti alla scuola? Non stuzzicare il cane che dorme. Il cane che dorme è la comune.

– Potrebbe essere la questione dell'eroina, – fece Terrasini.

– Che non sarebbe cosa da poco. Navarria e Baglio sembrerebbero del tutto estranei all'omicidio. Per uno dei due abbiamo anche la conferma dell'alibi. Per l'altro, se oltre a intercettarlo richiediamo i tabulati telefonici e tracciamo le celle, verifichiamo la posizione la sera del delitto.

– Facciamolo subito.

Vanina sorrise immaginando quanta fatica le sarebbe costato convincere Vassalli a controllare un telefono senza prima conoscere, e ponderare, l'albero genealogico del possessore. Terrasini se ne fregava bellamente e non faceva sconti a nessuno. Proprio come lei.

E come la Recupero, che prese la parola.

– L'altro fatto evidente è che La Barbera era in possesso di qualcosa che, se fosse venuto fuori, il famoso cane l'avrebbe risvegliato di sicuro.

– Oppure sapeva dove questo qualcosa fosse nascosto, – suggerí Vanina.

– Carte, a quanto pare. Giusto, dottoressa Guarrasi? – disse Terrasini.

– Cosí sostiene il vicesovrintendente Fragapane, che ha partecipato al sopralluogo sulla barca.

Terrasini annuí.

– Come intende procedere?

– Innanzitutto, se lei è d'accordo, manderei l'ispettore Spanò insieme a qualcun altro a perquisire l'appartamento della Lascari. Può darsi che la donna avesse trovato quello che cercava all'agriturismo, e se è cosí il posto piú sicuro in cui nasconderlo era casa sua. Nel frattempo oggi pomeriggio ho convocato l'amica che la ospitò, anche se a occhio e croce mi pare tempo perso.

– Lo penso anch'io.

– Domani mattina invece vorrei interrogare di nuovo la Lascari. È una donna fragile, e dopo due giorni in carcere potrebbe anche decidere di collaborare. A meno che... – Vanina si fermò a ragionare.

– A meno che?

– A meno che qualcuno non la obblighi a tacere.

– Chi?

– Non lo so. Qualcuno che ha su di lei un potere tale da zittirla.

La Recupero uscí con Vanina e percorsero un pezzo di corridoio insieme. Spanò s'allontanò, come faceva ogni volta. Non che la Guarrasi gliel'avesse mai chiesto, ma il suo fiuto sbirresco gli diceva che gli argomenti delle due donne andavano oltre quelli legati alle indagini.

– Come sta, dottoressa? – chiese Eliana.

– Come vuole che stia: legata mani e piedi alla scorta. E le assicuro che non è divertente. Specie quando non si percepisce alcun senso di pericolo.

La Recupero si fermò e la guardò.

– Perché lei mi vuole far credere che non si sente minacciata?

– Gliel'assicuro.

– Invece lo sente eccome, il pericolo. Magari lo scotomizza, ma inconsciamente lo sente, – sentenziò la pm.

– Ma vedi tu! Perciò io secondo lei non me ne renderei conto?

– No, però gli effetti si notano lo stesso.

Vanina la fissò stupita. Non seppe ribattere. Gli effetti?

– Lei è dimagrita, dottoressa, non se n'è accorta?

– Sí, piú o meno –. Altro che piú o meno: per poco non le cascavano i jeans.

– Lo sa qual è il sentimento che fa perdere piú peso?

– L'ansia? Con me non funziona, glielo garantisco.

– No, non l'ansia, dottoressa. La paura.

Eliana la lasciò senza parole e subito cambiò argomento. – Ma mi dica, piuttosto, il mio collega Malfitano come sta? – chiese.

Ecco: era meglio la storia della paura.

Vanina e Spanò rientrarono alla Mobile intorno alle tre e mezzo. Bonazzoli e Nunnari erano in ufficio già da un'ora. Fragapane invece aveva preferito rimanere lí, a onorare l'insalata di pasta che sua moglie Finuzza, infermiera professionale, gli aveva preparato alle sei di mattina prima di montare di turno in ospedale. Lo trovarono seduto al posto dell'agente Spada.

– Navarria non fece manco una telefonata, – comunicò subito.

Vanina riuní la squadra nella sua stanza. Si sedette sulla scrivania.

– Allora, picciotti, dividiamoci i compiti. Spanò e Fragapane, voi entrate in casa della Lascari e la rivoltate da cima a fondo. Marta e Nunnari, voi due invece ve ne andate da don Rosario, mostrate ai ragazzi che vennero qua l'altro giorno la foto di Baglio e chiedete loro se per caso l'hanno mai visto. Io interrogo l'amica della Lascari. Tutto chiaro?

– Signorsí, capo, – si fece scappare Nunnari. L'aria risentita con la Guarrasi proprio non riusciva a mantenerla per troppo tempo. Nemmeno per amore della Bonazzoli, che invece non modificava il suo atteggiamento siberiano.

Gli altri annuirono. Spanò invece parlò.

– Ma lei da sola resta, a interrogare l'amica della Lascari?

– Ispettore, le risulta che qua dentro uno possa mai essere solo? – Vanina disegnò dei cerchi in aria col dito alzato, per indicare che si riferiva a tutti gli uffici. Spanò non parve convinto, ma evitò di replicare.

– Ci sono altre domande? – chiese Vanina.

Fecero tutti segno di no.

– Amuní allora, rompete le righe –. Tirò fuori una sigaretta, pronta ad accenderla.

Aspettò che gli altri uscissero dalla stanza e richiamò Marta.

Parlarono per mezz'ora, ma in sostanza e a modo suo Vanina chiese scusa per come si era comportata la sera prima, e alla fine la neve della Siberia – o piú verosimilmente della Valcamonica – lasciò di nuovo il posto al sole della Sicilia.

Patanè irruppe nell'ufficio del vicequestore, guarda caso appena in tempo per sollevare Spanò dal pensiero di averla lasciata da sola.

– Porto notizie, – comunicò tutto contento, sedendosi di fronte a lei. Prese la tavoletta di cioccolata che Vanina gli stava offrendo e se ne calò due quadrati, uno appresso all'altro.

– Che trovò, commissario?

Patanè si mise comodo.

– Parrai con Silvia. Lei ad Alessandro Baglio se lo ricorda bene. Macari iddu era cchiú nico di lei, però tra lui e La Barbera c'era una differenza sostanziale: il professore inseguiva gli ideali, Baglio invece voleva i piccioli.

– I piccioli? Alla comune? E chi glieli dava?

– E chistu è 'u fatto: Baglio con la comune non ci traseva nenti. Tant'è vero che quando la sgombrammo non c'era. Iddu faceva bisiníss, là come ovunque ci fosse mercato.

– Business di che? – chiese Vanina. Una domanda inutile, considerato che aveva già intuito la risposta. Ma preferiva sentirla dal commissario.

– Mariuana, ascísc, ellesseddí. Silvia non sa se trattasse anche eroina, ma non lo escluderebbe.

– Perciò questo Baglio era il pusher.

– Non solo quello. Pare che iddu stissu fosse abbummiato come e peggio degli altri.

– Spacciava e si faceva pure, – concluse Vanina.

Si stavano scervellando per cercare di dare forma a un possibile movente. Ce n'era uno. Forzato, farraginoso magari, ma c'era: La Barbera era un testimone scomodo della perdizione in cui alcuni oggi stimati professionisti avevano vissuto in giovinezza. L'onta dell'eroina. Solo che questo non andava bene per Valeria Lascari. Lei tossicodipendente era e tossicodipendente era rimasta. La sua immagine non aveva subito nessun restauro.

Alle quattro e un quarto, appena prima che l'agente Spada si presentasse sulla porta con Barbara Frazzetta, l'amica della Lascari, Vanina ricevette una raffica di telefonate. E che era, s'erano messi d'accordo?

– Che porto stasera? – esordí Adriano Calí. Vero, quella sera avevano il cineforum.

– Te stesso, Adri. Al massimo chiamiamo Alfio e ci facciamo mandare le siciliane.

– Cosí finí? Addirittura a domicilio te le portano?

Rimasero d'accordo per le otto.

Poi fu la volta di Federico.

– Gioia, tutto bene?

– Tutto bene, tranquillo.

– Vedi che tua madre non sospetta ancora niente, ma Costanza ha sentito voci su di te, che staresti lavorando sottotraccia per la Catturandi di Palermo. E con Paolo.

– Che minchiata. Io non sto lavorando sottotraccia per nessuno.

– Lo so, e lo dissi anche a Cocò. Però evidentemente in giro si parla di te. Perciò, gioia mia, sbrigati a venire e a raccontarle tutto prima che lo faccia qualcun altro e nel modo sbagliato.

Infine arrivò la telefonata di Bettina, che le comunicava di essere tornata in sede e di non arrisicarsi a comprare niente da mangiare perché a Ragusa aveva accattato il ben di Dio e ora non sapeva come fare a mangiare tutto da sola. Vanina la tranquillizzò che quella sera ad aiutarla ci sarebbe stato anche Adriano.

Il colloquio con la Frazzetta, come volevasi dimostrare, non apportò nulla di concreto alle indagini. La donna negò di essere lei la sagoma che si vedeva vicino a Valeria nel filmato dell'agriturismo. Negò di sapere dove fosse andata l'amica di notte e notte, e negò perfino di sapere perché mai volesse nascondersi.

Spanò e Fragapane tornarono dal sopralluogo in casa dell'indiziata carichi di materiale da far visionare alla Guarrasi. Una ventina di vecchie fotografie, tutte scattate nello stesso posto. Ambiente bucolico, aspetto dei soggetti ritratti difficilmente catalogabile. Hippie era troppo generico, quasi banale. Indefinibile l'abbigliamento, che variava dal seminudo all'intrusciato; inafferrabile lo sguardo di quei giovani, fotografati mentre lavoravano la terra, o riuniti intorno a qualcuno che suonava la chitarra. La Barbera si riconosceva. Immagini che non dicevano nulla, se non che Valeria Lascari di dimenticare i tempi della comune non aveva alcuna intenzione. Ma il pezzo forte, quello su cui Spanò e Fragapane puntavano per l'effetto sorpresa, era un altro.

– Taliasse qua, dottoressa.

Vanina lesse senza scomporsi l'intestazione sulla carta che l'ispettore le passò. «Dottor Alessandro Baglio». Non riuscí a decifrare la prescrizione dei farmaci, ma poco le importava.

– Sicunnu mia la Lascari nun parra per non danneggiare a Baglio, – decretò Patanè.

Marta tornò dalla parrocchia di don Rosario portandosi appresso la ragazza che aveva capeggiato la ciurma di seguaci di La Barbera qualche giorno prima.

– Chanel si ricorda l'uomo che le ho mostrato in fotografia. È voluta venire di persona a parlare con te.

Vanina la fece accomodare. Patanè non se n'era ancora andato e Spanò era seduto accanto a lui. Fragapane, invece, s'era infilato nella stanza dei veterani a cercare informazioni sulle persone che abitavano nella comune al momento dello sgombero.

Chanel pareva contenta di essere lí.

– Dottoressa Guarrasi, lei non sa che onore è per me aiutarla.

– Chanel, tu sei sicura di aver riconosciuto l'uomo della fotografia? – le domandò Vanina.

– Sicurissima.

– E dove l'hai visto?

– Se lo ricorda che le raccontammo di quella donna con i capelli rossi che inseguiva il professore La Barbera?

E come dimenticarlo: l'aveva appena mandata in galera! Ma questo Chanel, evidentemente, non lo sapeva. Del resto era difficile che una carusa di quell'età leggesse la «Gazzetta Siciliana».

– Certo, ricordo.

– Quello che non le dissi, perché non mi pareva che c'entrasse con la faccenda, è che dopo che il professore si liberò di lei, salí in macchina e se ne andò, la donna si sedette sul marciapiede e rimase immobile. Ci feci caso perché sembrava che si stesse sentendo male. Una signora che passava le chiese se aveva bisogno, ma quella disse che era tutto a posto, perciò io me ne rientrai in parrocchia. Quando uscii, mezz'ora piú tardi, era ancora là, ma non da sola. Stava litigando con uno. La faccia me la ricordo precisa, mentre gli passavamo davanti l'amica che era con me inciampò e gli andò a finire addosso. Lui si girò incazzato come se quella mischina l'avesse fatto apposta. Sinceramente mi spaventai. Aveva due occhi strani. E notai che anche la donna con i capelli rossi era scantata.

– Per caso hai sentito qualcosa di quello che si dicevano?

– Una frase sola mi ricordo, perché ogni volta che la sento mi fa girare i cosiddetti a tremila giri e chi l'ha pronunciata non me lo dimentico piú. Non si sa mai.

– E che diceva?

– «Tu devi stare muta, al posto tuo. Che se pensi fai solo danno».

Vanina meditò su quelle parole. Chanel le aveva interpretate secondo il suo punto di vista, ma il significato era un altro. Scambiò un'occhiata con Patanè: aveva ragione lui.

– E senti: per caso hai notato se poi l'uomo se n'è andato da solo?

– Sí, era solo. La scattiata dell'amica mia, appena lo vide passare con la macchina, gli fece un gran sorriso e lo salutò. Quello si sentí 'nsuttato, abbassò il finestrino. Le chiese scusa per prima, poi, manco a dirlo, domandò se volevamo un passaggio. Un copione. Se non c'ero io a quest'ora quella scimunita capace che gli avrebbe detto di sí.

La Bonazzoli aveva perso il filo.

– Come insultato, scusami? Ma non gli aveva sorriso?

– Dottoressa, 'na venerazione avi per lei, 'sta carusa! – fece Patanè appena la vide rientrare.

Prima di salutarla, Vanina aveva offerto a Chanel una cioccolata alla macchinetta del piano terra. A spizzichi e a bocconi era riuscita a farsi un quadro che gliel'aveva resa ancora piú simpatica. Diciannove anni, commessa in un negozio di articoli sportivi in via Etnea. Niente problemi di droga né altre dipendenze; da don Rosario ci andava per dare una mano. Dall'età di sei anni orfana di padre, ucciso per sbaglio da un proiettile indirizzato a un'altra persona. E un grande sogno nel cassetto: iscriversi a Giurisprudenza e diventare una commissaria di polizia. Un sogno che, chissà per quale assurdo motivo, lei pareva reputare fuori della sua portata.

Vanina s'era giurata che le avrebbe tolto dalla testa quella convinzione.

Si sedette alla scrivania, accese una sigaretta e chiese a Spanò di aprire la finestra.

– Ma assimbrichiamo dal freddo, dottoressa, – protestò l'ispettore.

– Si lamenti con la Bonazzoli, – rispose Vanina.

Marta abbozzò, per amore di Patanè che aveva una certa età e con quel freddo rischiava la polmonite.

– Perciò tu non sapevi che a Catania *'nsuttare* non significa insultare, ma provocare?

– Non sempre il vostro dialetto è intuitivo, – si difese Marta, che già s'era sorbita Spanò e Patanè.

– Lingua, Marta, non dialetto. Il siciliano è una lingua.

La Bonazzoli alzò le mani, come a dire che si scusava per l'affronto.

– Vabbe', torniamo a noi. A quanto pare ha ragione il commissario: la Lascari deve avere un rapporto di sudditanza nei confronti di questo Baglio. Fai una cosa, Marta: di' a Nunnari di cercare il numero tra le telefonate che ha fatto la notte prima che l'arrestassimo. Può darsi che abbia riacceso il cellulare anche per poco. Noi durante la notte non l'avevamo ancora messo sotto controllo.

Marta andò subito.

– Commissario, ma poi se li lesse i racconti di La Barbera? – si ricordò Vanina.

– Piffavuri nun mi ni parrassi! Mi sfurniciai talmente tanto per capirli che mi sfumò macari il sonno.

– Cosí ostici sono? – rise Vanina.

– No, non sono ostici: sono astratti. Da filosofo, appunto. Però una cosa la capii, che ognuno vuole dire qualche cosa. Chiddu che mi lessi ieri sera era una storia di figghi e di madri. Sicunnu mia ci traseva in qualche modo la sua.

Bussarono alla porta. Fragapane avanzò verso la scrivania della Guarrasi carico di fogli, tutti pinzettati con ordine pressoché maniacale.

– Maria, Maria, che tristezza ca mi fici studiarmi 'sto fascicolo, – esordí.

– Perché le fece tristezza?

– Dottoressa, di sette carusi, 'u cchiú grande dei quali aveva sí e no ventun anni, non se ne salvò manco uno. Quattro risultano deceduti tra il 1983 e il 1984, tutti per overdose. L'autri tri morirono tra il 1988 e il 1991.

Questo significava che nessun altro di quella lista poteva essere stato contattato da La Barbera.

Le fotografie della Lascari erano ancora sparse sulla scrivania. Vanina, Patanè e Spanò le riguardarono.

Alla fine fu l'ispettore a esprimere ad alta voce il pensiero di tutti e tre.

Agitò in aria uno scatto che ritraeva un ulivo solitario.

– Che minchia andava cercando la Lascari di notte, campagna campagna, resta un mistero glorioso.

Adriano Calí, come al solito, era arrivato prima e s'era piazzato a casa di Bettina. La vicina per ingannare l'attesa gli aveva preparato l'aperitivo rinforzato che sapeva fare solo lei: vino e gazzosa, piú stuzzichini vari.

Vanina arrivò mentre lui era seduto in cucina ad ascoltare il racconto della gita mangiando a quattro palmenti.

– È mai possibile che ogni volta ti devo trovare assittato qua? – fece Vanina, entrando dalla portafinestra.

Adriano la guardò con l'aria di uno che ha raggiunto la pace.

– Perché, ti dà fastidio?

Bettina le venne incontro. La abbracciò e la baciò come se non la vedesse da mesi. Subito le versò il vino e la gazzosa, dosati alla perfezione perché la mistura non risultasse né troppo dolce né troppo forte. Altro che spritz.

– Maria santa, Vannina, non sa quanto la pinsai! Mi sentivo in colpa. A suo pa... al marito di sua mamma avevo promesso che a lei ci avrei pensato io, e invece pigliai e mi nn'ii a Ragusa!

– Ma che sta scherzando, Bettina! Ha fatto benissimo. Come la trovò, la sua città?

– E che le debbo dire, dottoressa, alluccuta restai. Non la riconoscevo. Avevo sentito dire che Ibla era diventata un salotto, macari in televisione l'avevo vista, ma non mi immaginavo accussí! Lo sa: prima la malattia di me' maritu, bonarma, poi mio figlio se ne andò a lavorare al Nord, erano vent'anni che mancavo da Ragusa.

Subito preparò due trusce piene di tutte le cose buone che aveva portato, piú un rinforzino cucinato da lei mentre «non sapeva che fare».

Scacce, olive, pomodoro datterino secco già rinvenuto con l'olio «giusto», caciocavallo ragusano preso da un'azienda agricola che lo produceva secondo tradizione, e infine il famoso pane «di casa» appena fatto da lei medesima col *cruscenti* speciale tramandato da generazioni. E una teglia di parmigiana per sei.

Lo Faro li accompagnò fino alla porta e si andò a sedere in veranda. Serio e silenzioso come non mai.

– Ma che gli successe a Lo Faro? – chiese Adriano.

Vanina gli raccontò la sua bravata della sera prima.

Con lui non poté omettere il nome della persona che aveva coinvolto.

– Doppia stronzata, perciò, – commentò l'amico senza aggiungere spiegazioni. E Vanina intese benissimo. – Ma l'avvocata De Rosa che fine fece, che non si vede e non si sente? Non usciamo insieme per un aperitivo da almeno dieci giorni, – disse lui per cambiare discorso.

A Vanina parve di passare dalla padella alla brace.

– L'altra sera è stata qua. Che io sappia niente di nuovo –. Ingiuriò mentalmente Giuli che la metteva nella condizione di dire fesserie a un amico come Adriano.

– Capace che viene pure stasera.

– Non credo, sai.

Onde evitare che Giuli si presentasse a sorpresa, Vanina l'aveva avvertita del cineforum.

– Meglio. Te la immagini quella a vedere *Amici miei*? Non apprezzerebbe una sola battuta.

Sistemarono tutto il ben di Dio di Bettina sul tavolino basso davanti al divano. Mentre Vanina tirava fuori un vino che aveva comprato l'ultima volta che era andata alla putía di Sebastiano senza scorta, Adriano si mise a cercare il dvd. L'occhio gli cadde su un film messo fuori posto.

– Ti sei vista *La bella società*? – le chiese.

Vanina s'avvicinò, prese in mano la custodia.

– Veramente ne ho visto un pezzetto in tv stanotte. Mi sono incuriosita e pensavo di rivederlo dall'inizio con calma. Preferisci vedere questo?

– No no, *Amici miei* va benissimo! E poi quello l'ho già visto e mi ricordo che mi mise angoscia.

– Perché?

– Lo so che detto da uno come me che combatte con i cadaveri dalla mattina alla sera può sembrare strano, ma la storia del povirazzo seppellito mi fece un poco impressione.

– Il povirazzo seppellito?

– No, dài, che forse tu quel pezzo non l'hai visto e se te lo conto ti tolgo il piacere.

Ma Vanina ormai era partita. Qualcosa le stava tornando in mente, ed era proprio una scena che l'aveva colpita la sera prima.

– No, no, contamelo invece. Per impressionare te, 'sa che storia doveva essere.

– Vabbe', la trama ovviamente è molto piú complessa, ma la parte a cui mi riferisco io è questa: c'è un personaggio – non ti dico quale – che i protagonisti ancora carusi ammazzano all'inizio del film, e per non farsi scoprire lo seppelliscono nel terreno attorno alla casa in cui vivono. L'uomo risulta scomparso e i familiari lo cercano senza pace, finché alla fine uno dei protagonisti, ormai adulto, lo disseppellisce e restituisce il cadavere ai genitori. Non lo so perché, ma mi fece imp… – Non riuscí a concludere la frase.

– Porca miseria, come ho fatto a non pensarci! – gridò Vanina.

– Madre santa, un colpo mi hai fatto pigliare! Che fu?

– Ecco perché 'sto film m'aveva incuriosito… – Andò ad aprire la vetrata. – Lo Faro, – chiamò.

Il ragazzo sobbalzò.

– Dottoressa, che è successo? – Si staccò dalla stufa e saltò in piedi, pistola in mano.

– Entra, che dobbiamo organizzarci per domani.

Lo fece sedere sul divano insieme a Adriano Calí, che la guardava sempre piú perplesso.

– Vani, ma me lo vuoi dire che stai combinando? – chiese il medico.

Vanina non gli rispose, e chiamò Patanè.

– Commissario, ho capito che cosa ci faceva la Lascari di notte in aperta campagna. Si prepari che domani mattina abbiamo da condurre un'operazione molto particolare. E io ci sarò, a costo di schierare l'intera squadra in mia difesa.

Sotto gli occhi esterrefatti di Lo Faro e di Adriano, raccontò al telefono quello che aveva intuito. La reazione dell'anziano poliziotto le confermò che erano sulla strada giusta.

Poi avvertí delle sue intenzioni tutti i soggetti coinvolti nell'indagine. Terrasini compreso.

14.

Il parcheggio dell'agriturismo *Terra del Simeto* era pieno di auto di servizio che pareva il cortile della caserma davanti alla Mobile. Due della squadra, una della Guarrasi piú un'altra di scorta, una di Macchia che voleva assistere, una del pm Terrasini, piú la Panda di Patanè.

Vanina era stata chiara con i suoi uomini e con la Bonazzoli.

– Picciotti, pianificate la scorta come volete, ditemi voi come dobbiamo organizzarci, ma sappiate che io voglio esserci.

Nessuno aveva replicato. Se la Guarrasi ci aveva azzeccato, quella mattina si sarebbero risolte due indagini, una attuale e una archiviata da decenni. Era ovvio che lei dovesse esserci.

L'agriturismo era formato da un corpo centrale che si sviluppava attorno a un cortile lastricato in pietra lavica e da due dépendance laterali. L'edificio principale, sebbene ristrutturato alla perfezione e intonacato di fresco, era riconoscibile nelle foto della Lascari.

I proprietari erano contrariati. Temevano che i clienti, spaventati da tutto quello schieramento di forze, decidessero di andarsene. Ma fecero buon viso e tollerarono a denti stretti l'intrusione, che si prospettava devastante per una quantità ancora indefinibile di coltivazioni se non addirittura di alberi.

In base alle immagini delle telecamere e alle tracce trovate da Pappalardo sul terreno, Vanina, Spanò e Patanè, riuniti in seduta plenaria alle cinque di quella mattina, avevano ipotizzato che il punto da cui iniziare fosse vicino all'ulivo solitario che si vedeva nelle fotografie. E quello avevano indicato agli uomini che dovevano svolgere il lavoro.

Macchia si piazzò accanto a lei.

– Guarra', mi auguro che là sotto ci sia davvero qualche osso e che non si tratti di una fantasia tua, perché Terrasini mi pare preoccupato. Sai lo sputtanamento se sventriamo mezzo terreno e non troviamo niente?

Anche Vanina se lo augurava, il suo dubbio, però, non era tanto sulla reale esistenza dei resti, piuttosto su dove andassero cercati. Quanto all'ipotesi che aveva formulato e su cui aveva scommesso, piú tempo passava, piú ci ragionava sopra e piú si convinceva che doveva essere andata cosí. E il fatto che Patanè fosse in tutto e per tutto d'accordo con lei la confortava non poco.

Terrasini stesso aveva dato credito alla sua teoria senza troppe esitazioni. L'unica perplessità che il pm aveva manifestato riguardava proprio la vastità dell'area che sarebbe stato necessario sconquassare.

«Perciò lei ipotizza che l'omicidio di La Barbera sia legato alla sparizione, o a questo punto alla ipotetica morte, dei tre ragazzi», aveva commentato, quando Vanina l'aveva chiamato la sera prima.

«Dottore, ragioniamo: La Barbera è stato tra gli ultimi a lasciare la comune. Quando avvenne la sparizione di quei tre, lui era lí. Non è inverosimile che ne sapesse qualcosa. E, guarda caso, proprio nell'ultimo periodo aveva contattato i genitori dei ragazzi».

«Perché l'avrebbe fatto, secondo lei?»

«Non lo so. Ma sono sicura che sia la Lascari sia Navarria, e quasi certamente anche Baglio, conoscessero il motivo».

«Aspettiamo e vediamo che viene fuori. E speriamo che, anche stavolta, la sua intuizione sia risolutiva. Io, per sí e per no, il dottore Calí lo preavvertii, – aveva concluso Terrasini, risolente. – Non mi parve affatto stupito della cosa».

L'escavatore era stato recuperato in tempi record da Spanò tra le sue conoscenze di famiglia. A lavorare di pala a mano, per questioni di età, erano stati precettati Nunnari e Lo Faro, reduce dalla nottata.

Patanè si piazzò accanto alla Guarrasi. Era vestito che pareva stesse andando a caccia: pantaloni di fustagno marrone, stivali, camicia a quadri, maglione pesante verde scuro e giubbotto stile Barbour. Fondina e pistola al posto di cartuccera e fucile.

– Se l'immagina, dottoressa, che botta di fortuna se azzeccammo il posto al primo colpo? – Per com'era galvanizzato sembrava che la botta di fortuna fosse già arrivata.

– Commissario, ascolti a me, meglio levarci testa e rassegnarsi: chissà quanti scavi ci vorranno.

Il primo tentativo sarebbe stato fumata nera al novantanove virgola nove per cento. Vanina lo dava per scontato.

E sbagliò.

L'escavatore lavorava da cinque minuti e aveva già smosso lo strato superficiale della radura davanti all'ulivo, quando si bloccò di colpo. Uno dei due operai, il piú anziano, che dirigeva l'operazione da terra, aveva alzato un braccio con la mano aperta in segno di stop.

– Che fu, mastro Uzzo? – gli gridò Spanò.

– Ispettore, vinissi ccà: qualche cosa 'ncagghiammo.

L'ispettore capo e Lo Faro s'avvicinarono alla buca.

– Lo Faro, smuovi il terreno qua.

L'agente si fece forza. S'era mai visto un poliziotto che s'impressionava davanti ai resti umani? 'Sta cosa la doveva vincere. Affondò la pala nel punto che indicava Spanò.

– Ancora, allargati a destra, – disse l'ispettore.

Lo Faro obbedí. Affondò una seconda volta, poi una terza. Quello che tirò fuori lo sconcertò al punto che, avesse potuto, avrebbe lasciato la pala lí e se ne sarebbe scappato.

– Talè talè talè –. Mastro Uzzo si chinò in avanti, le ginocchia piegate in fuori per non perdere l'equilibrio.

Spanò si voltò verso la Guarrasi, incredulo.

Vanina si precipitò accanto a lui, guardò dentro il fosso.

Un teschio quasi integro la fissava sardonico.

Nel giro di un'ora sul sito del ritrovamento si armò tutto l'ambaradan: strisce di plastica a delimitare il territorio, uomini scafandrati che si muovevano all'interno del perimetro. Adriano Calí infilato dentro il fosso a dirigere i lavori di recupero ossa.

Al povero Lo Faro era stata assegnata la ricerca piú penosa: quella del terzo cranio, che non si trovava. Sul resto delle ossa si poteva anche soprassedere, ma avere tutti e tre i teschi serviva a dirimere sin da subito ogni dubbio prima ancora di aspettare gli esami che ne avrebbero determinato l'appartenenza.

Macchia masticava il sigaro con aria soddisfatta, le mani dietro la schiena. Terrasini, che naso a parte era uomo di dimensioni regolarissime, accanto a lui pareva quasi minuto.

– Guarrasi, te lo devo dire: stavolta hai superato te stessa.

– Io ne ero sicuro, – fece il pm, – il fiuto della dottoressa non sbaglia mai.

– Grazie per la fiducia, ma non mi sopravvalutate.

Una grandissima botta di culo, ecco cos'era stata.

– Una curiosità, – chiese Terrasini, – ma il commissario Patanè che ci fa qua?

Vanina si stupí che lo conoscesse.

– Mi ha dato alcune informazioni preziose sul vecchio fascicolo, – si limitò a rispondere, ignorando il sorrisetto di Macchia.

Patanè era esaltato. Non si muoveva dal perimetro delimitato col nastro.

– Dottore Calí.

– Mi dica, commissario.

– Sono tutti e tre?

– Non lo sappiamo ancora. Se Lo Faro non recupera il terzo cranio, potrò dirvelo solo dopo aver esaminato le ossa una per una –. Lui, già che c'era, le stava mettendo in ordine via via che venivano ritrovate.

Patanè tornò da Vanina.

– Che colpo che fece, dottoressa.

– L'abbiamo fatto insieme, commissario.

– No, no! Chista della sepoltura fu tutta farina del suo sacco. Ma comu ci vinni?

Non gli aveva raccontato del film, non ne aveva avuto il tempo.

– Cinemania, – rispose.

Patanè la guardò perplesso. Non poté approfondire, perché Adriano Calí li raggiunse.

– Trovato il cranio?

– No, ma ci sono cinque femori. A meno che uno dei morti non avesse una gamba in piú, credo sia evidente che i cadaveri fossero tre.

Alle due, gli scheletri erano stati quasi del tutto ricostruiti. Terrasini se n'era tornato in procura da tempo e Macchia aveva levato le tende prima di lui. La squadra della Guarrasi, invece, era ancora tutta là, appresso a lei che, essendosi incidentalmente imbattuta nel menu del ristorante, aveva deciso di fermarcisi a pranzo. Patanè, manco a dirlo, aveva comunicato ad Angelina di non aspettarlo e s'era unito alla compagnia. Piatti fatti bene, senza voli pindarici ammazza-sapore né aggiunte di ingredienti strani. E una salsiccia a punta di coltello cotta sul fuoco che avrebbe chiamato vino buono, ma che si accontentarono di accompagnare con l'acqua per non compromettere il lavoro del pomeriggio. Tutti tranne Patanè, che non potendo seguire la Guarrasi in quello che avrebbe fatto subito dopo si gustò un bicchiere di nerello mascalese cui, a detta sua, «mancava la parola».

L'unica che ebbe serie difficoltà a trovare qualcosa di adatto nel menu, come sempre, fu Marta. Nelle verdure gratinate c'era il parmigiano, nella pasta e fagioli il pezzetto di pancetta, il risotto era mantecato col burro. Perfino le crispelle di riso non le andavano bene, perché non solo il riso era cotto nel latte ma erano anche servite col miele.

Nessuno osò commentare, per non attaccare discussioni inutili. Solo Patanè, dall'alto della sua età, cedette a una replica spontanea.

– Santa carusa, ma manco il miele?

Vanina non rientrò alla Mobile. Lei e Spanò, con la Bonazzoli al seguito in qualità di scorta aggiuntiva e i due agenti ufficialmente deputati a quella mansione, se ne andarono dritti dritti al carcere di piazza Lanza a interrogare Valeria Lascari. Dai tabulati della donna risultavano due telefonate a Baglio, una la sera prima di staccare il telefono e un'altra alle sei del mattino. Telefonate di cui lui, però, non aveva fatto parola con Navarria.

Mentre aspettavano che la donna venisse condotta nella sala interrogatori, Vanina ricordò all'ispettore che appena fuori di lí bisognava comunicare il ritrovamento ai genitori dei ragazzi scomparsi nell'81 e acquisire da loro un campione di Dna da comparare. Il tutto con le dovute cautele, che va bene il suo fiuto, ma finché non c'erano le prove definitive, certezze sull'identità di quei resti non potevano averne.

– Non si preoccupi, capo, ci pensiamo io e Fragapane. Andiamo di persona da ognuno di loro.

La Lascari entrò nella stanza accompagnata dall'agente di polizia penitenziaria, e si sedette di fronte a loro.

– Con chi devo parlare?

– Con me, – rispose Vanina.

La donna la guardò intimorita. Lei era la sbirra che l'aveva arrestata.

– Signora Lascari, come mai due notti fa si è introdotta di nascosto nella proprietà dell'agriturismo *Terra del Simeto*?

La donna parve disorientata.

– Quale… proprietà?

– Senta, Valeria, non perda tempo a cercare di negare. La avverto che abbiamo i filmati delle telecamere di sicurezza nei quali lei è perfettamente riconoscibile.

La Lascari abbassò gli occhi in silenzio.

– Allora, vuole dirmi che ci faceva di notte in una proprietà privata?

Nessuna risposta.

– Va bene, allora partiamo dalla fine. Chi uccise e seppellí Luca Tirella, Valentina Lizzio e Sebastiano Mammana?

La Lascari boccheggiò. Completamente spiazzata, non riusciva ad articolare una parola.

– Li ha uccisi lei? O l'ha fatto Walter Navarria? O forse Alessandro Baglio?

Valeria scosse la testa. – No, no, per carità! Nessuno li uccise... – Si fermò.

– Come sono morti?

– Sono... morti... di overdose. Da eroina.

– Tutti e tre insieme?

La Lascari annuí.

– Vuole raccontarmi come andarono le cose?

La donna iniziò a piangere. Scosse ancora la testa.

– Senta, Valeria, mi ascolti bene. Ho la sensazione che per nascondere una vicenda lontana, e proteggere altre persone, lei stia rischiando di finire in galera, o bene che le vada in un istituto psichiatrico, per un omicidio che probabilmente non ha commesso. Non crede che sarebbe meglio dirmi la verità?

La donna cambiò espressione.

– Davvero lei mi crede quando dico che non ho ammazzato Enzo? – chiese.

– Potrei anche crederle, se mi spiegasse perché litigava con lui, cosa ci faceva quella sera al pub, perché appena ha saputo che qualcuno l'aveva riconosciuta ha pensato bene di sparire e di introdursi di notte nei terreni della ex comune in cui aveva vissuto proprio insieme a La Barbera, e come mai la mattina dopo ha chiesto a Walter Navarria di incontrarla con urgenza. Sappia che finora gli indizi sono tutti contro di lei, e sono abbastanza gravi e concordanti da convincere qualunque magistrato.

La Lascari si passò la mano sulla fronte. Respirò in modo affannato, come se le mancasse il fiato.

– Negli ultimi tempi Enzo s'era fissato che voleva raccontare la verità su una storia vecchia ormai di trentacinque anni, avvenuta alla comune. Una cosa a cui lui aveva assistito e della quale, per non danneggiare noialtri, aveva promesso di non fare mai parola. Circa due mesi fa mi chiamò e mi avvertí che aveva intenzione di togliersi il peso dalla coscienza e di parlare. Io cercavo di convincerlo in tutti i modi a non farlo, per questo discutevamo. Ma lui era convinto, diceva che lo doveva alle persone che c'erano andate di mezzo. Poi proprio lui, con la sua attività contro la droga, tenersi dentro un fatto tanto grave...

– Il fatto grave era la morte dei tre ragazzi per overdose?

La donna annuí.

– Mi vuole raccontare che accadde?

– Luca, Valentina e Sebastiano vivevano con noi da poco. Si facevano di eroina, come me e come altri ragazzi della comune. Quel giorno erano in astinenza. Cercavano una dose, e chiesero a noi di aiutarli.

– Noi chi? – la interruppe Vanina.

– Noi... io e altri. Gliela procurammo e loro se la fecero. Capimmo subito che c'era qualcosa che non andava, perché s'accasciarono tutti e tre. Morirono nel giro di pochissimo –. Si fermò, riprese fiato.

– Una dose tagliata male? – suggerí Vanina.

La donna assentí.

– E poi che successe?

– Fummo presi dal panico.

– Chi ve l'aveva venduta, la dose?

– Non... non me lo ricordo.

– Valeria, o me la racconta per intero o non la posso aiutare.

– È... È passato tanto...

Vanina la interruppe spazientita.

– Va bene, allora glielo dico io: la dose ve l'aveva venduta Alessandro Baglio, ed era presente anche Walter Navarria.

La Lascari sgranò gli occhi, riprese a negare, terrorizzata.

Vanina s'ammansí.

– Valeria, perché cerca di coprirli?

La donna non rispose.

– Va bene, proseguiamo. A quel punto avete deciso di seppellire i ragazzi.

Silenzio.

– Senta, Valeria, lei ha già un avvocato?

– Mattia... Mattia lo sta cercando. Perché?

– Perché se avesse un avvocato saprebbe che l'occultamento di cadavere e la detenzione e lo spaccio di stupefacenti sono reati che vanno in prescrizione. In molto meno di trentacinque anni.

– Che... che significa?

– Che nessuno di voi è piú perseguibile. Le uniche conseguenze, semmai La Barbera avesse deciso di parlare, le avrebbe avute la vostra reputazione. Il che, perdoni la franchezza, sarebbe un problema piú per quei due che per lei, considerato che le sue abitudini in fatto di stupefacenti non sono molto cambiate. Forse non si fa piú di eroina, ma per il resto non mi pare che sia messa benissimo. Mentre i suoi vecchi amici, con le loro posizioni sociali, hanno parecchio di piú da perdere, non crede? E lei, pur di non far sapere in giro che Walter Navarria e Alessandro Baglio trentacinque anni fa si bucavano e magari spacciavano pure, s'accollerebbe un'accusa di omicidio? Proprio lei che a dire la verità non subirebbe alcuna conseguenza?

Valeria non si raccapezzava piú.

– Ma... come? Allora perché lui mi ha detto... – Si fermò.

– Lui chi?

La donna esitò ancora.

– Alessandro Baglio? – chiese Vanina.

– Sí.

– Cosa le ha detto?

– Che se non stavamo attenti finivamo in galera per una cosa che ormai era dimenticata.

– Glielo disse prima o dopo che il professore era stato ucciso?

La donna ci pensò bene.

– Dopo.

Alla Mobile c'era il caos. La sala d'attesa al pianterreno era invasa da decine di persone.

– E che fu? – sbottò Vanina, appena entrarono.

Il vicequestore Giustolisi, capo della Sco, s'affacciò sulle scale.

– Guarrasi, a te stavo aspettando!

Vanina salí e lo raggiunse alla sua sezione.

– Giustolisi, ma che è tutto 'sto casino?

– Ti devo ringraziare: le indagini che facemmo sui nipoti di Zinna per l'omicidio tuo ci hanno portato a concludere un'operazione antidroga su cui lavoravamo da un pezzo. Quindici arresti, due ai domiciliari, piú tutta 'sta minuzzaglia da interrogare.

– Non c'è di che. Lieta di esservi stata utile.

Ecco perché aveva trovato due chiamate perse della Recupero.

Si andò a infilare nel suo ufficio con Bonazzoli, mentre Spanò recuperava Fragapane nella stanza dei veterani.

Si sedettero alla scrivania. Vanina resisté alla voglia di fumare, aiutandosi con un pezzo di cioccolata. La offrí a Marta.

– Mangia, che a pranzo hai quasi digiunato e poi se scompari Tito se la piglia con me.

– Ho mangiato il riso in bianco e l'insalata. Non scompaio, non ti preoccupare.

Vanina la guardò dubbiosa. Era piú alta di lei e portava al massimo la quaranta.

Marta cambiò argomento.

– Quindi la Lascari sarebbe stata manipolata da quei due che pur di non rovinare la loro reputazione l'avrebbero mandata allo sbaraglio?

– Cosí parrebbe.

– Al punto da indurla a commettere un omicidio?

La faccia di Vanina rispose da sola.

Marta tradusse in parole.

– Tu non sei convinta che sia stata lei a ucciderlo.

Vanina allargò le braccia.

– Senti, Marta, se si guardano gli indizi è l'ipotesi piú ovvia. Tutto porta a pensare che La Barbera l'abbia ammazzato lei, magari non nel pieno delle sue facoltà mentali. E il fatto che sostenga di non ricordare nulla di quanto accaduto dopo essere andata via dal pub è un ulteriore punto a suo sfavore. E aggiungo che se l'arma con cui è stato ucciso La Barbera fosse stata ritrovata nel letto del fiume o nella grotta o in terra nei pressi del locale, probabilmente non avrei dubbi. Però non è andata cosí. E a me 'sta storia del coltello preso e riportato alla Pescheria non quadra.

– Dunque non siamo sicuri di nulla.

– Invece sí, – fece Vanina, – di una cosa io sono assolutamente certa: che la morte del professore La Barbera sia legata in qualche modo, anche oscuro e non lineare, al passato nella comune. Alla contiguità del suo mondo, cui lui aveva creduto e credeva in modo utopistico, con quello devastante dell'eroina che alla fine ne determinò lo sgretolamento totale. E al ruolo che tutto questo ha avuto nelle sue scelte successive.

Spanò entrò con Fragapane al seguito.

– Allora, dottoressa, noi ce ne andiamo a fare visita ai tre vicchiareddi –. Scosse la testa. – Mischinazzi, mi fanno una pena che non si può descrivere.

– Mi raccomando, Spanò. Al massimo domani mattina va prelevato il campione di Dna per compararlo con quello dei resti rinvenuti. Per quanto, ormai, mi pare una questione puramente formale.

I due se ne andarono.

Marta s'era intristita.

– Poveretti quei genitori. Immagina cosa dev'essere vivere per trentacinque anni senza sapere che fine ha fatto tuo figlio, pensando che magari è morto chissà dove e tu non hai nemmeno potuto piangerlo degnamente. Poi scopri che invece è sempre stato lí, appena fuori città, occultato sotto terra per mano di qualcuno… – Niente, era partita.

Vanina la riportò alla realtà, che era quella di un caso di omicidio da risolvere.

– Per questo La Barbera voleva far ritrovare i resti. Evidentemente non tollerava piú il peso sulla coscienza. E questo rende ancora piú chiaro il motivo per cui aveva sposato con tanto impegno la causa della lotta alla tossicodipendenza. Seppure per caso, aveva assistito alla morte per overdose di quei poveretti. Una cosa del genere ti segna a vita. Salvare quante piú persone possibile dalla droga fu per lui un modo per riscattarsi. Finché a un certo punto il bisogno di dire la verità non diventò insopprimibile.

– Chissà cos'è che gliel'aveva scatenato, cosí di punto in bianco. In fondo, da quello che sappiamo, la sua vita non aveva subito grandi cambiamenti.

– E invece sí, Marta. Primo fra tutti il rapporto con Vera Fisichella, una donna impegnata in prima linea proprio in quel campo. Una che aveva i suoi stessi obiettivi e per cui stava addirittura abbandonando la vita in barca. E poi don Rosario, i ragazzi.

Marta annuiva.

– Sí, ma da dove partiamo per cercare altri elementi?

– Intanto aspettiamo il risultato dell'esame sulla traccia di sangue rinvenuta sulla maniglia della porta e su quelle trovate sulla barca di La Barbera.

Allungò la mano verso un tavolinetto dov'era appoggiato l'iPhone in carica. Lo scollegò dal cavo. Qua se non si dava una mossa lei, rischiava che le cose andassero per le lunghe.

– Il sangue sulla barca dovrebbe appartenere al tizio, o alla tizia, che ci si è introdotto nottetempo, – disse Marta.

– Esatto, – replicò distrattamente Vanina, mentre cercava in rubrica un contatto che non trovò. Perso di sicuro nell'ultimo cambio di telefono, avvenuto ormai anni prima.

– E quello sulla maniglia non potrebbe essere di qualcuno dei camerieri? – continuò l'ispettrice.

Vanina aveva lo sguardo fisso oltre il display, cercava di ricordarsi un numero alternativo da comporre.

Alzò gli occhi di colpo. – Come dici?

Marta ripeté il quesito. Vanina le rispose digitando sul telefono fisso: nessuno dei camerieri e dei gestori del pub aveva ferite sulle mani.

La Bonazzoli approfittò del momento per tornare nel suo ufficio ad aggiornarsi con Nunnari sulle intercettazioni.

Vanina tirò fuori una sigaretta con la mano libera e l'accese mentre aspettava che qualcuno alla Scientifica di Palermo rispondesse.

Al decimo squillo stava per perdere le speranze quando udí una voce femminile e si presentò.

– Sono il vicequestore Guarrasi, squadra Mobile di Catania.

– Vanina!

– Paola?

– Io sono. Mamma mia, non ci posso credere! Ma quanto tempo è che non ci sentiamo? Te ne andasti da Palermo e chi ti vide piú?

– Ragione hai. La prossima volta che vengo ti avverto e ci prendiamo un caffè insieme.

– Vedi che me lo sto segnando. Ma dimmi, piuttosto, cercavi qualcuno in particolare?

– Proprio te.

– Mi, che onore!

– Scimunita.

Paola rise. – Dimmi tutto.

– Senti, per caso te ne stai occupando tu dei campioni per la ricerca del Dna che vi abbiamo mandato due giorni fa?

– No, il mio collega. Però so che ancora non li ha potuti processare. Purtroppo in questo periodo abbiamo un sovraccarico di lavoro bestiale. Oltretutto sentivo poco fa che ci state mandando altro materiale, prelevato da dei resti... Non ho capito bene. Ma di che si tratta?

– Sono i resti di tre corpi seppelliti trentacinque anni fa.

– Mizzica, Guarrasi, ma tutte a te capitano le cose strane.

E come darle torto? O le capitavano o se le andava a cercare lei con le sue intuizioni cine-guidate.

– Senti, Paola, me la fai una cortesia? Chiedi al tuo collega se può velocizzare le indagini degli ultimi due campioni che gli mandammo? Solo di quelli. Sul materiale osseo che arriverà domani ci può lavorare anche con piú calma.

– Va bene, glielo dico subito. Vediamo che si può fare.

Rimasero altri cinque minuti a parlare, e a riannodare i fili dove Vanina li aveva tagliati quattro anni prima, quando era andata via da Palermo di punto in bianco.

Aveva appena riattaccato che Nunnari bussò.

– Capo, ricostruimmo i movimenti del telefono di Baglio Alessandro.

– Ah, e me li devi comunicare impalato sulla porta?

Il sovrintendente trotterellò fino alla scrivania.

– Complicato fu. Ma quanto si sposta 'stu cristiano, dottoressa?

Vanina lo guardò storto.

– Nunnari, te lo devo proprio dire quanto me ne frega a me che Baglio si sposta assai? Una cosa voglio sapere: dove si trovava la sera e la notte in cui hanno ammazzato La Barbera.

Nunnari ebbe un attimo di incertezza, poi rispose.

– A Reggio Calabria, si trovava. E ci restò fino all'indomani mattina.

Nunnari e l'agente Spada erano rimasti in ascolto rispettivamente delle conversazioni di Baglio e di Navarria. Che però, stranamente, non si sentivano piú tra loro. E soprattutto, a quanto pareva, non avevano piú menzionato Enzo La Barbera in nessun'altra conversazione. Solo l'architetto, parlando al telefono con qualcuno, aveva avvertito che sarebbe arrivato tardi a un appuntamento perché doveva partecipare a un funerale.

La cerimonia funebre s'era svolta quella mattina in cattedrale, proprio mentre la squadra Mobile disseppelliva i resti che Enzo La Barbera voleva riconsegnare alle famiglie. In un altro momento, libera di muoversi, una capatina in cattedrale Vanina l'avrebbe fatta. I funerali delle vittime raccontavano sempre qualcosa. Dettagli, sensazioni, che all'indagine potevano essere utili, magari anche solo marginalmente.

Ma qualcosa le arrivò lo stesso. Vera Fisichella la chiamò per ringraziarla. Il gesto di fornire – o meglio imporre – ad Alberto La Barbera il suo contatto aveva costretto la famiglia a degnarla di una considerazione che le sarebbe spettata di diritto. Non che lei ci tenesse in modo particolare, ma quel minimo di voce in capitolo le aveva consentito di chiedere, per conto di Enzo e della sua memoria, la presenza di don Rosario Limoli al fianco del monsignore amico di famiglia che avrebbe officiato la cerimonia.

Vanina le disse di raggiungerla in ufficio e di portare con sé il prete.

Era alla seconda sigaretta e al secondo cappuccino decaffeinato che qualcuno della squadra s'immolava ad andarle a prendere al bar all'angolo. Quell'ultimo gliel'aveva portato Lo Faro, con tanto di biscottino al lato. Tanto per non smentirsi, l'agente aveva approfittato per omaggiare di caffè e biscotti il Grande Capo e l'immancabile Giustolisi, onnipresente al suo fianco. Per metterci il carico da undici, s'era pure fermato nella stanza del primo dirigente e s'era messo a parlare.

Vanina sbirciò la scena appoggiata allo stipite della sua porta, con un mezzo sorriso sardonico stampato in faccia. L'ufficio di Macchia era semiaperto e la vista cascava proprio sulla poltrona monumentale e sull'espressione del superiore, che notoriamente mal tollerava ogni genere di ruffianaggine.

– Lo Faro, vieni qua, – lo richiamò, appena lo vide ricomparire. Gli fece cenno di seguirla nel suo ufficio. Il ragazzo entrò esitante. Finiva sempre cosí, ogni volta che lui s'allargava facendo piú di quanto gli fosse richiesto, si beccava una lavata dalla testa ai piedi e pure vigorosa. Ma la Guarrasi lo spiazzò.

– Ti do una dritta da amica, non da capo. A Macchia non gliene frega una beneamata se tu gli porti uno, due o tre caffè, specie quando nessuno t'ha chiesto di farlo. Quello di cui gli frega, e pure assai, è il risultato del tuo lavoro. Perciò, se vuoi che la sua considerazione per te vada oltre le tue doti di pistolero, ti consiglio di acquattarti, darti da fare sul lavoro e lasciare che i tuoi successi parlino per te.

Lo Faro la guardava stupito.

– Che successi? – chiese, candido.

Vanina allargò le braccia.

– Per ora nessuno. Ma capace che prima o poi qualche cosa la combini pure tu.

– Veramente dice, dottoressa?

– Vero dico, – confermò. – Ora levati dai piedi e vai a dare una mano a Nunnari con le intercettazioni.

L'agente partí verso la porta. Poi si girò. – Grazie, ca... dottoressa.

Mentre usciva, il telefono fisso di Vanina squillò.

– Guarrasi, – rispose.

– Dottoressa, buonasera, sono Enzo Greco.

– Oh, avvocato, buonasera.

– Mi scusi se la disturbo. Innanzitutto volevo ringraziarla per il consiglio dell'altro giorno, parlare con quel sacerdote mi è servito molto.

– Non ne dubitavo, sono contenta di esserle stata utile.

– Molto utile. Ma non era per questo che la chiamavo. Mi accorsi proprio ora che nella mia agenda di ieri risultava un appuntamento annullato. Domandai alla mia segretaria e lei mi rispose che il poveretto era morto qualche giorno fa. Ovviamente mi pigliai di curiosità e le chiesi di chi si trattava. Indovini un po' chi era?

– Vincenzo Maria La Barbera.

– Proprio lui.

Vanina cercò di collocare in qualche modo quella notizia. Greco era un civilista, con la questione dell'eroina alla comune e dei morti seppelliti non poteva entrarci niente.

– E la sua segretaria non conosce il motivo dell'appuntamento?

– Purtroppo no. Le ho chiesto di provare a ricordare, ma niente. Dice che La Barbera si presentò qui di persona e prese l'appuntamento. Basta. Non so se questa informazione, cosí campata in aria, possa servirle, ma mi è sembrato importante comunicargliela subito.

– Ha fatto benissimo. Grazie mille, avvocato.

Vanina stava ancora ragionando sulla notizia quando Marta comparve nel suo ufficio e annunciò Vera Fisichella e don Rosario Limoli.

Vera si sedette subito, ingramagliata come neanche il primo giorno. Dovette sentirsi osservata, tant'è che quasi si giustificò.

– I La Barbera si fissarono che dovevano presentarmi a tutti quelli che s'avvicinavano per le condoglianze, perciò mi sono dovuta adeguare al ruolo. 'Sa quante me ne avrebbe dette il povero Enzo, se m'avesse visto! Proprio lui che mi voleva sempre colorata. Allegra, diceva.

Si stava commuovendo. Don Rosario le strinse la mano.

Gramaglie a parte, si vedeva che era provata. Del resto era cosí, Vanina lo sapeva bene: il contraccolpo piú pesante arriva sempre dopo. E Vera lo stava subendo in pieno, nessuno piú di lei poteva capirla. Proprio per questo era meglio disinnescare subito la bomba.

Marta era già pronta con la riserva di Kleenex, ma la Guarrasi le mozzò le mani con lo sguardo. Passò subito agli argomenti che le interessavano.

– Scusate se vi ho costretti a tornare qui, ma devo chiedervi un ulteriore sforzo di memoria, – esordí.

Don Rosario rispose per primo.

– Dica, dottoressa.

Vanina raccontò loro tutto quello che era emerso dalle indagini e concluse con il disseppellimento dei resti dal terreno dell'ex comune.

I due rimasero sconcertati. Vera non si capacitava.

– Ora che ci penso, – fece don Rosario, dopo lunga riflessione, – tempo fa Enzo mi disse una cosa che lí per lí non capii... lo sa com'è, a parlare con un filosofo certe volte pare di non raccapezzarsi. Però, alla luce di quello che raccontò lei adesso, comincio a intravedere un senso. Disse che la coscienza umana ha una soglia, che varia in maniera inversamente proporzionale all'entità dei pesi che contiene. Se uno ci vuole convivere serenamente, deve sgombrarla da quelli piú grossi. A costo di scavare nella polvere e di smuoverne tanta da andare a disturbare le coscienze altrui.

Vanina decifrò ogni passaggio di quel discorso. La Barbera aveva raccontato in modo astratto all'amico prete ciò che intendeva fare.

Vera continuava a scrollare la testa.

– Perché non me ne parlò? – si dannava. – Se l'avesse fatto, l'avremmo affrontato insieme questo problema. E lui, magari, a quest'ora sarebbe ancora vivo. Invece niente. Con me parlava di futuro, ma a quanto pare teneva molto di piú al passato. È morto per colpa del passato. Non mi può pace.

Vanina, al contrario, si stava convincendo che Enzo al futuro con Vera tenesse tanto da volerci arrivare libero di una zavorra che gli gravava addosso da troppo tempo. Mentre lo pensava, don Rosario la precedette con le parole. Meglio cosí, che toccare corde sentimentali non era roba per lei.

– Senta, Vera, Enzo aveva preso appuntamento con un avvocato, un civilista. Lei sa per quale motivo?

L'altra cadde ancora dalle nuvole. Sul viso le comparve un sorriso amaro.

– Di nuovo devo risponderle di no. Mi dispiace, dottoressa, ma non le sono di grande aiuto.

Don Rosario invece s'era concentrato su un pensiero.

– Sa che forse… qualcosa mi ricordo? Una volta Enzo non poteva venire con me in un posto proprio perché doveva andare dall'avvocato.

– Questo quando avveniva?

Il prete ci rifletté bene.

– Non piú tardi di una ventina di giorni fa.

Non corrispondeva.

15.

Maria Giulia De Rosa s'era piazzata col suo Suv davanti al portone della Mobile. Vanina non le rispondeva da una giornata e lei era stufa di aspettare. Tanto da lí doveva passarci per forza. Bastava un po' di pazienza. Era cosí assorta nei suoi pensieri che non s'accorse nemmeno dei tre poliziotti in borghese ritti accanto al suo sportello a braccia conserte.

L'agente scelta Agata Ristuccia ruppe gli indugi e bussò sul finestrino. Giuli saltò in aria.

– Oddio, e che succede? – L'altra le fece segno di abbassare il finestrino. Giuli tergiversò, va bene che era una donna, ma aprire a una sconosciuta non le pareva il caso.

La Ristuccia capí al volo il problema, tirò fuori il tesserino e lo schiaffò sul vetro.

Giuli obbedí.

– Avvocato De Rosa, l'agente Ristuccia sono, non si ricorda di me? Ci siamo viste a casa della dottoressa Guarrasi.

– Mi scusi, agente, non l'avevo riconosciuta!

– Dovrebbe spostarsi.

Giuli si guardò intorno. A quell'ora, appena prima che i negozi chiudessero, in quell'angolo di città non c'era posto manco per una Smart. Figurarsi per quel camion. E lei di fare strada a piedi proprio non ne aveva voglia.

– E dove mi metto? – chiese, come se fosse normale che uno posteggi davanti all'ingresso della Mobile.

– Dove vuole, ma non qui.

Giuli si spostò e si fermò in doppia fila poco piú indietro. Mentre bestemmiava contro il cambio automatico al volante, che se uno non stava attento e sbagliava levetta azionava luci, tergicristallo, antinebbia, musica e tutte le diavolerie che il computer di bordo comprendeva, il telefono iniziò a squillare a volume sparato al massimo, e una voce metallica iniziò a ripetere: «Vanina Guarrasi».

Rispose subito.

Vanina aveva spedito Giuli a casa sua e le aveva detto di farsi aprire da Bettina, che lei l'avrebbe raggiunta presto. Non riusciva a entrarle in testa a quella *fuddigna* che in macchina con lei i suoi angeli custodi non l'avrebbero fatta salire manco a pregarli in ginocchio. E data la sua condizione, a dirla tutta, nemmeno lei reputava che fosse il caso. Ora era seduta sul sedile posteriore della Bravo azzurra e bianca a marchio Polizia con cui s'era presentata la Ristuccia quella sera.

– Agata, un poco di teatro in piú però potevamo farlo, – era stato il commento sarcastico della Guarrasi.

– Dottoressa, le auto civetta erano tutte fuori, mi dispiace.

Lungo la strada le luci e gli addobbi di Natale s'erano moltiplicati rispetto alla sera in cui Vanina era salita a Santo Stefano con Federico, o forse era lei a non averci fatto caso prima. La strada piú libera era quella della stazione, poi viale Africa. Quasi in piazza Europa Vanina sbirciò il negozio d'abbigliamento dove si riforniva stagionalmente di quelle tre o quattro follie care da scippare la testa ma, conditio sine qua non, senza l'ombra di un logo manco nascosto sotto la manica. La vetrina era addobbata e la traversa accanto s'era trasformata in una specie di villaggio di Natale.

Invece di prendere il lungomare l'auto s'infilò in strade secondarie fino a sbucare sulla circonvallazione, quasi tutta bloccata. A quell'ora era cosí, bastavano cinque minuti per far slittare un programma di mezz'ora. Meno male che il congelatore era ancora pieno delle monoporzioni strategiche di Bettina, cosí non sarebbe stata costretta a spedire Lo Faro da Sebastiano.

Prima di uscire dall'ufficio aveva provato a chiamare Patanè per riferirgli le ultime novità, ma il telefonino, manco a dirlo, era staccato. Mentre arrivava a Santo Stefano riprovò, poi si rassegnò a cercarlo a casa. Angelina le comunicò che Gino se n'era andato a giocare a carte dal ragioniere Sferlazza e ancora non s'era arricampato per cena. Obtorto collo – ormai Vanina riconosceva la voce contrariata – le promise che l'avrebbe fatta richiamare subito.

L'ultimo messaggio che ricevette prima di scendere dall'auto era di Paolo. Fino a qualche settimana prima avrebbe evitato di leggerlo subito, ma la situazione imponeva una risposta celere e il piú possibile rassicurante.

Giuli, chissà come aveva fatto, era a Santo Stefano da piú di venti minuti e aveva seguito pari pari il copione di Adriano della sera prima. Cucina di Bettina, aperitivo rinforzato, con l'unica sostanziale differenza che la gazzosa era senza vino.

La vicina era vestita di tutto punto, foulard compreso, segno che era appena rientrata da qualche pomeriggio di burraco, o che stava uscendo a cena col gruppo che Vanina aveva ribattezzato «delle vedove piú uno». E infatti.

– Vannina, meno male che arrivò, che tra poco passa Luisa a pigliarmi e l'avvocatessa sarebbe finita a aspittarla da sola. Mi sarebbe dispiaciuto assai.

Luisa era la piú agé delle amiche di Bettina, ed era palermitana. Suo marito, bonarma, a Palermo negli anni Ottanta faceva il commerciante. E come tutti i commercianti, vessati da estorsioni continue, aveva conosciuto l'ispettore Giovanni Guarrasi. Per questo Luisa aveva un riguardo tutto speciale per Vanina.

Giuli s'era fatta fuori tre fette di pane con le olive, l'unica creazione culinaria di Bettina per quella sera. Tanto Vannina aveva il frigidaire chinu chinu di chiddu che voleva. Bastava una botta di microonde, una passatina col grill e i timballi di anelletti erano belli e pronti.

Prima di andarsene Bettina richiamò Vanina, che era ancora sull'uscio di casa con Lo Faro attaccato dietro. Con aria cospiratrice la allontanò da Giuli, che invece s'era già infilata in casa dell'amica.

– M'arraccumannu, dottoressa, non pigliasse il pesto alla trapanese ca c'è il basilico crudo e non si sa mai. Nel giardino nostro furriano gatti, e po' essiri pericoloso per l'amica sua.

Vanina rimase alluccuta.

– Ma perché, Giuli le ha raccontato… – Non finí. La vicina la guardava sorniona.

– Dottoressa, ca sicunnu lei c'era bisogno che me lo raccontasse? 'U capii appena la taliai in faccia. Poi mi rifiutò il vino e fici due piú due. Però mi raccomando: io niente so.

E se ne andò.

Un mito era, quella donna.

Vanina armò la cena come le era stato spiegato. Anelletti, microonde, botta di grill. Tirò fuori anche la parmigiana della sera prima. Mentre armeggiava, impacciata come sempre al cospetto di forni e fornelli, la chiamò Patanè.

– Dottoressa, mi deve scusare se non le risposi, ma mi si scaricò il telefonino. Tutto a posto? È a casa?

– Sí, stia tranquillo, a casa sono. L'avevo chiamata per aggiornarla.

– Mi contasse tutto.

Giuli s'era già messa comoda sul divano e s'era accesa la televisione, Vanina le fece segno di scusarla un attimo. Questione di pochissimo.

Raccontò in breve al commissario l'interrogatorio di Valeria Lascari. Come Vanina anche Patanè pensava che, colpevole o no dell'omicidio – e pure lui nutriva forti dubbi –, la donna fosse comunque vittima di giochi piú grandi di lei. Ora come ai tempi della comune. Poi Vanina gli riferí della telefonata di Greco e del colloquio con Vera e con don Rosario.

– Perciò, se don Rosario dice che La Barbera parlò con un avvocato 'na vintina di giorni fa, di sicuro non si trattava di Greco che l'appuntamento l'aveva ieri, – concluse il commissario.

– Eh no, direi di no.

Patanè ci ragionò un attimo.

– A questo punto le possibilità sono due: o il primo avvocato era un penalista, ca gli sirveva per la questione dei cadaveri ammucciati nella comune; oppure, se era n'autru civilista, ci fu qualche intoppo, perciò La Barbera cangiò e si rivolse a Greco.

– In entrambi i casi non abbiamo idea di chi si tratti, perché dai tabulati non risultano telefonate a studi legali. La Barbera, ormai l'abbiamo capito, aveva l'abitudine di fare quasi tutto di persona. Questo purtroppo non ci aiuta.

– 'Stu santo cristiano. Nel 2016 ancora non s'era adeguato alla tecnologia.

Perché lui, invece!

– Ma tanto sono sicuro che lei e io raggiunannu raggiunannu tutte cose capiremo. Questione di tempo. Se poi qualche *mavaría* tecnologica ci viene in aiuto, facciamo tombola e non se ne parla piú.

Vanina staccò col sorriso. Patanè era meglio di un ansiolitico.

Maria Giulia De Rosa, invece, l'ansia la faceva salire. A tremila.

– Enzo Greco è il compagno della ex moglie del tuo ispettore baffone, lo sai?

– Giuli, gioia mia, perdi colpi. Questa storia hai già cercato di propinarmela come uno scoop almeno due volte.

– Vabbe', non è che mi posso ricordare tutti i curtigghi che ti racconto.

– Soprattutto considerata la vastità del repertorio.

– Sfotti, sfotti, intanto se non ci fossi stata io a istruirti, da catanese purosangue, tu a quest'ora ignoreresti anche le dinamiche piú basilari di questa città.

– Va bene, ammetto che mi sei stata di grande utilità.

– Comunque, quello che volevo dirti è che di Greco puoi fidarti. È una persona seria.

Giuli parlò a ruota libera per il resto della serata, ignorando di proposito l'argomento del picciriddo. Era già col cappotto addosso, quasi sulla porta, quando si fermò occhi negli occhi con Vanina.

– Scordati quello che ti dissi l'altra volta. Non so come mi sia venuto. 'Sto bambino non era previsto, ma per come funziona la mia vita, e considerato che ho quarant'anni, è l'unico figlio che avrò mai. Rinunciarci sarebbe una minchiata troppo grossa. Su una cosa però non cambio idea, e non lo farò nemmeno in futuro: Luca non dovrà mai sapere che è suo figlio. E tu devi giurarmi che mai, per nessun motivo al mondo, neppure il piú grave, glielo dirai.

Vanina giurò.

Le ultime notti, in cui aveva dormito – male – dalle tre alle quattro ore, le avevano fatto accumulare un debito di sonno immenso. Tanto che, senza manco capire come, quella sera s'addormentò nell'istante in cui s'infilò nel letto. Come fu e come non fu, riuscí perfino a non sognare. Forse perché i sogni che si ricordano, peraltro spesso i piú ansiogeni, sono gli ultimi prima di aprire gli occhi, e Vanina non ebbe il tempo di farli.

Gli squilli arrivarono alle sei e trentacinque con la potenza detonante di una tonnellata di tritolo. Prima di capire che non si trattava di una sveglia da spegnere, le ci vollero due minuti buoni. Nel frattempo il telefono smise di suonare. Vanina lesse il numero sul display. Non era nella sua rubrica. Mentre rifletteva se richiamare o no, spuntò la notifica di un messaggio. «Dottoressa, mi perdoni, sono Vera Fisichella. Mi contatta appena può?»

Vanina ebbe l'istinto di richiamarla immediatamente. Ma si fermò in tempo. Ancora a letto, a quell'ora, la possibilità che capisse la metà di quanto la donna aveva da dirle era alta. E, a occhio e croce, in ballo non dovevano esserci fesserie.

Si alzò, infilò il cardigan, che i termosifoni s'erano appena riaccesi e la casa non era ancora calda. Preparò due capsule di caffè ristretto in una tazza e si sedette sul divano. Poi afferrò il cellulare.

Vera Fisichella le rispose subito.

– Dottoressa Guarrasi.

– Signora Fisichella, che è successo?

– Mi scusi, sono mortificata, ma non potevo aspettare.

– Non si preoccupi, mi dica.

– Stamattina verso le cinque non avevo piú sonno, perciò mi alzai e mi misi a girare per casa. A un certo punto l'occhio mi cadde sugli oggetti che trovai nella macchina di Enzo. Tra le tante cose senza importanza, c'era una cartellina che lui teneva infilata nella tasca posteriore del sedile davanti. Documenti della scuola, avevo creduto lí per lí. Per passare il tempo mi misi a leggere quello che c'era dentro. Un colpo mi pigliò, dottoressa!

– Ma perché, che trovò?

Vera prese un respiro.

– Ha presente quella casa di campagna dove io e Enzo volevamo creare una struttura per il recupero dei ragazzi tossicodipendenti?

– Certo.

– Per rimetterla a posto ci vorrebbero almeno duecentomila euro, se non di piú. Enzo e io c'eravamo informati e stavamo avviando le pratiche per ottenere dei fondi, e nel frattempo stavamo negoziando un mutuo. Cose lunghe. Enzo però ci teneva assai a quel progetto. Il primo foglio che trovai nella cartellina altro non era che un calcolo sommario delle spese che sarebbe stato necessario sostenere. Tutto regolare, se non fosse che in fondo c'era una cifra con un punto interrogativo: trecentocinquantamila euro. Accanto c'era una freccetta e poi la scritta «quota legittima». Il foglio successivo era una lettera, scritta sulla carta intestata di uno studio legale. Fu questa che mi fece prendere un colpo, dottoressa.

Vanina era rimasta con la tazza in mano, fissava la mensola davanti persa appresso ai pensieri che piano piano le si stavano insinuando nella mente. Suo padre dalla foto pareva ammiccarle: forza, nica mia, che ci sei quasi.

– Dottoressa?

– Sí, scusi, ci sono. E che cosa c'era in questa lettera?

– Se lo ricorda quando le dissi che Enzo era stato diseredato dal padre e dalla madre e che non aveva mai fatto valere i propri diritti perché dalla famiglia non voleva nulla?

– Certo, anche i suoi fratelli hanno confermato.

– Ecco: qualcosa gli aveva fatto cambiare idea. La lettera dell'avvocato parla proprio di questo: Enzo voleva impugnare il testamento e ottenere la legittima. Credo che la ragione del ripensamento fosse il nostro progetto, che cosí avremmo potuto realizzare senza problemi.

Vanina ebbe la sensazione che la matassa si stesse ingarbugliando quel tanto in piú che serviva poi a sbrogliarla del tutto.

Il commissario Patanè, come ogni mattina, s'era alzato alle sei. Attento a non svegliare Angelina, s'era infilato la vestaglia bordeaux coi giummi, aveva afferrato al buio i racconti di La Barbera ed era sgusciato fuori dalla camera da letto. Aveva preparato la moka da due tazze, s'era messo comodo in poltrona accanto alla finestra a gustarsi il caffè e aveva ripreso la lettura da dove l'aveva lasciata la sera precedente.

Cosí lo trovò Angelina un'ora dopo, quando s'affacciò nel soggiorno.

– Gino.

Patanè non spostò gli occhi dal foglio.

– Eh, – rispose, distratto.

– Sicuro ca ti senti bonu?

– Io? Ca certo. Pirchí? – alzò lo sguardo. Angelina lo stava taliando perplessa.

– Ma ti n'addunasti che stai parlando solo?

Gino si straní.

– Sicura sei?

– E sparti parevi siddiato: santo cristiano, nenti si capisce, dicevi.

Gli venne da ridere. Senza accorgersene aveva pensato ad alta voce. Inveito, per la precisione. La Barbera, pace all'anima sua, aveva l'abilità di intorcinare le frasi in modo tale che per capirne una ti dovevi sfurniciare tanto da finire col dimenticare quella precedente. Col risultato che per leggere mezza pagina ci voleva una iurnata sana. Alla fine però qualche cosa si intuiva, ma tutto era cosí astratto da risultare quasi senza senso. Quasi.

– Non ti preoccupare, Angilina. Non scimunii, – la tranquillizzò. Si tirò su dalla poltrona e la raggiunse.

Vanina arrivò in ufficio alle otto meno venti. Spanò, avvertito da Lo Faro, era già lí pronto per montare in servizio scorta. La Bonazzoli aveva dovuto rinunciare al suo percorso di running mattutino per correre subito a casa di Vera Fisichella e recuperare la cartelletta di La Barbera. Il che aveva incuriosito oltremodo Macchia: dal piumone in cui era ancora avvolto l'aveva vista schizzare fuori casa vestita di tutto punto al doppio della velocità con cui di solito usciva in tenuta da running. Allora, sonno perso per sonno perso, s'era vestito pure lui ed era andato in ufficio.

Vanina lo incontrò sul pianerottolo, ancora impaludato in un giubbotto da motociclista, ma già col sigaro in bocca.

– Guarra', e che è successo? – fece, stupito.

– La stessa cosa che è successa a te: qualcuno mi telefonò e mi sconsò il sonno.

Entrarono insieme nel corridoio.

– Tanto per non vanificare la mia sveglia, potrei sapere dove hai spedito Marta alle sette del mattino?

– Non te l'ha detto?

– Non ha avuto il tempo, è uscita a razzo parlando di una carpetta da recuperare o qualcosa di simile –. La seguí nella sua stanza.

Vanina mollò sulla scrivania il cartoccio di Alfio, si liberò della giacca di pelle e si sedette.

Tito coprí l'intera superficie del divanetto col suo giubbotto e s'andò ad accomodare su una delle due sedie davanti a lei.

Vanina gli avvicinò il vassoietto del bar. – Prendi, va', che cosí ragioniamo meglio.

– Maronn', Vani', ma tu ogni giorno cosí ti tratti?

Mentre si spazzolavano i cornetti di Alfio, lei gli raccontò la telefonata della Fisichella.

– Qua mi pare che la cosa invece di risolversi si stia incasinando, – sentenziò Macchia.

Marta li trovò ancora cosí: circonfusi di zucchero a velo, a spaccare in quattro la novità tentando di ricavarne un indizio.

Vanina tirò fuori i fogli dalla cartella di La Barbera. C'era quello con i calcoli dei costi per la ristrutturazione del casale e la cifra in fondo col punto interrogativo.

– Trecentocinquantamila euro? Questa era la legittima che gli sarebbe toccata? – chiese Tito.

– Non lo so, immagino che lui ritenesse di sí.

Riprese a leggere, concentrata.

Macchia si alzò. – Vabbuo', Guarra', studiaci sopra, – recuperò il giubbotto monumentale. – Fammi sapere.

Uscí dalla stanza e s'infilò nel suo ufficio.

Manco un minuto dopo, appresso a Spanò, comparve Patanè. Loden blu, giacca blu, cravatta regimental sotto il gilet, grigio come i pantaloni. Fresco di barbiere.

– Commissario, dove se ne sta andando? – fece Vanina.

– Io? Qua sono.

– Tutto acchittato.

– Dottoressa, all'età mia se uno non si sistema un poco pare una mummia.

– Una mummia lei?

Patanè glissò, compiaciuto.

– Vabbe', parramu di cose serie piuttosto. Mi contasse tutto, che poco fa al telefono mi lasciò con la curiosità.

Vanina l'aveva chiamato dalla macchina e gli aveva detto di raggiungerla.

Gli raccontò le ultime novità.

Patanè si grattò il mento, meditativo. Chissà perché, gli era tornato in mente il racconto astruso che stava leggendo quella mattina. Peccato che non l'aveva finito.

– Scusa, Vanina, fammi capire, – ricapitolò Marta, – La Barbera era stato diseredato, e questo era risaputo. Muore la madre e lui, come previsto, non eredita un euro. È cosí disgustato dalla propria famiglia che non prova nemmeno a ottenere quello che gli spetterebbe di diritto. Quattro mesi fa, muore il padre: stessa storia. Poi all'improvviso, da un giorno all'altro, cambia idea. Perché? Non diceva che dei soldi della sua famiglia poteva farne a meno e che viveva anche senza?

– Lo diceva e ne era convinto, – rispose Vanina, – al punto da infilarsi in pastoie burocratiche infinite per ottenere i fondi e i finanziamenti senza i quali il progetto della comunità di recupero per tossicodipendenti, a cui lui e la sua compagna tenevano assai, non poteva prendere forma. Una strada lunga e in salita. A quel punto dev'essere scattato qualcosa nella sua mente. Si è reso conto che, se avesse avuto a disposizione quello che gli spettava per legge, tutti i problemi si sarebbero risolti, e nel giro di poco il casale di Vera Fisichella sarebbe stato bello e ristrutturato. E questo cambiava radicalmente la prospettiva.

– Ca certo che la cangiava, – intervenne Patanè. – 'Na cosa era pretendere soldi per il proprio benessere economico, che per il tipo ca era nun l'avissi fatto mai, un'altra era investirli in una causa accussí nobile. I soldi dell'eredità potevano servire a riscattare la vita di tanti carusi. La Barbera pur di scippare una persona alla droga era capace di sfidare chiunque, compresi mafiosi e spacciatori, figuriamoci che poteva sembrargli battere cassa con la famiglia, soprattutto poi se ci attoccava di diritto.

Vanina annuí. Prese un secondo foglio. La lettera scritta dallo studio legale di cui parlava Vera, in realtà, altro non era che una bozza, stampata da un file pdf. Tant'è vero che il foglio successivo era il testo della mail cui il file era allegato, datata 24 novembre 2016. All'incirca una ventina di giorni prima, il che collimava con l'informazione data da don Rosario.

Il testo diceva:

Caro Prof,

ecco in allegato il testo della richiesta. Mi sono basato su quello che mi ha detto lei. Sono a sua disposizione per eventuali modifiche. Oggi stesso ne parlo con il titolare dello studio, ma stia tranquillo: sarò io a occuparmene.

Un caro saluto,

Carlo

– Che studio legale è? – chiese Patanè.

Vanina lesse l'intestazione: – Avv. Gian Galeazzo Gilardo e associati.

– Questo Carlo chi sarà?

– A occhio e croce, direi un suo ex alunno. Marta, fammi la cortesia, vedi a chi corrisponde l'indirizzo mail, e se c'è un Carlo tra gli associati di questo Gilardo.

La Bonazzoli se ne andò nella sua stanza.

Un altro foglio era scritto a mano, probabilmente da La Barbera stesso. Sembravano appunti.

Vanina fissava la cartella aperta, rotolandosi una sigaretta tra le dita.

– Dottoressa, a che sta pensando? – chiese Spanò.

– Mi stavo chiedendo che bisogno avesse La Barbera di rivolgersi a un avvocato. A sentire i fratelli, se ne facevano un cruccio che lui non volesse riavvicinarsi alla famiglia nemmeno dopo la morte dei genitori. Perciò, non poteva semplicemente parlare con loro? Sono gente molto benestante, non credo che una cifra come quella che serve per la ristrutturazione del casale avrebbe intaccato il loro patrimonio. Che senso aveva procedere in modo cosí formale?

– Aveva senso se i fratelli non erano poi cosí crucciati, – rispose Patanè.

Come al solito, aveva centrato in pieno il punto.

Marta rientrò.

– Torrisi Carlo, classe 1988. Abilitato alla professione di avvocato nel 2014: due anni fa.

– Un carusiddo, – commentò il commissario.

La Bonazzoli restituí il foglio a Vanina. Spanò lo prese e lo rilesse. L'occhio gli cascò sull'indirizzo mail di La Barbera.

– Dottoressa, mi scusi, ma questa era la mail del professore?

Vanina la lesse. Non corrispondeva.

– Marta, chiamami Nunnari, per piacere.

Il sovrintendente arrivò subito.

– Eccomi, capo.

– L'indirizzo mail che trovasti nel computer di La Barbera, quello dove c'erano tutte pubblicità, è questo?

Nunnari prese il foglio, se lo appiccicò agli occhi per leggere meglio.

– No, è diverso –. Ci pensò. – Ma come può essere?

Vanina lo guardò male. – Può essere. Perché se le cose non ve le dico io, a voi manco vi sfiorano il cervello –. Stava perdendo le staffe.

– Ma dottoressa, quello solo c'era nel computer.

– E non ti venne per testa di controllare se per caso ne aveva altri?

Il sovrintendente era imbarazzato. Tanto piú che la Bonazzoli lo stava guardando pietosa. Vedi tu che malacomparsa.

– Mi scusi, capo. Ragione ha.

Vanina s'ammansí. A essere onesta, non ci aveva pensato manco lei.

– Vabbe', vai a controllare e tira fuori tutto quello che trovi.

L'altro batté i tacchi e se ne andò lasciando la porta aperta.

La Guarrasi alzò gli occhi al cielo, allargò le braccia. Santa pazienza.

Dopo mezz'ora Nunnari tornò con un computer portatile in mano.

– Capo, la trovai. Oltre alla mail che lei ha già ce n'è un'altra, successiva. Importante, penso.

Passò il computer alla Guarrasi. Stesso indirizzo di posta elettronica, stesso mittente, ma stavolta il tono era diverso. Carlo si diceva dispiaciuto di dovergli comunicare che il suo titolare non aveva voluto accettare l'incarico.

– E ora sappiamo perché La Barbera si rivolse a… a Greco, – disse Spanò. Faticava a nominarlo.

– Resta da capire perché il primo avvocato l'avesse scaricato, – commentò Marta.

A Vanina un'idea iniziava a girare in testa, ma era solo un'idea.

– Spanò, faccia una ricerca. Dobbiamo scoprire che rapporti ci sono tra il primo avvocato, questo Gilardo, e la famiglia La Barbera.

Cercò lo sguardo di Patanè, ma lo trovò distratto.

Spanò sparí per un'ora. Tornò all'una e mezzo.

Patanè se n'era voluto tornare a casa per pranzo e Vanina era al telefono con Terrasini. Il magistrato le diede carta bianca. Tutto quello che era necessario fare sarebbe stato fatto. Nel giro di un paio d'ore avrebbero avuto tutti i tabulati e i tracciamenti telefonici che erano stati richiesti e le situazioni patrimoniali da esaminare.

Spanò comunicò quanto aveva scoperto.

– L'avvocato Gian Galeazzo Gilardo è amico intimo di Alberto e di Giuditta La Barbera, il fratello e la sorella del professore. Di quest'ultima è macari compare d'anello.

Vanina non ne dubitava.

– Senta, Spanò, tra poco i telefoni della famiglia La Barbera saranno intercettati. Appena si può, lei, Nunnari e Spada vi mettete in ascolto, ma soprattutto cercate di risalire ai movimenti di ognuno di loro la sera dell'omicidio. Tutti.

L'ispettore annuí.

Appena arrivò a casa, il commissario Patanè andò a sedersi sulla poltrona e riprese il racconto di La Barbera dal punto in cui l'aveva lasciato la mattina. Era una lettura davvero ostica, che lo costringeva di continuo a tornare indietro, ma oramai era diventata una questione di principio. Per aiutarsi cominciò a segnare su un foglio le parole chiave di ogni frase. Una fatica che manco una versione di greco. Cedette solo cinque minuti alle pressioni di Angelina, che incombeva minacciosa con un piatto di spaghetti in mano. Mangiò in fretta e si rimise al lavoro, senza sapere nemmeno lui perché.

Arrivò alla fine del racconto che s'erano fatte le due e mezzo. Dire che non ci aveva capito niente era un eufemismo. Si diede dello scimunito: tutta 'sta frenesia, due ore a consumarsi gli occhi, per incucchiare insieme una storia che pareva senza capo né coda. Sollevò il foglio su cui aveva segnato le parole pigliate a muzzo in mezzo alle tante che il professore usava come gli diceva la testa, e le ripeté una per una.

Rimase senza fiato.

Tanto di corsa uscí che Angelina manco se ne accorse.

Vanina se lo vide spuntare alle tre, accaldato, spettinato e scomposto come mai prima di allora. Lo fece sedere.

– Commissario, non faccia scherzi, che se mai sia dovesse succederle qualcosa, mi finirebbe a camminare sotto scorta per tutta la vita per evitare che Angelina mi faccia fuori.

Il commissario riprese fiato. Si cavò di tasca il foglio su cui aveva scritto le parole chiave del racconto e glielo diede. Vanina lesse e sorrise. Inutile: lei poteva illudersi quanto voleva di saper ragionare, ma Patanè restava sempre il numero uno. Raccolse il mucchio di fogli che da mezz'ora i suoi uomini le stavano portando sul tavolo e glieli passò. Conti bancari, situazioni patrimoniali, mobili, immobili e terreni. Mancavano solo i tabulati e le intercettazioni telefoniche. Se avessero dato le risposte che lei – e a questo punto anche lui – si aspettava, il caso sarebbe stato chiuso.

Questione di poco, ormai.

E in realtà non ce ne fu nemmeno bisogno.

Alle tre e mezzo il telefono della Guarrasi squillò. Era il numero della Scientifica di Palermo.

– Vanina, sono Paola.

– Paola, dimmi.

– Tu lo sai che io ho una parola sola. Siccome il mio collega era oberato, mi passai mezza nottata in laboratorio e completai le analisi sui campioni tuoi.

– Una statua d'oro ti dovrei fare.

– Puru due, se vuoi. Ora però mettiti comoda, che intanto te li dico a voce, poi ti mando il referto. Il sangue del campione sulla maniglia e quello della barca coincidono tra loro, ma non coincidono col Dna della donna che avevate segnalato come principale sospettata. Per evitare di perdere altro tempo, siccome ti conosco, confrontai il Dna dei due campioni di sangue con quelli trovati nel corso della tua indagine. Alla fine ne venni a capo.

Le spiegò tutto.

Vanina s'infilò la fondina e la giacca che ancora il telefono non era chiuso.

Chiamò a raccolta l'intera squadra.

– Picciotti, patti chiari e amicizia lunga: fate quello che volete, armatevi fino ai denti, chiamate i rinforzi, ma a pigliare l'assassino di La Barbera ci vado io.

Nessuno ebbe il coraggio di obiettare.

– Orecchie aperte, che vi dico come faremo.

16.

Parcheggiare quattro auto di servizio in corso Italia alle cinque del pomeriggio nel punto esatto in cui la Guarrasi doveva scendere era pressoché impossibile. L'unica era azionare le chiocciole sul tettuccio e salire sul marciapiede. Il modo migliore per attirare l'attenzione di chiunque passasse nel raggio di due chilometri. Ma i patti erano patti, andavano rispettati, e gli agenti di scorta non avevano voluto sentire ragioni. Sarebbero arrivati davanti al portone ed entrati insieme a lei e a Spanò. E a Patanè, che dopo aver fatto la mossa di volersi ritirare – gli pareva male, non era cosa regolamentare, e se poi Macchia s'arrabbiava? – al primo cenno di insistenza da parte di Vanina aveva ceduto su tutta la linea e s'era imbarcato nell'operazione.

Appena li vide, il portiere uscí dalla guardiola.

– Prego, dove dovete andare?

Vanina tirò fuori il tesserino.

– Vicequestore Giovanna Guarrasi –. Gli disse chi cercava.

L'uomo non fece una piega, se ne tornò in guardiola.

– Aspetti che citofono, – allungò la mano sull'apparecchio appeso alla parete.

Spanò entrò e gli bloccò il braccio.

– Se si azzarda a citofonare le giuro che l'arresto, – fece Vanina.

Quello deglutí e alzò le mani.

– Settimo piano, i signori sono in casa.

Nell'ascensore entravano a stento tre persone, pigiate. Vanina, Spanò e l'agente Ferraro salirono per primi. A seguire Patanè e l'altro agente. Fragapane e Nunnari erano rimasti in ufficio ad acquisire le prove che piano piano stavano emergendo. Marta era in procura da Terrasini per il mandato.

Alberto La Barbera aprí la porta con lo stupore sul volto. Un ematoma sullo zigomo e una ferita sul sopracciglio raccontavano la caduta rovinosa in cui era incappato salendo sulla barca del fratello.

– Dottoressa Guarrasi, buonasera. A che debbo l'onore?

Tranquillo, come se la possibilità che si trovassero lí per lui non fosse contemplabile. E per lui in effetti non lo era davvero. Del resto, non c'era giornale, locale o nazionale, che quella mattina non parlasse del disseppellimento dei tre cadaveri nel terreno dell'ex comune e dell'arresto di Valeria Lascari, con tanto di particolari sulla sua vita e sulle sue dipendenze.

Vanina aspettò che arrivasse al piano anche Patanè ed entrò insieme a lui e a Spanò. Zoppicando, La Barbera li fece passare in salotto e chiamò la moglie, come si conviene in una visita di cortesia. Ambiente importante, mobili antichi, tappeti, quadri, tutto secondo le aspettative. La signora La Barbera, nata Bonuccio di San Marco, non manifestava la stessa disposizione del marito. Il sorriso tirato, lo sguardo che parlava da solo. Indicò il divano.

Vanina non accennò a sedersi. E nemmeno gli altri.

– Immagino siate qui per comunicarci l'esito delle indagini, – disse Alberto. – Oggi i giornali non parlano d'altro.

– L'esito? Sí, certamente. L'indagine è conclusa, su questo non ci sono dubbi.

La Barbera tirò un sospiro.

– Non sa che dispiacere apprendere che mio fratello aveva vissuto esperienze cosí... macabre. Però mi solleva sapere che chi l'ha ucciso è in galera. Grazie a lei e alla sua...

Vanina lo interruppe. Altre due parole e le partiva la mano.

– Be', in galera non ancora, ma posso assicurarle che ci finirà a breve.

– A breve? Cosa...

– Questione di minuti.

La Barbera cambiò espressione.

– E la donna? La storia della droga?

– Ah, sí, la storia della droga c'entra. Eccome se c'entra. Solo non nel modo che pensa lei.

– Non... non capisco.

Invece di rispondergli Vanina lo guardò in faccia.

– Che le è successo, ha avuto un incidente?

– Come? Ah, sí! Una sciocchezza. Una caduta in campagna.

– Strano, credevo in barca.

– Ma... io non ho una barca.

– Non ancora, – Vanina sorrise, – l'avrà a breve.

La moglie gli si mise accanto, livida. C'è poco da fare, le donne intuiscono prima.

– La barca... di Enzo?

– Una bella barca, vero? Un Grand Soleil 39. È un po' complicato salirci, lo so. Specie di notte.

La Barbera iniziava a difettare di parole.

– E perché... ci si dovrebbe salire di notte?

– Magari per non farsi notare. Però, vede, quando non si è abituati ad aver a che fare con i mezzi nautici è sempre meglio non azzardare. Perché poi succede che uno inciampa e si ferisce la faccia. E a quel punto altro che non farsi notare.

– Io non capisco dove voglia arrivare.

Vanina diresse gli occhi sulla mano destra dell'uomo. Il dito indice aveva un taglio visibile sul polpastrello.

– E quello come se l'è procurato?

La Barbera si guardò il dito, confuso. – Questo?... Mi sono tagliato in cucina affettando il pane.

– Ah, lei taglia il pane con la mano sinistra?

La moglie s'inalberò.

– Non tollererò oltre questa farsa in casa mia, dottoressa Guarrasi. Se ha da chiedere qualche cosa a mio marito, lo convochi in questura, col nostro avvocato.

– Ma io non ho nessun bisogno di convocare il signor La Barbera. Quello che mi serviva sapere l'ho già saputo.

La Barbera si mise sulla scia della moglie.

– E cosa ha saputo? Che sono salito sulla barca di mio fratello? È un reato?

Vanina scosse il capo, s'allontanò, le mani in tasca. Davanti a lei c'era un tavolino antico pieno di cornici d'argento lucidate alla perfezione con le fotografie di famiglia. Le venne in mente il funerale di La Barbera, il teatro di fronte a mezza Catania. Quel pensiero le smosse i nervi.

– Dipende, – si girò, – se l'intento era quello di sottrarre prove sí.

– Prove di cosa?

– Che lei avesse un movente per ammazzare suo fratello, per esempio.

– Io? Ma lei straparla, – scoppiò in una risata isterica.

Spanò e Patanè istintivamente s'avvicinarono. Vanina li fermò. S'impose di restare calma.

– Lo sa quali sono le migliori alleate della polizia Scientifica, signor La Barbera? Le tracce.

– Che tracce?

– Tutte. Per esempio quelle di sangue lasciate su una maniglia. O gli spostamenti fatti col telefonino appresso, che possono essere ricostruiti. Se lei il giorno 5 dicembre se ne va in un pub nella zona tra la Pescheria e il Castello

Ursino, io posso sapere esattamente quando è arrivato e quanto tempo è rimasto.

La Barbera si sedette lentamente in pizzo al divano. Esangue.

– Lo racconta lei com'è andata, signor La Barbera? – disse Vanina.

L'uomo fissava un punto sul pavimento. Non proferí parola.

– Allora lo faccio io. Circa due mesi fa, suo fratello la cerca dopo anni che non vi sentite, e le dice qualcosa che lei non s'aspetta: intende rivendicare i suoi diritti ereditari. Quei soldi gli servono per una causa talmente nobile che, pur di portarla a termine, vale la pena anche abbassarsi a battere cassa in famiglia. Enzo è sicuro che quanto gli serve per realizzare il suo progetto, cifra che per lui e la sua compagna è enorme, per voi sia poco o nulla. E ha ragione, se consideriamo il patrimonio originario, cui fin lí non ha avuto accesso. Ma quello che Enzo non sa è che suo fratello, a dispetto dell'opulenza sfoggiata, è nei debiti fino al collo, e per sanarli ha bisogno che niente dell'eredità gli venga tolto. Quelle poche centinaia di migliaia di euro, che un tempo davvero non sarebbero state nulla, e cui Enzo avrebbe avuto diritto, servono per tirarlo fuori definitivamente dai guai. Non può permettere che, di punto in bianco, dopo trentacinque anni di latitanza, l'altro si presenti a sconzargli i piani. Gli dice che non è possibile, e che farà di tutto per non tradire le volontà di suo padre. Enzo capisce di dover agire per vie legali. Lo fa a modo suo, contattando un ex allievo che adesso fa l'avvocato. Il ragazzo lí per lí lo aiuta volentieri, gli scrive perfino una bozza di lettera ufficiale da inviare alla famiglia. Poi parla della cosa con il titolare dello studio in cui lavora. Quello pone il veto sulla faccenda e riferisce tutto al suo caro amico Alberto La Barbera. Lei gli chiede di non farne parola con sua sorella Giuditta, con cui l'avvocato è in ottimi rapporti, adducendo una scusa di natura sentimentale. La realtà è un'altra. Sua sorella non conosce le sue condizioni finanziarie e ha un atteggiamento piú morbido nei confronti di Enzo: potrebbe esserci il rischio che voglia accordarsi. Questo la metterebbe in difficoltà doppiamente, da una parte perché Enzo otterrebbe ciò che gli spetta, dall'altra perché Giuditta scoprirebbe la verità. L'unica strada è ostacolare in ogni modo Enzo. Il primo metodo, il piú semplice, è fargli capire che con le sue amicizie può bloccare tutti i ricorsi che vuole. Ma Enzo non si perde d'animo, effettua una ricerca tra i civilisti piú importanti di Catania e ne scova uno che con la vostra famiglia non ha niente a che spartire. Uno che, oltretutto, ha fama di essere persona seria e non corruttibile. Prima di proseguire Enzo prova per l'ultima volta a evitare il procedimento legale. Il 5 dicembre le dà appuntamento al pub *I Sotterranei*. Le dice che deve parlarle, ma finisce di nuovo a discussione. Con un problema in piú, che a suo fratello lei non confesserà mai: proprio qualche giorno prima le banche e i creditori hanno assorbito tutto il patrimonio che ha ereditato da suo padre, fino all'ultimo centesimo, rimettendolo in pari. Comunque sia, Enzo lascia capire chiaramente che andrà avanti, e che l'avvocato a cui si rivolgerà farà di tutto per vincere. Lei se ne va dal pub sconvolto. Non sa come risolvere la situazione. Cammina fino alla Pescheria. Mentre passa sotto un arco si accorge di un coltello lungo, di quelli per sfilettare il pesce, abbandonato lí. La soluzione a tutti i suoi problemi le compare davanti agli occhi. Agisce d'istinto, lo prende. Si ricorda che Enzo è solo nella grotta e che la porta laterale da cui lei è uscito è rimasta aperta. Quando torna al pub Enzo è in compagnia di una donna. Si nasconde finché non la vede andarsene. Ora la saletta è vuota, c'è solo suo fratello. Scende giú, lo colpisce ripetutamente e scappa portandosi dietro il coltello. Una volta fuori cerca un posto in cui gettarlo, e le viene un colpo di genio: quale miglior posto se non quello in cui l'aveva trovato? Cosí fa: torna alla Pescheria e rimette il coltello dov'era. Certo non poteva immaginare che il pescatore, accortosi che non si trattava del sangue di un tonno, ma di sangue umano, invece di farsi gli affari suoi come da prassi, si sarebbe precipitato alla polizia. L'unica cosa che le resta da fare, adesso, è cercare la lettera che quell'avvocatino sprovveduto aveva scritto e farla sparire. Va al pontile, si fa accompagnare dal pescatore amico di suo fratello sulla barca, ma capisce che per poter cercare con cura deve tornarci da solo e senza testimoni. Inventa un mal di mare e se ne va. La notte successiva, aspetta che il pescatore molli gli ormeggi e salta sulla barca di Enzo. Inciampa e si fa male, ma non demorde. Scassina la serratura ed entra sottocoperta. Getta tutto in aria, eppure non trova quello che cerca. Non sa che quel foglio non è lí, ma in una carpetta conservata nella Diane, che la compagna di suo fratello s'è già portata via. Quando una donna viene arrestata per l'omicidio di Enzo, si convince di averla fatta franca. Non si rende conto che, invece, tutto si può ribaltare. Basta una traccia lasciata nel posto sbagliato.

La Barbera era rimasto immobile per tutto il tempo.

– Complimenti, dottoressa Guarrasi, – intervenne la moglie. – Davvero una bella storia. Un po' fantasiosa. Lei non ha nessuna prova che quel coltello l'abbia usato mio marito. Sa solo che è stato in quella zona la sera del 5. E che è salito sulla barca. Nient'altro.

– Si sbaglia, le prove le ho, signora. Perché suo marito con quel coltello ci si è tagliato il dito. E il suo sangue è ancora lí.

La donna rimase senza parole. Suonarono alla porta. In trance, andò ad aprire.

Marta Bonazzoli entrò nella stanza con un foglio in mano.

– Dottoressa, mi dicisse una cosa, – fece Patanè, rientrando in macchina, – ma per davvero sulla lama del coltello c'era ancora il Dna di Alberto La Barbera?

Vanina alzò le spalle. – E chi lo sa. Può darsi che cercando, ora che hanno il campione, qualche traccia di commistione si trova. Del resto, il Dna che la Scientifica di Palermo ha analizzato dal campione della barca e da quello della maniglia è di un consanguineo maschio di Enzo La Barbera. La mia amica ne è assolutamente certa. Magari, andando a cercare bene, questo Dna si trova ancora pure sul coltello. A questo punto, però, ci interessa poco saperlo.

Il commissario era esilarato.

– Viri tu, che cose. Uno accussí ha la certezza. No come ai tempi miei.

Vanina lo guardò.

– Perché, commissario, noi la certezza non ce l'avevamo anche prima?

Paola era stata determinante, ma le parole che Patanè aveva estratto dal racconto, a saperle interpretare, dicevano piú di cento *mavaríe* della polizia Scientifica. Padre. Eredità. Famiglia. Fratello. Delusione. Diritto. Vincere. Battaglia. Sogno. Speranza. E Vanina la mezza idea, se non l'idea completa, già se l'era fatta. Per escludere dai sospetti Giuditta La Barbera le era bastato vedere in che oceano d'oro navigava. Una cosí non avrebbe avuto alcun motivo di ammazzare il fratello: quello che Enzo chiedeva per lei erano briciole. E poi Vera le aveva raccontato che la donna le aveva dato la sensazione di essere veramente affranta.

– Certo, – disse Patanè, – noi la certezza ce l'avevamo. Ma un magistrato quattro parole se le fa fritte. Le prove ci vogliono, oppure la confessione. E all'epoca mia, per convincere uno a confessare, non avevo a disposizione argomenti cosí convincenti.

Anche in quel caso, alla fine, Vanina aveva dovuto forzare una confessione. Altrimenti le sarebbe davvero toccato andare a cercare il Dna sul coltello, e non era detto che l'avrebbero trovato. I tracciamenti telefonici, il sangue sulla barca, le indagini patrimoniali, erano tutti gravi indizi di colpevolezza, e pure concordanti. A Terrasini di sicuro sarebbero bastati, ma per evitare che poi al processo uno come quello la facesse franca dovevano esserci prove. Schiaccianti. O una confessione.

Patanè aveva lasciato la Panda all'inizio di via di Sangiuliano. L'auto di servizio guidata dall'agente Ferraro, con ancora la Guarrasi a bordo, lo accompagnò a recuperarla. Vanina non volle andarsene finché non lo vide partire grattando la frizione.

Il telefono di Vanina era a terra già da due ore, appena arrivata in ufficio lo mise in carica. E per un po' se lo scordò. Tra una cosa e l'altra si fecero le otto e mezzo. Lasciò Spanò e Fragapane appresso a La Barbera, che stava per essere tradotto a piazza Lanza, ed entrò nella stanza dei carusi a cercare Lo Faro. Aveva voglia di tornarsene a Santo Stefano. Nell'ufficio c'era una baraonda da gita scolastica di quinta elementare.

– Oooh! – gridò. – E che è 'sto bordello!

Calò il silenzio.

– Scusi, capo, – fece Nunnari, – stavamo festeggiando.

– Perché, che c'è da festeggiare? Una persona è morta ammazzata: non ce lo scordiamo. E a farla fuori è stato suo fratello.

Rimasero tutti zitti.

– Amuní, Lo Faro, che è arrivato il momento di andarsene a casa.

Passò nella sua stanza, s'infilò la giacca, recuperò tutte le sue cose e staccò il telefono dal cavo. Nunnari entrò a razzo.

– Dottoressa, che mi stavo scordando!

Vanina lo guardò interrogativa.

– Telefonò il dottore Malfitano da Palermo. Due volte. Mi disse di farlo richiamare subito appena lei tornava.

Era rientrata da un'ora e mezzo.

– E adesso me lo dici?

– Scusi, è che con l'arresto e le altre cose… non ci pensai piú.

Vanina accese il telefono. Tra messaggi e chiamate, il numero ancora non registrato di Paolo compariva almeno venti volte. I messaggi erano tutti simili. Dicevano che doveva parlarle di una cosa importante, senza specificare altro. Lo stomaco le si chiuse, il cuore partí a tremila, e il solito nodo iniziò a stringerle la gola. L'ultima volta che aveva provato quella sensazione era finita senza fiato, in preda a un attacco di panico, con Patanè che la abbracciava tentando di calmarla.

Alzò gli occhi e vide Nunnari che la guardava preoccupato.

– Nunnari, ancora là sei? Puoi rompere le righe. E chiudi la porta.

Il sovrintendente portò la mano alla fronte e se ne andò.

Vanina si sedette alla scrivania. Respirò. Fece partire la chiamata.

17.

Il sostituto procuratore Paolo Malfitano fissava da un'ora la stampa di Hopper appesa alla parete davanti. Una casa, una donna anziana seduta sulla veranda, una giovane in bikini sul parapetto. La fissava ma non la guardava. Il primo concorso per procuratore aggiunto di cui ormai a giorni sarebbero stati resi noti i risultati era quello di Catania. L'esito, per quanto lo riguardava, andava ben al di là dell'avanzamento di carriera, e investiva in pieno la sua vita privata. E lui non sapeva davvero cosa sperare.

La telefonata dell'avvocato Ugo Maria Massito, difensore di buona parte dei pezzi da novanta che cosa nostra aveva prodotto negli ultimi trent'anni, lo aveva colto cosí.

Paolo gli aveva risposto contrariato, senza curarsi di dissimulare il fastidio. Che minchia potesse volergli dire uno come quello era un arcano che non aveva fretta di svelare. L'aveva ascoltato dapprima quasi distrattamente, poi aveva iniziato a drizzare le antenne, alla fine era saltato sulla sedia.

S'era fiondato sul telefono cercando di rintracciare Vanina. Con enorme difficoltà aveva iniziato a formulare delle ipotesi, ma nessuna gli era parsa plausibile.

Rosario Calascibetta, detto Tunisi, mafioso d'alto lignaggio, in pensione da otto anni nell'ala riservata ai collaboratori di giustizia dell'Ucciardone, chiedeva con urgenza di conferire con lui. E, soprattutto, col vicequestore Giovanna Guarrasi.

La piazza di Santo Stefano era tirata a lucido piú del solito. Aiuole fiorite di ciclamini rossi, stelle di Natale in ogni angolo e abeti illuminati. Il sindaco, uno a cui la testa camminava assai, quell'anno s'era perfino inventato un mercatino natalizio, con tanto di casette di legno addobbate. Da lí stava venendo Bettina insieme all'amica sua Luisa e a Gregorio Scavone, la new entry maschile del gruppo delle vedove, quando l'auto di servizio arrivò nello spiazzo davanti a casa. La Ristuccia scese per prima e si piazzò davanti alla portiera della Guarrasi, alzò il pollice in segno di via libera. Vanina uscí dall'auto e si accese una sigaretta mentre si dirigeva verso il portoncino di ferro. Esplorò tutte le tasche in cerca delle chiavi di casa, assorta nei propri pensieri. Era già con un piede sul gradino quando vide con la coda dell'occhio la vicina che saliva dalla piazza arrancando per accelerare il passo e sbracciandosi in saluti. Gli amici dietro di lei.

– Vannina! – la chiamò, già quasi all'angolo con la chiesa che confinava col loro giardino. Era senza fiato, le gote avvampate che pareva Heidi settantacinquenne, infagottata in un piumino beige stile donnina Michelin.

Vanina fece per tornare indietro e andarle incontro, ma Bettina la bloccò.

– Aspittasse ddocu, che stiamo entrando macari noi.

Manco ebbe il tempo di finire la frase che uno scooter le passò accanto, cogliendola alle spalle. Fu un attimo: uno strattone quasi la buttò a terra e la borsetta volò in mano allo scippatore, tra le grida di Luisa e quelle di Scavone, che riversò sul ragazzo tutte le ingiurie contemplate dalla lingua siciliana, sforando perfino nel continentale.

Vanina ebbe l'istinto di correre all'inseguimento, la mano già pronta sulla pistola, ma Lo Faro l'anticipò. Partí verso l'angolo opposto con uno scatto da centometrista degno di Mennea, attraversò lo slargo in diagonale, salí su un muretto e piombò addosso allo scooter buttandolo a terra. Vanina e la Ristuccia lo raggiunsero che aveva immobilizzato il ragazzo faccia a terra e lo stava ammanettando. Lo Faro finí il lavoro, si rialzò, andò a recuperare la borsetta di Bettina, poi costrinse lo scippatore a tirarsi su afferrandolo per un braccio.

– Forza, cammina.

Attraversarono la strada e raggiunsero l'auto di servizio. L'agente fece salire il ragazzo e lo chiuse dentro.

Il vicequestore guardava sbalordita.

– Lo Faro, mi lasciasti senza parole.

Bettina non ci mise molto a riaversi dallo shock. Per fortuna lo strattone non l'aveva spinta a terra, ma verso il muro della chiesa, che per intercessione di ben due santi l'aveva salvata. Si sospettava anche una diretta intercessione di Padre Pio.

Qualunque fosse stata la forza celeste che aveva evitato un infortunio alla sua adorata vicina, Vanina non poteva che esserle grata. Partire per Palermo l'indomani lasciando Bettina malridotta sarebbe stato inaccettabile. E a Palermo doveva andarci per forza.

Spanò salí a Santo Stefano insieme a due colleghi della sezione Reati contro il patrimonio, che presero in consegna lo scippatore. Poi rimase lí, ad allargare la piccola folla che s'era creata nel salotto della vittima.

Ma la star della serata, l'eroe che aveva assicurato il delinquente alla giustizia e recuperato il maltolto, era Lo Faro. Dopo essere stato degnamente ringraziato da Bettina e accudito con tanto di disinfezioni e cerotti vari, ora se ne stava seduto al posto d'onore: sulla poltrona del marito buonanima.

Vanina gli si avvicinò.

– Lo Faro, ora tu te ne vai a casa e qui con me in supporto alla Ristuccia resta Spanò.

– Ma no, dottoressa, non ce n'è bisogno. Sto benissimo.

– Lo so che stai benissimo, ma domani mattina alle sei mi servi qua, bello sveglio.

L'agente si fece attento. – Ma domani mattina lei non deve andare a Palermo?

– Sí. E per premio al posto della Bonazzoli mi accompagni tu.

Lo Faro trattenne il respiro. Non gli pareva possibile.

– Ma veramente dice?

Vanina annuí.

Lo vide balzare in piedi come un pupazzo a molla.

– Grazie, capo!

Lo sguardo del vicequestore divenne gelido.

– Lo Faro, ti ho dato il permesso di chiamarmi capo?

Tra una cosa e un'altra, Vanina raggiunse il suo divano che erano già le dieci e mezzo. Bettina le aveva proposto di cenare con lei e i suoi due amici, ma stavolta aveva declinato. Appena aveva saputo del viaggio improvviso a Palermo l'indomani mattina, la vicina non aveva insistito piú. Le aveva dato il pane di casa appena sfornato, un pezzo di quel caciocavallo ragusano comprato due giorni prima, e una porzione di caponata. Vanina non aveva voluto altro.

Per com'era chiuso il suo stomaco, a stento sarebbe riuscita a mandare giú quelle poche – ancorché buonissime – cose.

Divise la cena con Spanò, che aveva fretta di piazzarsi al posto suo, perché le fissariate succedono sempre quando uno si distrae cinque minuti. Si accertò che l'ispettore fosse coperto a dovere e che la stufetta che aveva dato a Lo Faro funzionasse bene.

Spanò la tranquillizzò. – Non si preoccupi, dottoressa! Non è la prima volta che faccio un appostamento notturno. Quante nottate di friddu mi pigghiai, per questioni molto meno importanti della sua sicurezza? Ora si ritirasse, che domani mattina si deve fare centonovanta chilometri. E per giunta manco con la Bonazzoli! – scherzò.

Fumarono l'ultima sigaretta insieme, poi Vanina si ritirò in casa.

Si mise sotto la doccia e ci rimase per un po'. S'asciugò i capelli, infilò il pigiama e s'impose di andare a letto, nonostante il sonno latitasse piú del solito. Il pensiero di quello che l'aspettava le piombò addosso come un macigno. Nero come la pietra lavica. Un senso di nausea l'assalí, succedeva ogni volta che aveva a che fare con quel mondo da cui voleva solo allontanarsi, e contro il quale invece, per un motivo o per un altro, finiva sempre per andare a sbattere. Lo stesso le accadeva con Paolo, cercava di prendere le distanze da lui ma finiva sempre per sbattergli addosso. Se però quel mondo che la disgustava continuava a rifuggirlo sul serio, da Paolo non riusciva piú a stare lontana per troppo tempo. E le due cose non parevano conciliabili.

Dopo due ore di arriminamenti nel letto, s'alzò e si spostò in soggiorno. S'avvicinò alla mensola, guardò in faccia suo padre, che da sotto il cappello d'ordinanza pareva chiederle: che hai, nica mia?

– Che ho… – gli rispose. Prese il portafotografie l'abbracciò e se lo portò a letto.

Si concentrò fino a sentire la sua voce. La notte è fatta per dormire, nica mia. Le sue braccia. Scommettiamo che ora dormi? Il senso di sicurezza, gli occhi che si chiudevano…

Alle cinque e un quarto, appena due ore dopo, la sveglia della cucina la fece saltare sul letto. Pochi metri, sbandando e sbattendo contro gli stipiti delle porte, le sembrarono un percorso a ostacoli. Un freddo cane le entrò nelle ossa. Quella sensazione che ti prende quando il tuo fisico ha bisogno di riposare e tu lo costringi a mettersi in piedi e a ripartire. Chi dorme abbastanza da svegliarsi senza traumi questa sensazione non la conosce nemmeno. Una come lei, invece, era destinata a farci a pugni tutta la vita. Afferrò alla cieca il plaid che teneva sul divano e ci si avvolse. Si preparò i soliti due caffè, lunghi stavolta. Scaldò il latte. Prese un pacco di biscotti al cioccolato e iniziò a inzupparli senza contarli nemmeno. Si fermò solo quando il calore si fu rimpossessato del suo corpo e la mente ricominciò a funzionare.

Aprí la vetrata per controllare se Spanò fosse ancora vivo e lo trovò che chiacchierava con Lo Faro. Guardò l'orologio: le cinque e mezzo.

– Lo Faro, ma tu col letto ci sei sciarriato? Com'è che sei già qua?

– E che ci posso fare, dottoressa. Mi svegliai alle quattro e mezzo e non mi riaddormentai piú. Tanto valeva venire a dare il cambio all'ispettore. Lei faccia con calma, quand'è pronta partiamo.

Alle quattro e mezzo. Lo Faro s'era svegliato quando lei dormiva da un'ora.

– Vabbe'. Spanò, lei se ne vada a casa allora.

Stava per richiudere quando un dubbio l'assalí. Vuoi vedere che questo babbione si presentò con la solita Lancia Y?

– Lo Faro, una curiosità: con che macchina sei venuto?

Il ragazzo ridacchiò, compiaciuto di sé stesso.

– Una Volvo XC60 sequestrata fresca fresca da quelli della Sco.

Vanina lo soppesò con lo sguardo. Vedi tu che il picciotto iniziava a stupirla.
– Bravo Lo Faro.

Anche l'agente scelta Agata Ristuccia, guarda caso, la sera prima aveva chiesto a un collega di salire a Santo Stefano a sostituirla e, sempre guarda caso, s'era infilata nel turno che doveva accompagnarla a Palermo insieme all'agente Ferraro. Due, piú uno della squadra a tutela aggiuntiva. Vanina non aveva commentato, ma la scia di profumo che lasciava Lo Faro parlava da sola. Sperò che la cosa andasse in porto, almeno quel babbione la finiva di farsela con le giornaliste.

I due della scorta stavano per infilarsi nella loro auto.

– Picciotti, non scherziamo con le cose serie: qua bisogna camminare, che già sono le sei e un quarto. Non saremo a Palermo prima delle otto, se va bene, e 'sa il casino che troveremo. Ci manca solo che ci muoviamo in fila indiana, cosí al Palazzo di Giustizia ci arriviamo alle undici. Acchianate sulla Volvo e non scassatemi le cose che non ho.

I due salirono dietro.

I primi tre quarti d'ora di strada se ne andarono a combattere in silenzio con gli occhi che tentavano di chiudersi. Li nascose dietro gli occhiali da sole. Se solo non avesse temuto di perdere il senso del tempo, una dormita se la sarebbe fatta volentieri. Ma non era giornata da cedere al sonno, quella. Anzi, doveva essere lucidissima. Realizzò che le serviva un'altra colazione. Erano già vicino Enna, pochi chilometri e avrebbero incontrato l'area di servizio Sacchitello Nord, con tanto di Autogrill dove lei faceva sempre tappa. Fermandosi lí, però, rischiava di arrivare in procura a Palermo di nuovo in crisi ipoglicemica, e non era detto che a quel punto le fosse piú possibile ovviare al problema.

– Lo Faro, come siamo messi a benzina?

– Possiamo fare strada, dottoressa.

– Allora tiriamo fino a Termini Imerese cosí facciamo anche colazione.

Il termometro dell'auto segnava cinque gradi. Enna era sempre il punto piú freddo. Il prossimo sarebbe stato al passaggio attraverso le Madonie. Dall'altra parte c'era Castelbuono, con la vecchia casa di famiglia che Vanina non aveva mai smesso di piangere. Non ci andava da quella volta che ci si era fermata da sola circa due mesi prima, proprio di ritorno da un altro incontro con Rosario Calascibetta, detto Tunisi. Anche quella volta era stato il vecchio capomafia ormai in declino a volerle parlare, dispensandole una delle poche collaborazioni con cui ogni tanto, quando gli diceva la testa, omaggiava la giustizia. All'uscita da quel colloquio, dopo quattro anni che non si vedevano né si sentivano, Vanina aveva rincontrato Paolo Malfitano.

Alle sette e mezzo Paolo le aveva già mandato due messaggi, per sincerarsi che tutto andasse bene. A Termini Imerese, al momento di scendere dalla macchina, un altro bip risuonò dal cellulare. Vanina aveva appena finito di discutere con i suoi angeli custodi per convincerli che difficilmente avrebbe trovato il suo killer appostato all'area di servizio Caracoli Nord. Guardò il display, rassegnata a rispondere al terzo messaggio. Ma stavolta non era lui.

«Buongiorno dottoressa, quando posso chiamarla senza disturbare? Solo per un saluto. Vera Fisichella».

Vanina guardò l'orologio. Le sette e quaranta. Lo Faro c'era andato pesante con l'acceleratore.

Calcolò il tempo della colazione. «Tra dieci minuti», le rispose.

Il tempo di farsi fuori un cornetto alla Nutella e un cappuccino. Niente di lontanamente paragonabile a quelli di Alfio, ovvio, però facevano il lavoro loro. Vanina comprò anche un pacco di Ringo, che non si sapeva mai. In giornate come quella bisognava tenersi su a forza di zuccheri.

Vera Fisichella le telefonò, puntualissima, quand'erano appena ripartiti, dopo che anche i ragazzi avevano fatto colazione. A turno, per non lasciarla scoperta.

– Dottoressa, mi perdoni se l'ho disturbata. Volevo solo salutarla.

– Ma s'immagini, mi fa piacere.

– Devo confessarle che scoprire di aver assistito al funerale di Enzo seduta accanto al suo assassino è stato uno shock. Pensi che proprio nel pomeriggio avevo visto Giuditta La Barbera. Mi aveva invitata a prendere un tè per dirmi che vuole finanziare il progetto della comunità di recupero a cui Enzo teneva tanto e intitolarla a lui. Era contenta, perché cosí poteva onorare la memoria di suo fratello come lui avrebbe voluto. Ieri sera, quando l'ho risentita, era distrutta.

Vanina ascoltò quella notizia con stupore. Aveva reputato subito Giuditta La Barbera estranea alla morte del fratello, ma per il resto l'aveva sottostimata. L'aveva accomunata al resto della famiglia, al padre e alla madre che con quel figlio erano stati spietati. Invece.

L'entrata di Palermo, come prevedibile, da qualunque parte si tentasse di affrontarla era un caos. Secondo le stime della Ristuccia, mettendo insieme i tempi di Google Maps con quelli di altri sistemi, la strada meno lunga pareva essere quella di via Oreto. Lo Faro ci si infilò. Vanina notò che i tre agenti erano sulle spine. E a ragionarci era pure comprensibile. Fuori ambiente ci si sente sempre piú vulnerabili. Senza contare che il proiettile proveniva dritto dritto da Palermo.

Mentre attraversavano la città il telefono di Vanina squillò di nuovo. Era l'ufficio.

– Vanina, sono Marta.

– Marta, che è successo?

– Niente, c'è qui Mattia Santonocito che ti cercava. Posso passartelo?

– Sí, ma se è una cosa veloce, che sono quasi arrivata –. Quella mattina la volevano tutti.

Il ragazzo aveva una voce imbarazzata.

– Dottoressa, buongiorno, mi scusi per il disturbo. Volevo ringraziarla.

– Ciao Mattia. E per cosa?

– Per aver insistito a cercare la verità nonostante ci fossero tante prove contro mia madre. Sarò in debito con lei in eterno.

– Io ho fatto solo il mio mestiere. Contro tua madre avevamo indizi, anche gravi, ma nessuna prova.

– Ma io lo so che, se non ci fosse stata lei a indagare, a quest'ora mia madre sarebbe incolpata di un omicidio che non ha commesso.

Vanina non aveva piú tempo per replicare, erano giunti al Palazzo di Giustizia e vedeva già Nello Licitra, il capo della scorta di Paolo, che l'aspettava davanti all'entrata. Però una cosa volle dirgliela.

– Ora, Mattia, tocca a te salvarla.

La giornata del pm Paolo Malfitano era iniziata alle cinque e mezzo con una telefonata di Corrado Ortès. Il dirigente della Catturandi, che guidava le ricerche del boss latitante Salvatore Fratta, detto Bazzuca, si stava occupando anche delle indagini sulle minacce ricevute da Vanina. Era stata la sua squadra a individuare una traccia che collocava l'uomo materialmente responsabile dell'intimidazione al vicequestore proprio tra gli affiliati alla famiglia di Fratta. Ciò che Ortès gli aveva comunicato aveva fatto saltare Paolo dal letto. Quella mattina alle quattro, in seguito a una segnalazione anonima, nel bagagliaio di un'auto abbandonata in zona Acqua dei Corsari gli uomini della sua squadra avevano rinvenuto un cadavere. Si trattava di Arcangelo Serafino, figlio di Michele Serafino, capomandamento della cosca Fratta. Il cellulare dell'uomo aveva l'applicazione del navigatore aperta. L'ultimo percorso memorizzato risaliva a due settimane prima. Destinazione Santo Stefano, provincia di Catania. Nel taschino della camicia, un bossolo identico a quello trovato in casa del vicequestore Guarrasi.

Paolo aveva preferito aspettare che Vanina arrivasse nel suo ufficio per raccontarle l'accaduto, che sia lui sia Ortès stentavano a decrittare.

Vanina si stupí quando vide che Paolo non era solo. Abbracciò Angelo Manzo, il suo fido ex braccio destro in forza alla sezione Catturandi della Mobile di Palermo, salutò Ortès. Appena qualche settimana prima aveva presenziato con loro al blitz nel covo dove, secondo le informazioni, si nascondeva Bazzuca. Il posto, però, era risultato vuoto, abbandonato da poco. La squadra che era stata formata subito dopo era composta da un numero ristretto di elementi fidati, tra cui Angelo.

Non poteva essere un caso che quei due fossero lí. Ed escludendo che volessero assistere al colloquio con Tunisi, la loro presenza indicava che doveva essere successo qualcosa.

– Vabbe', ragazzi, è bello riabbracciarsi, ora sputate il rospo, – li anticipò.

Manzo sorrise. Impossibile farla alla Guarrasi.

Paolo le raccontò del ritrovamento di Serafino. Ortès e Manzo aggiunsero tutti i dettagli che lei chiedeva.

La nausea si ripresentò piú forte della sera prima. Vanina cercò di ignorarla.

– Mi pare evidente che ce l'abbiano fatto trovare. E, a giudicare dalle prove che ci hanno messo in mano, volevano farci capire che era lui l'esecutore dell'intimidazione. Quantomeno quello materiale.

Ortès concordava.

– Ora però bisogna capire il perché.

Non sarebbe stato facile. A meno che a quella mossa non ne fossero seguite altre.

Appena il dirigente e Manzo se ne andarono, Paolo l'abbracciò e non la mollò piú.

– Oh, e che fu! – fece Vanina.

– Il percorso che porta a casa tua nel telefono di un criminale morto ammazzato m'ha messo un'angoscia che non puoi immaginare.

Vanina lo guardò negli occhi.

– Quasi come vedere uno che sparava addosso a te e che stava per ammazzarti, va.

Paolo si staccò.

– Scusami, hai ragione.

Certo che erano messi bene.

Vanina lo seguí dal suo lato della scrivania, dove c'era una seconda poltrona.

– Vediamo che ci deve contare 'sto pezzo da novanta.

Rosario Calascibetta, detto Tunisi, si sedette davanti a loro. La schiena piú curva, i capelli piú bianchi, il ghigno piú storto rispetto all'ultima volta che Vanina l'aveva visto. In due mesi pareva invecchiato di dieci anni. Ansimava.

– Scusate se ripiglio fiato, ma in quella stanza fitusa m'ammalai di core.

Paolo non si lasciò portare lontano.

– Signor Calascibetta, ha chiesto di vedere me e la dottoressa Guarrasi. Immagino abbia qualcosa di importante da dirci.

L'uomo rimase in silenzio per un attimo.

– Innanzitutto, dottoressa, volevo complimentarmi con lei. Il caso che risolse non era cosa facile. Ma lei accapí subito che certe famigghie non ci trasievano per niente.

Vanina rimase impassibile. Tunisi voleva stupirla con effetti speciali. Io so sempre tutto, Guarrasi. Paolo lo fissava gelido.

– Grazie. Ora vuole dirmi perché mi ha fatto arrivare di nuovo fino a Palermo?

– E che, accussí brutta ci pare la sua città?

– Calascibetta, finiamola con 'sto teatrino, altrimenti il colloquio finisce qui, – intervenne Paolo.

Tunisi alzò le mani.

– Qua cumanna vossía.

– Allora? – lo incalzò Vanina.

Quello fece un'altra pausa.

– Lei lo sa, dottoressa, cu è 'u cchiú scimunito di una famigghia? Chiddu che è convinto di essiri 'u cchiú spiertu. Uno accussí ai so' fratelli, ai so' parienti, aiuto non ne porta mai. Porta sulu sdirrubbo. 'Na vota ne combina una, e rischia di farci crollare la casa addosso a so' patri. 'N'autra vota combina la sicunna, parra assai e rischia di fare finire male il suo compare cchiú importante, chiddu che lo tenne a battesimo. Per farsi bello davanti al compare, e per farsi perdonare, cummina la minchiata – scusasse la parola, dottoressa – cchiú granni. Si metti in testa che lo deve vendicare e fa a modo suo. Va da 'na pirsuna che al suo compare l'aveva in antipatia da tempo, e ci fa capiri che a forza di andare a sconcicarlo, o di aiutare pirsune che vorrebbero sconcicarlo, poteva finire che ci andasse di mienzu lei stissa. Tanto fa che alla fine caca fora dal vaso. Si mette a sconcicare un'ape regina e il compare suo si ritrova addosso un alveare intero. E le alzate d'ingegno sue rischiano di mettiri in serio pericolo la tranquillità del compare, degli altri cugini e fratelli, e puru di so' patri che mischinu non sapi cchiú cchi fari. L'unica è evitare che cummini altri guai. Stutargli la luce e farci sapere alle api che non fu il compare a stuzzicarle, ma che, anzi, al compare piace troppo la tranquillità per sopportarsi lo scruscio e rischiare di finire punto.

– Bella storiella, Tunisi. Ora o ce la spiega, oppure quando torna in carcere la faccio sbattere in una cella che in confronto quella dov'è le sembrerà il grand hotel. E attenzione, perché visto che sa tutto saprà anche che sono capace di farlo.

– Lo so che vossía è capace di smoviri puru i muri. Proprio pi chistu volevo parrari con lei. Pirchí lei sa accapiri che se per esempio uno finisce morto sparato chiuso dintra un portabagagli, vuole dire che ha fatto cchiú assai di quello che doveva e qualche amico pensò che era meglio escluderlo definitivamente dal gruppo.

Vanina e Paolo si scambiarono un'occhiata. Il mafioso gliela stava girando in forma di racconto, ma avevano capito entrambi dove voleva andare a parare. E quello che significava.

Parlò Vanina.

– Mi dica una cosa, Tunisi: da uno a dieci, secondo lei, l'ape regina quanto si può fidare del fatto che il compare non aveva nessuna intenzione di toccarla, che la colpa è tutta dello scimunito della famiglia, e che senza di lui non sarà piú in pericolo?

Calascibetta storse il ghigno, non finse nemmeno di doverci pensare.

– Dieci.

Vanina e Paolo rimasero chiusi per un'ora alla Catturandi, a tirare le somme di quanto era successo.

– In poche parole, – ricapitolò Ortès, – Arcangelo Serafino era quello che parlò assai con le persone sbagliate la prima volta, quando noi arrivammo a scoprire il covo in cui s'era nascosto Fratta. Per avere il perdono del padrino, che si salvò solo grazie a un fituso di merda che fece la spia, pensò bene di fargli giustizia senza nemmeno avvertirlo, e andò a toccare la persona che riteneva responsabile di tutto sin dall'inizio: Vanina. L'unica che non aveva mai creduto alla sua morte e che aveva convinto anche me a continuare le indagini.

Alla fine Paolo tornò in procura. Si salutarono senza darsi appuntamenti, come facevano sempre, come lei pretendeva che facessero sempre.

Vanina mandò un messaggio a Federico e si fece accompagnare da Lo Faro in via Cavour, da sua madre, poi rispedí l'agente in piazza Vittoria, alla Mobile, dove Angelo Manzo lo aspettava per pranzare insieme; un ulteriore premio che aveva voluto dargli quando aveva capito con quanta ammirazione l'agente guardava il suo ex braccio destro.

Aprí il portone di casa ed entrò nell'ascensore, salí fino all'ultimo piano. Suonò alla porta. Sperò che Federico arrivasse per primo, come avevano stabilito. Quando lo vide tirò un sospiro.

– Gioia, – l'accolse il patrigno, col solito abbraccio caloroso. Gettò un'occhiata alle sue spalle, convinto di vedere sul pianerottolo dei poliziotti, ma rimase spiazzato.

La guardò interrogativo.

– Niente scorta, Federico. È tutto finito, – riuscí a dirgli, prima che sua madre spuntasse dalla sala da pranzo, con la meraviglia dipinta in volto. Mentre le andava incontro per abbracciarla, sbirciò l'espressione di Federico: lo vide dominare a stento la commozione. Gli sorrise.

Sua madre la trascinò nella sua stanza, le fece posare tutto, la obbligò a liberarsi della fondina. Felice. Scappò in cucina a calare la pasta in piú. Costanza sarebbe arrivata a breve, questione di minuti.

Vanina entrò in bagno e poggiò il telefono sul ripiano per lavarsi le mani. Mentre se le asciugava vide lo schermo illuminarsi. Comparve l'Addaura, con sopra il numero di Paolo non memorizzato. L'ansia la riassalí.

– Paolo, che è successo? – rispose subito.

– Niente, non ti preoccupare.

– Un colpo mi hai fatto prendere! Volevi dirmi qualcosa?

Paolo esitò, poi:

– Ho i risultati del concorso di Catania.

Ringraziamenti.

Abbandonare la realtà per immergersi nel mondo di Vanina questa volta non è stato semplice. Almeno sul principio. Poi è cambiato tutto: la mia sbirra di carta è venuta a prendermi per le orecchie, «Amuní, forza», m'ha detto, seccata. Mi ha costretto a disertare con la mente questo difficile 2021 per rifugiarmi in un gioioso, normale, prepandemico 2016, l'anno in cui sono ambientati i romanzi. È stato meraviglioso, e vi confesso che non vedo l'ora di tornarci. La prima che voglio ringraziare, perciò, è proprio lei: Giovanna Guarrasi detta Vanina.

Grazie infinite a Francesco Colombo e Roberta Pellegrini, cui ho tolto il sonno per andare dietro ai miei ritardi. Siete i migliori. E insieme a loro a Paolo Repetti, il mio fantastico editore, a Rosella Postorino e a tutta la squadra di Einaudi Stile Libero. Alle ragazze dell'ufficio stampa di Torino e a Stefano Jugo.

A Maria Paola Romeo, la mia amata agente, che lavora instancabilmente per me e per i miei personaggi immaginari.

Ancora una volta grazie a Rosalba Recupido, amica e mio magistrato di riferimento. Nello Cassisi, perché è grazie a lui e alla sua infinita disponibilità se il mondo della polizia mi è ormai cosí familiare. Tony Buffo, altro mio punto di riferimento alla squadra Mobile di Catania, e Marco Basile, il Grande Capo nella realtà.

Un ringraziamento speciale a Cristoforo Pomara, il guru della medicina legale cui Adriano Calí – e lo dice chiaramente! – deve tutta la sua sapienza.

Grazie a Paola Di Simone, che dalla Scientifica di Palermo risponde a tutte le mie domande piú assurde.

A Massimo Fichera, per i suoi suggerimenti da velista esperto. Il Grand Soleil è uno di questi.

E grazie ancora una volta a tutta la mia famiglia, quella vicina e quella lontana, che mi sorregge e mi incoraggia sempre.

Infine, mai come questa volta, il ringraziamento piú importante è per Maurizio, che ogni giorno da ventun anni mi sta accanto e mi sostiene come solo lui riesce a fare.

Questo libro è stampato su carta contenente fibre certificate FSC®
e con fibre provenienti da altre fonti controllate.

FSC
www.fsc.org
MISTO
Carta da fonti gestite
in maniera responsabile
FSC® C115118

Stampato per conto della Casa editrice Einaudi
presso ELCOGRAF S.p.A. - Stabilimento di Cles (Tn)
nel mese di maggio 2021

C.L. 24744

Edizione							Anno			
1	2	3	4	5	6	7	2021	2022	2023	2024